IRENE CAO

Ich fühle dich

GOLDMANN
Lesen erleben

Buch

Bei Arbeiten in einem alten Palazzo in Venedig hat die junge Restauratorin Elena den faszinierenden Chefkoch und Restaurantbesitzer Leonardo kennengelernt. Mit ihm genoss sie wunderbare Tage der Leidenschaft, mit ihm erkundete sie unbekannte Seiten der Lust. Doch das ist jetzt nicht viel mehr als eine verschwommene Erinnerung, denn als Leonardo sich in Elena zu verlieben drohte, hat er sie von einem Tag auf den anderen verlassen. Elena kehrt nun wieder zu ihrem Freund Filippo zurück. Für ihn verlässt sie Venedig und zieht nach Rom, wo sie ein harmonisches Leben mit ihm führt. Aber die Vergangenheit lässt sich nicht so leicht auslöschen. Es braucht nur einen kleinen Funken, um ein Feuer wieder anzufachen, das nie ganz verloschen war. Am Abend ihres dreißigsten Geburtstags führt Filippo Elena in ein exklusives Restaurant. Was beide nicht wissen: Das Restaurant gehört Leonardo, der an diesem Abend auch anwesend ist. Nur ein kurzer Blick und ein geraubter Kuss in der Restaurantküche – und Elena und Leonardo wissen, dass sie nicht ohne einander sein können. Hals über Kopf stürzen sie sich in eine heimliche Affäre voller Begierde und Verlangen, eine intensive, ekstatische Begegnung zweier Menschen, die einander gehören. Doch dann erfährt Elena von Leonardos bösem Geheimnis – und sie muss sich entscheiden, ob sie bereit ist, einen hohen Preis zu zahlen, um Leonardo nicht erneut zu verlieren …

Informationen zu Irene Cao
und weiteren Titeln der Autorin
finden Sie am Ende des Buches.

Irene Cao

Ich fühle dich

Erotischer Roman

Aus dem Italienischen
von Judith Schwaab

GOLDMANN

Die Originalausgabe erschien 2013
unter dem Titel »Io ti sento«
bei Rizzoli, Mailand.

Dieses Buch ist auch als E-Book erhältlich.

MIX
Papier aus verantwortungsvollen Quellen
FSC® C014496

Verlagsgruppe Random House FSC® N001967
Das FSC®-zertifizierte Papier *Holmen Book Cream* für dieses Buch
liefert Holmen Paper, Hallstavik, Schweden.

1. Auflage
Taschenbuchausgabe August 2014

Umschlaggestaltung: UNO Werbeagentur München
Umschlagfoto: © Vincent Besnault/Corbis; FinePic®, München
BH · Herstellung: Str.
Satz: omnisatz GmbH, Berlin
Druck und Bindung: GGP Media GmbH, Pößneck
Printed in Germany
ISBN: 978-3-442-48079-1
www.goldmann-verlag.de

Besuchen Sie den Goldmann Verlag im Netz:

Meinen Freundinnen gewidmet

• 1 •

Er haucht mir einen zarten Kuss auf die Stirn, fährt mit den Fingern leicht über die Rundung meiner Hüfte und verirrt sich wie zufällig unter dem Hemd. Seinem Hemd. Ich öffne die Augen und begegne dem hellgrünen Strahlen seines Blickes, das sogleich Licht in meinen Morgen bringt. Ich strecke eine Hand nach seinem Gesicht aus, und es ist so glatt wie das eines Kindes. Anfangs dachte ich, er stehe mitten in der Nacht auf, um sich zu rasieren, bis ich begriff, dass seine Haut einfach so ist: Er hat einen solch weichen und unauffälligen Bartwuchs, dass er sogar am frühen Morgen, kurz nach dem Aufwachen, wie frisch rasiert wirkt.

Wir liegen einander gegenüber auf dem Bett; unsere Füße berühren sich. Unsere Körper haben den gleichen Geruch. Gestern Abend haben wir miteinander geschlafen, und von Mal zu Mal wird es schöner – eine Entdeckung, die den unwiderstehlichen Geschmack der Lust hat. Jetzt verstärkt er den Druck seiner Hand und rüttelt mich sanft.

»Bibi, wach auf …« Seine Stimme ist nur ein Hauch.

Ich schließe die Augen, um mir noch ein paar Augenblicke Schlaf zu stehlen, und stelle mir mit geschlossenen Lidern diesen Tag vor, *alle Tage*, die ich jetzt mit ihm verbringe.

Filippo.

»Ja, nur noch kurz …«, murmele ich und drehe mich auf die andere Seite.

Er gibt mir noch einen Kuss auf den Nacken, steht dann auf und schließt die Tür bis auf einen Spaltbreit, damit ich langsam von selber aufwachen kann – allein. Ich bin immer noch im Halbschlaf, nehme jedoch all meine Kraft zusammen und ziehe mich so hoch, dass ich mich am Kopfende des Bettes aufstützen kann. Die Sonnenstrahlen, die durchs Fenster hereinfallen, liebkosen mein Gesicht. Ein schneller Blick auf die Uhr: Es ist acht Uhr morgens an einem strahlenden Tag im Mai, es ist bereits warm und das Licht draußen gleißend hell.

Ein neuer Tag in meinem neuen Leben.

Nachdem ich vor drei Monaten nach Rom gefahren bin und Filippo auf seiner Baustelle besucht habe, ist genau das geschehen, worauf ich nicht einmal zu hoffen gewagt hatte: Filippo hat mir nicht nur verziehen, sondern er hat mir auch zugehört, hat mich verstanden und mir das Gefühl gegeben, immer noch geliebt zu werden. In seinen Armen hatte ich endlich wieder das Gefühl, geborgen zu sein, wie eine Streunerin, die vom Wege abgekommen ist und wieder nach Hause zurückkehrt. Es genügte, dass wir uns in die Augen schauten, und wir wussten beide, dass wir immer noch zusammen sein wollten – auch nach alldem, was zwischen uns vorgefallen war. Und so habe ich Venedig den Rücken gekehrt und bin hierher in sein römisches Apartment gezogen, das nun zu unserem gemeinsamen Zuhause geworden ist. Es ist ein gemütliches, lichtdurchflutetes Loft, das direkt über dem künstlich angelegten See des EUR liegt. Filippo hat diese Wohnung selbst gestaltet. Und ich liebe alles an diesem Nest, jedes Detail. In jeder Ecke finden sich Dinge, die mit uns zu tun haben, mit unserer Sicht auf die Welt, unseren Passionen und Leidenschaften: das Bücherregal aus Melamin, das Filippo selbst entworfen hat, die Lampenschirme aus Reispapier, die ich mit japanischen Schriftzeichen bemalt habe, die Werbeplakate zu unseren Lieblingsfilmen. Ich liebe die vorhanglosen Fenster und sogar den klaustrophobisch engen Aufzug des Hauses, in dem ich jedes Mal Angst habe, stecken zu bleiben. Vor allem aber liebe ich den Gedanken, dass dies unser erstes gemeinsames Zuhause ist.

Ich schlüpfe ins Bad, fahre mir rasch durch die zerzausten Haare und stecke sie mir mit einer Klammer im Nacken zusammen, damit sie mir nicht ins Gesicht fallen. Der Bubikopf des letzten venezianischen Herbstes gehört der Vergangenheit an, und mittlerweile fällt mir meine etwas wilde kastanienbraune Mähne bis über die Schultern, wenn ich sie mir nicht zu einem improvisierten Pferdeschwanz binde oder zu anderen, bis jetzt nur notdürftig haltenden Frisuren hochstecke.

Ich ziehe die Hose meines Trainingsanzuges über und schlurfe in Pantoffeln zu Filippo in die Küche.

»Guten Morgen, du Schlafmütze«, begrüßt er mich strahlend und schenkt sich dabei ein Glas Orangensaft ein. Er ist bereits ausgehfertig, wohlriechend und in brauner Baumwollhose, himmelblauem Hemd und klassisch gemusterter Krawatte. Die Krawatte ist ein Hinweis darauf, dass er heute in seinem Architekturbüro arbeitet und nicht auf der Baustelle; das habe ich mittlerweile begriffen. Ich beneide ihn sehr um die Effizienz, mit der er allmorgendlich in seinen Tag geht; im Vergleich dazu bin ich um diese Uhrzeit eher eine Schildkröte, die sich träge durch die Gegend schleppt.

»Guten Morgen«, antworte ich, reibe mir die Augen und reiße den Mund zu einem herzhaften Gähnen auf, das Filippo einen ungehinderten Blick bis zu meinem Zäpfchen verschafft. Ich nehme auf dem hohen Küchenhocker Platz und stütze die Ellbogen auf die Kochinsel aus Zement, sehne mich aber eigentlich nur nach dem Bett zurück. Als ich den Blick hebe und zum Herd schaue, sehe ich, dass auf einer Kochplatte bereits mein Teewasser kocht. Das ist nur eine der vielen Aufmerksamkeiten, die Filippo mir seit jenem ersten Morgen schenkt, an dem wir gemeinsam aufgewacht sind. Nur eine kleine Geste, aber sie sagt alles über ihn aus.

Bevor das Wasser überkocht, schaltet er die Herdplatte aus. »Brühst du dir deine Droge selber auf?«, fragt er.

Ich muss lächeln. Filippo behauptet, ich sei süchtig nach grünem Tee und Kräuteraufgüssen jeglicher Art, und vielleicht hat er ja sogar recht: Ich konsumiere das Zeug literweise und besitze die Kräutermischungen in allen Sorten und Formen. Ich gehe zum Regal und greife nach einer der vielen Dosen mit getrockneten Blättern. Heute steht mir der Sinn nach einer ayurvedischen Mischung: aromatisierter Grüntee mit Rosen- und Vanillearoma.

»Magst du auch einen?«, wage ich einen Versuch.

Filippo schüttelt den Kopf und nimmt einen Schluck von seinem Kaffee.

»Aber der ist wirklich gut!« Ich halte ihm die Dose unter die Nase, damit er daran schnuppern kann.

»Na ja ... Dealst du jetzt auch noch mit dem Zeug?«, fragt er und hält die Nase mit größter Vorsicht über den Rand der Dose. Was er da erschnuppert, scheint Filippo allerdings nicht so recht zu behagen. »Riecht nach toter Katze«, urteilt er mit einem Naserümpfen und zuckt entschuldigend die Schultern.

Ich schüttele den Kopf – in dieser Hinsicht ist er wirklich ein hoffnungsloser Fall – und kehre mit meiner dampfenden Tasse auf den Hocker zurück, sehr darauf bedacht, mir nicht die Finger zu verbrennen. Von meinem Platz aus schaue ich mir Filippo genauer an: seinen schlanken, muskulösen Körper, den blonden Haarschopf, der nur von einem Hauch Gel in Schach gehalten wird. Er gefällt mir immer besser, und ich liebe all die gemeinsamen Rituale, die wir miteinander teilen, das Universum unserer kleinen Gewohnheiten, das so angenehm überschaubar ist. *Vielleicht sollte ja jede Liebesbeziehung so sein …*, denke ich schwärmerisch. Und tatsächlich komme ich, je länger wir zusammen sind, immer stärker zu der Überzeugung, wir könnten ein ganzes Leben miteinander verbringen, ohne dass das tägliche Einerlei uns abstumpfen würde, so wie das bei vielen Paaren der Fall ist.

»Warum schaust du mich so an?«, fragt Filippo mich und zieht eine Augenbraue hoch.

»Ich schau dich an, weil du schön bist«, antworte ich und nehme einen Schluck von meinem Tee.

»Schmeichlerin!« Er kommt auf mich zu, kneift mir in die Hüften und drückt mir viele kleine Küsschen auf den Hals. Schließlich setzt Filippo sich auf den Hocker neben mir, schaltet sein iPad ein und fängt an, in den Tageszeitungen zu blättern, die er online abonniert hat. Seine allmorgendliche Presserunde. *Auch ein schönes Ritual.*

»Ich verstehe nicht, wie du auf dem Ding lesen kannst«, merke ich, wie jeden Morgen, perplex an.

Und wie jeden Morgen erklärt Filippo: »Das ist viel bequemer als richtige Zeitungen – die sind so furchtbar sperrig, und außerdem belasten sie auch noch die Umwelt.« Er fährt mit dem Finger über den Bildschirm, um weiterzublättern. Es sieht so aus, als würde er über eine Klaviertastatur streichen.

»Mir ist Papier lieber«, erwidere ich im Brustton der Überzeugung.

»Weil du altmodisch bist.« Filippo stellt abrupt seine Kaffeetasse ab, und auf seine Lippen stiehlt sich ein nachsichtiges Lächeln. »Aber was will man von einer Restauratorin auch anderes erwarten.«

»Ich habe nicht vor, mich von dir provozieren zu lassen. Auf keinen Fall um diese Tageszeit«, kontere ich und mime die Überlegene. Wer von uns die nützlichere und bedeutendere Arbeit verrichtet, ist ein alter Disput zwischen uns: Während ich das Vergangene erhalte, baut Filippo als Architekt an der Zukunft. Jedenfalls sind unsere Berufe diametral entgegengesetzt, weshalb uns in unserem kleinen Zwist wohl nie die Argumente ausgehen werden.

»Was machen wir heute Abend?«, frage ich ihn und stippe eine Reiswaffel in meinen Tee.

»Ich weiß noch nicht, Liebes ... Ich weiß ja nicht mal, um wie viel Uhr ich aus dem Büro komme«, erwidert Filippo zerstreut, ohne den Blick von seinem Tablet zu nehmen.

»Ach ja, diese Visionäre am Zeichenbrett, die den ganzen Tag an der Zukunft basteln, aber nicht wissen, was sie nach sieben Uhr machen ...«, kommentiere ich leise, beiße in meinen Keks und unterdrücke ein sarkastisches Grinsen. Ich habe zwar nicht vor, mich provozieren zu lassen, aber wenn sich die Gelegenheit bietet, lasse ich mir eine kleine Stichelei nicht entgehen.

Filippo hebt nur kurz den Blick von seinem Bildschirm. *Touché!*

Ich verwuschele ihm die Haare, weil ich weiß, dass ihn das endgültig aus der Reserve locken wird. Und tatsächlich streckt er die Hand nach mir aus, dreht mir den Arm auf den Rücken und nimmt mich in den Schwitzkasten. »Na gut, Bibi. Du hast es nicht anders gewollt!« Mit seiner freien Hand fängt er an, mich an den Rippen und am Hals zu kitzeln. Ich winde mich wie ein Aal und kichere. Aus der Nummer komme ich nicht mehr heraus, erkenne ich realistisch und flehe um Gnade. Plötzlich lässt mich Filippo los und schaut auf seine Uhr.

»Verflixt, ist das schon spät!« Blitzschnell hat er sein iPad ausgeschaltet und schiebt es vorsichtig in seine Schutzhülle, als wäre es eine Reliquie.

»Ich geh mich schnell anziehen«, sage ich, weil ich merke, dass ich immer noch im Schlafanzug bin. »Wenn du kurz wartest, gehen wir zusammen los.«

»Ich kann nicht«, seufzt Filippo und breitet die Arme aus. »In einer halben Stunde muss ich im Büro sein. Ich bin mit einem Bauherrn verabredet. Zu blöd, dass der so einen frühen Termin wollte …«

»Okay«, sage ich nickend und setze die Trauermiene auf, mit der es mir meistens gelingt, ihn zu erweichen. »Na, dann geh schon … auch wenn ich mich dann wieder mutterseelenallein auf den Weg machen muss …«, jammere ich schmollend.

»Na komm schon, du wirst doch wohl mittlerweile gelernt haben, wie man U-Bahn fährt«, grinst er.

Na ja. Vielleicht hat Filippo ja recht, und ich verfüge nicht gerade über die Orientierung eines Pfadfinders – genauer gesagt habe ich die deutliche Tendenz, mich immer und überall zu verlaufen, außerdem steige ich grundsätzlich in die falschen Verkehrsmittel –, aber nachdem ich den Sprung von einem Dorf wie Venedig in das absolute Chaos von Rom schaffen musste, kann man ja wohl mal ein Auge zudrücken, oder?

»Blödmann!« Ich verziehe das Gesicht und nehme Filippo schnell in die Arme. »Dann einen schönen Tag«, flüstere ich ihm zu und halte ihm meine Lippen hin.

»Bis heute Abend, Bibi.« Von seinem Kuss bleibt eine Mischung aus Kaffee und Zahnpasta auf meinem Mund.

Der Tag hat gut begonnen, und so mache ich mich mutig auf den Weg zur U-Bahn. Ich schreite aus, als müsste ich mich für die Begegnung mit einem furchterregenden Gegner wappnen. Aber ich kann es schaffen, das weiß ich, auch wenn die Sonne, die bereits hoch am Himmel steht, mich klar und deutlich davon zu überzeugen sucht, einen Gang zurückzuschalten und den Spaziergang zu genießen. Das EUR ist ein modernes Viertel. Das leuchtende Grün seiner Parks, das sich mit dem Grau des Asphalts und des Zements der Gebäude mischt, verleiht dem Ganzen eine Atmosphäre nüchterner Gelassenheit und Ruhe – trotz des höllischen Verkehrs. Das alles ist völlig neu für mich, die ich als Venezianerin an eine ganz andere Stadtlandschaft gewöhnt bin – an verlassene kleine Plätze, an Vaporetti, die kreuz und quer auf den Wasserwegen unterwegs sind, an die Touristenströme auf den Brücken –, und ich muss mich immer noch sehr konzentrieren, wenn ich von unserer Wohnung zur Arbeit unterwegs bin. Ich gehe die Treppe zur U-Bahn hinab und strebe entschlossen dem unterirdischen Tunnel in Richtung Rebibbia zu. Dabei habe ich immer noch Angst, einen falschen Weg einzuschlagen: Hier unten ist für mich alles so verwirrend! Mehr als einmal habe ich mich bereits verlaufen – doch den größten Fehler habe ich begangen, als ich kürzlich in meiner Verzweiflung Filippo anrief: Dieser einzige Hilfreruf hat genügt, um mich für den Rest meines Lebens bei ihm zum Gespött zu machen. Er, der sich in Rom wie in seiner Westentasche auskennt, kann sich überhaupt nicht vorstellen, dass jemand wie ich ganz verloren durch die Straßen der Großstadt streift.

Der Zug lässt noch auf sich warten, und ich setze mich auf eine der Eisenbänke am Gleis. Um mir die Zeit zu vertreiben, schaue ich mir die Leute um mich herum an und versuche zu erraten, wo sie hinfahren und welcher Arbeit sie nachgehen. Das war das Spiel, das ich und Gaia als kleine Mädchen gerne auf dem Vaporetto gespielt haben, wenn wir von der Schule nach Hause fuhren. Mir wird plötzlich ganz rührselig zumute. Wer weiß, was meine beste Freundin gerade so treibt! Ich sehe sie vor mir, wie sie auf ihren

Highheels von Jimmy Choo in irgendeinem winzigen Fummel durch die Gassen Venedigs stöckelt, um der werweißwievielten japanischen Multimillionärin bei ihrer morgendlichen ausgiebigen Shoppingtour mit Rat und Tat zur Seite zu stehen. Auch wenn wir nur selten voneinander hören, fehlt mir Gaia sehr: ihr offenes Lächeln, ihr nie stillstehendes Mundwerk, ihre stürmischen Umarmungen – ja, sogar ihr Drill, wenn sie mir wieder einmal Ratschläge in Sachen Mode und Stil geben will. Ihre Freundschaft ist vielleicht das Einzige, was mir von Venedig wirklich fehlt. Abgesehen von der schmerzlichen Trennung von meinen Eltern, konnte ich es vor ein paar Monaten kaum erwarten, endlich das Weite zu suchen.

Und hier bin ich nun, in der neuen Stadt in meinem neuen Leben. Dass ich in genau fünf Tagen dreißig werde, kann ich kaum glauben; ausgerechnet mich, die ich noch nie gerne Geburtstag gefeiert habe, erfüllt der Gedanke, dass ich die dreißig Kerzen auf meinem Kuchen hier in Rom auspusten werde, mit Aufregung und Vorfreude. Ich spüre, dass ich in einem entscheidenden Moment meines Lebens hierhergekommen bin. Für eine Frau ist es immer ein einschneidendes Erlebnis, in unsicheres Terrain und damit voller Ungewissheit aufzubrechen, doch ich bin überzeugt davon, meinen endgültigen Übergang ins Erwachsenenleben unter den allerbesten Voraussetzungen vollzogen zu haben: mit einer neuen Liebe – in einer neuen Stadt – in einem neuen Leben. Wenn es das Glück wirklich gibt, dann dürfte es für mich in greifbare Nähe gerückt sein.

Endlich fährt meine U-Bahn ein. Es ist Stoßzeit, aber es sind trotzdem noch ein paar Sitzplätze frei. Ich quetsche mich durch die Tür und schaffe es mit ein paar beherzten Ellbogenremplern, mir einen Sitzplatz zwischen einer gut im Futter stehenden Dame und einem pickligen Jüngling zu ergattern. Direkt vor mich pflanzt sich ein Junge in leichtem Hemd. Er versperrt mir mit seiner wuchtigen Rückenansicht komplett den Blick auf das Leucht-Display am Ende des Waggons, auf dem die einzelnen Haltestationen angezeigt werden. *Bis zum Kolosseum sind es mindestens zehn Haltestellen*, versuche ich mich zu beruhigen, und so begnüge ich mich damit, sie an den Fingern abzuzählen, in der Hoffnung, mich nicht zu vertun.

Auf einmal merke ich, dass ich den Blick nicht mehr vom Rücken des jungen Mannes wenden kann. Irgendetwas daran kommt mir verdammt bekannt vor: dieses Hemd, diese Schultern, dieses dunkle Haar. Wäre er nicht so jung, hätte es Leonardo sein können. Die Erinnerung an ihn durchfährt mich wie ein Blitz, und einen Moment lang wird es ganz dunkel um mich; alles verschwimmt. Mir ist schwindelig, und auf einmal werden mir die Knie weich. Vor meinem geistigen Auge zieht all das gemeinsam Erlebte vorbei – wie Momentaufnahmen in Schwarzweiß, die auf mich einstürmen –, und ich versuche, mit einem entschiedenen Kopfschütteln jegliche Erinnerung an meine Zeit mit Leonardo abzustreifen.

»Schnee von gestern«, murmele ich vor mich hin.

Längst hat es keine Bedeutung mehr für mich, wo Leonardo ist und ob es mit uns auch anders hätte ausgehen können. Es hat auch keinen Sinn mehr, all den Gefühlen und Empfindungen nachzuweinen, die er in mir ausgelöst hat: die Schmetterlinge im Bauch, die ich jedes Mal hatte, bevor wir uns trafen, die Mischung aus Erregung und der Angst, erwischt zu werden, die mich vor unseren Schäferstündchen immer so plagte. Das alles ist vorbei, für immer verloren …

Vielleicht bin ich noch nicht bereit dafür, zurückzuschauen und unsere, Leonardos und meine, Geschichte aus der Distanz zu betrachten. Immerhin schaffe ich es mittlerweile, ohne Beklemmungen und ein flaues Gefühl im Magen an ihn zu denken, so wie es noch vor drei Monaten war. Ich bin wieder auf den Beinen und habe ganz von vorne angefangen – so wie jemand, der von einer schweren Grippe genesen ist. Ich habe gelernt, mit diesen Empfindungen umzugehen, sie Stück für Stück abzubauen. Mit der Zeit ist der Schmerz geringer geworden, so wie es immer ist – auch wenn man direkt nach einer traumatischen Erfahrung immer denkt, es sei unmöglich, die Trauer um den Verlust je zu überwinden –, und mittlerweile kann ich Leonardo als das sehen, was er ist: eine Liebe, die zu der Elena von früher gehört. Verirrte Gefühle, die falsch waren und nie wiederkehren werden. Nicht mehr und nicht weniger.

Und ich?

Ich betrachte mich nach der Erfahrung mit Leonardo als Frau, die klüger und selbstsicherer geworden ist. Und die das Glück hat, jetzt an der Seite eines besseren Mannes zu leben.

An Filippos Seite.

An der Haltestelle Kolosseum steige ich aus und nehme den U-Bahn-Ausgang zur Via dei Fori Imperiali. Dort besteige ich den Bus, der mich direkt zu meiner Arbeit bringt. Gedankenverloren schaue ich aus dem Fenster und lasse Rom an mir vorüberziehen, seine ganze pompöse und vernachlässigte Schönheit, die mich jeden Tag aufs Neue in Erstaunen versetzt und überwältigt. Kunst und Geschichte aus den verschiedensten Zeiten sind hier zu einem wilden Durcheinander zusammengewachsen; oft erinnert mich diese Stadt an eine alte Dame, die beschlossen hat, den gesamten Inhalt ihres Kleiderschranks auf einmal zu tragen, und dabei Klamotten aller Stilrichtungen und Epochen kunterbunt übereinanderzieht, als könnte sie sich nicht entscheiden, welche sie verbergen und welche sie zeigen will.

Rumpelnd fährt der Bus über das Kopfsteinpflaster und biegt langsam in den Kreisverkehr der Piazza Venezia ein, wo sich die Fahrzeuge tagaus, tagein in einem unendlichen Kreisel drehen. Am Largo Argentina steige ich aus und lasse die Hauptverkehrsader des Corso Vittorio Emanuele hinter mir, um in das Gewirr aus vielen kleinen Straßen einzutauchen, die von dort abzweigen. Das Zentrum Roms ist ein Labyrinth aus lauter krummen Gässchen, in denen man nur allzu leicht die Orientierung verliert. Irgendwann kommt man unweigerlich auf einem luftigen, herrlichen Platz heraus, und dann kann man einfach nicht anders: Man stößt einen Seufzer der Erleichterung und Bewunderung aus. Ich habe mittlerweile gelernt, diese kleinen Irrwege nicht mehr zu fürchten. Auch wenn ich mich immer noch ständig verlaufe und mir neue Wege durch diesen steinernen Irrgarten der Hauptstadt suchen muss, weiß ich, dass früher oder später der beruhigende Umriss des Pantheons oder die längliche Mündung der Piazza Navona vor mir auftauchen und mir den rechten Weg weisen werden.

Und so stehe ich endlich auf der Piazza San Luigi dei Francesi, meinem Ziel (und das nur mit zehn Minuten Verspätung, wie ich mit einem Blick auf die Uhr befriedigt feststelle). Man hat mir gesagt, in Rom sei es ganz normal, zu einer Verabredung eine Viertelstunde zu spät zu kommen, ja, es gehöre sogar zum guten Ton; in einer Stadt wie dieser, so labyrinthisch und vom Verkehr gebeutelt, rechne einfach niemand damit, dass man pünktlich ist, und auf die Minute genau zu erscheinen, habe ich am eigenen Leib erfahren, wird einem nicht selten als Engstirnigkeit oder gar als schlechte Kinderstube angerechnet.

Ich komme an einer Gruppe Geistlicher vorbei, unter denen ich Padre Sèrge erkenne, einen der Priester von San Luigi.

»Bonjour, Mademoiselle Elena«, begrüßt er mich mit einem strahlend weißen Lächeln, das sich deutlich von seiner dunklen Hautfarbe abhebt.

San Luigi ist die französische Nationalkirche Roms, und ihr Priester ist ein Franzose mit senegalesischen Wurzeln. Ich nicke ihm zu und gehe mit schnellen Schritten auf den Eingang zu. Wäre da nicht das eindrucksvolle Kreuz auf dem Dach, könnte man das Gebäude mit seinen korinthischen Säulen und den Steinstatuen in den eleganten Nischen ebenso gut für einen neoklassizistischen Palazzo halten statt für einen Ort der Frömmigkeit.

Ich stemme mich gegen das große Portal aus Holz und wechsle vom Tageslicht ins Halbdunkel des Kircheninneren. Und wie jeden Morgen denke ich mir, was für ein unglaubliches Privileg es doch ist, diesen Kunsttempel betreten zu dürfen. Schließlich hängen hier drei der berühmtesten Gemälde von Caravaggio: das *Martyrium des Evangelisten Matthäus, Matthäus und der Engel* sowie *Die Berufung des Evangelisten Matthäus*. Ich habe Stunden damit verbracht, diese Gemälde in Bildbänden zu betrachten, doch bevor ich anfing, hier zu arbeiten, hatte ich sie nie mit eigenen Augen gesehen. Jetzt scheint es mir unglaublich, dass ich jeden Tag auf dem Weg in die Kapelle, an deren Restaurierung ich mitarbeite und die sich direkt daneben befindet, an ihnen vorbeikomme. Und so lässt es sich auch erklären, dass ich es als großes Glück empfinde, hier arbeiten zu dürfen – trotz der hohen Luftfeuchtigkeit, trotz des Staubs und trotz der Lösungsmittel, die schädlich für meine überaus empfindliche Haut sind. Trotz des Overalls aus beschichteter Baumwolle, der sich um meinen Körper schließt wie eine Zwangsjacke. Trotz der wackeligen Gerüste, auf denen wir Restauratoren tagaus, tagein herumturnen, ja sogar trotz der zahllosen Besuche von Pater Sèrge, der meint, den Fortgang der Arbeiten stündlich kontrollieren zu müssen, und des ständigen Kommens und Gehens von Leuten.

Dass ich den Auftrag bekommen habe, verdanke ich der freundlichen Empfehlung der Signora Borraccini, ihres Zeichens Direktorin des Instiuts für Restaurierung in Venedig, die dafür ihre einflussreichen und weit gefächerten Kontakte in der Kulturszene hat spielen lassen. Nachdem ich sie angerufen und um einen Tipp für einen Auftrag in Rom gebeten hatte, dauerte es nur ein paar Telefonate, bis Signora Borraccini mir diese begehrte Stelle hier verschafft hatte – und das, ohne sich dafür auch nur vom Schreibtisch ihres venezianischen Büros erheben zu müssen. Ich erinnere mich noch ganz genau: Kaum eine Stunde nach meiner zaghaften Nachfrage meldete sie sich bereits wieder bei mir.

»Ich habe genau das Richtige für dich«, verkündete sie in ihrem entschlossenen, bestimmten Tonfall. »Aber sieh zu, dass du mich nicht enttäuschst, liebe Elena. Ich hab dich der Ceccarelli ans Herz gelegt. Die war vor Urzeiten mal eine Schülerin von mir und gilt jetzt als eine der besten Restauratorinnen in Rom. Normalerweise arbeitet sie lieber allein, aber wenn du es schaffst, dich nicht von ihr abschrecken, genauer gesagt von ihren Launen *vergraulen* zu lassen, kannst du viel von ihr lernen!«

Nach unserem Gespräch war ich entsprechend eingeschüchtert, gebe ich zu.

Und so kommt es also, dass ich dank der Intervention der gefürchtetsten Professorin in ganz Venedig hier gelandet bin, mindestens fünf Tage die Woche mit Schwämmchen,

Pinseln und Schleifpads auf diesem ziemlich wackeligen Gerüst herumturne und an der Restaurierung der *Heiligen Drei Könige* von Giovanni Baglione arbeite, einem römischen Maler, der vom Ende des sechzehnten bis zum Beginn des siebzehnten Jahrhunderts gelebt hat. Nach Signora Borraccinis Anruf schlug ich sofort alles über Baglione nach. Obwohl er einer der bedeutendsten Biografen Caravaggios und ein großer Unterstützer des jungen Künstlers war, entwickelte er sich bald zu dessen größtem Feind und Neider und brachte ihn sogar vor Gericht. *Wieder einmal, möchte man beinahe sagen*, denke ich schmunzelnd, denn das unberechenbare Temperament des lombardischen Künstlers sorgte immer wieder dafür, dass sich die Gemüter an Caravaggios Persönlichkeit entzündeten.

Im Fall Bagliones kann ich dessen Aufregung sogar einigermaßen nachvollziehen: Denn Caravaggio hatte Gedichtbändchen mit satirischen Gedichten veröffentlicht, in denen er sich über Baglione lustig machte und ihn des Plagiats bezichtigte. Dieser zeigte Caravaggio wegen Rufschädigung an, was seinem dreisten Erzfeind einen Monat Kerker einbrachte.

Jahrhunderte später hängen ausgerechnet in dieser Kirche die Bilder der erbitterten Feinde einträchtig beieinander, nur durch eine Mauer getrennt. Wenn es denn ein Jenseits geben sollte, von dem aus die beiden Künstler in unsere Zeit sehen, denke ich mir, dann dürfte Caravaggio durchaus versöhnt sein mit seinem Schicksal: Denn wie viele Besucher pilgern tagtäglich hier in diese Kapelle, um seine Meisterwerke zu bewundern, und erübrigen nur ein paar zerstreute Blicke im Vorübergehen für den armen Baglione!

»Fangen wir jetzt an, oder wollen wir hier den ganzen Tag nur Maulaffen feilhalten?«, reißt mich die säuerliche Stimme der Ceccarelli aus meinen Überlegungen. Zu meinem Leidwesen musste ich relativ schnell feststellen, dass sie nicht nur eine der besten Restauratorinnen, sondern auch die mieseste Arbeitskollegin der ganzen Stadt ist. Ihr Tonfall ist grundsätzlich immer ungeduldig, und dass sie dazu ihren römischen Akzent kultiviert, macht mir die Ceccarelli auch nicht eben sympathischer. Seit ich sie kenne, habe ich noch nicht ergründen können, ob mir die Borraccini tatsächlich einen Gefallen tun wollte oder mir einen Bärendienst erwiesen hat. Denn sie muss doch gewusst haben, dass sie mich, indem sie mich der Ceccarelli auslieferte, mit einer unlösbaren Aufgabe konfrontieren würde, die mich über kurz oder lang noch den letzten Nerv kosten wird …

Auf ihr erneutes Räuspern fahre ich nervös herum und fühle mich sogleich in ihrem strengen Blick hinter der bizarren, giftgrünen Brille gefangen. Paola Ceccarelli ist etwa vierzig, groß und langgliedrig. Ihr blondes Haar hat sie gesträhnt und trägt es grundsätzlich zu einem Pferdeschwanz gebunden oder mit einer Spange zusammengefasst, was ihr ein seltsam matronenhaftes Äußeres verleiht. Sie ist streng und kratzbürstig, kennt aber wie nur wenige unserer Zunft die Geheimnisse der Farben. Außerdem hat sie ein profundes Gespür für die Seele eines Freskos und ist handwerklich versiert genug, ein Kunstwerk bis ins kleinste Detail und in seiner ganzen Pracht wiederauferstehen zu lassen. Blöderweise ist Paola sich dieses Talents auch verdammt bewusst und kann es sich nicht verkneifen, mich gnadenlos zur Ordnung zu rufen, wenn sie merkt, dass mit der Anmischung der Farben auch nur eine Nuance nicht stimmt oder ich mich zu lange an einem Detail festbeiße. Sie redet nicht viel, und wenn, tut sie es in so direktem und schneidendem Tonfall, dass es mich mit einer Art schüchterner Ehrfurcht erfüllt, ihr gegenüberzustehen. Auch wenn ich manchmal zu erahnen meine, dass sich hinter ihrer gestrengen Fassade durchaus eine ganz andere Paola verbergen könnte.

»Elena, was zum Henker machst du da?« Ihre Stimme trifft mich wie ein Stoß in den Rücken. Ich war gerade dabei, den Mantel der Muttergottes zu kolorieren, drehe mich mit dem Pinsel in der Hand um und begegne schüchtern ihrem haselnussbraunen Blick. Rund um Paolas Mund haben sich zwei tiefe Falten eingegraben – das bedeutet, sie ist wirklich ungehalten. »Mach zuerst eine Probe. Ich bin mir nicht sicher, ob das schon der richtige Farbton ist«, weist sie mich mürrisch an und zeigt mit dem Kinn in Richtung meines himmelblauen Farbbechers.

»Ist gut«, antworte ich beflissen, auch wenn ich bereits Tausende von Proben angerührt habe. Ich mache einen winzigen Pinselstrich auf dem Gewand der Madonna. »Sieht doch gar nicht anders aus …«, bemerke ich, und das ist noch untertrieben: Die Farbe fügt sich perfekt in den Originalton des Freskos ein.

Paola tritt näher, um sich meine Arbeit genauer anzuschauen. Zuerst blickt sie auf den Probestrich, dann auf mich. Schließlich, nach einem Moment, der mir unendlich lang vorkommt, trägt ihr Gesicht wieder die Miene zur Schau, die es immer hat: die eines Menschen, der stinksauer ist – auf die Welt im Allgemeinen und mich im Besonderen.

»Denk dran, dir das genaue Mischungsverhältnis der Pigmente in die Kladde zu notieren«, sagt sie und kehrt dann zu ihrem eigenen Fresko zurück, das sich an der anderen Wand der Kapelle befindet. Es ist *Mariä Verkündigung* von Charles Mellin.

»Okay, mach ich gleich«, sage ich freundlich. Am liebsten würde ich ihr allerdings antworten, dass ich mir deshalb nicht andauernd Notizen machen muss, weil ich die Mischungsverhältnisse im Kopf habe – aber ich halte den Mund.

Was Paola mit »Kladde« bezeichnet und wie ihren Augapfel hütet, ist ein dickes Notizbuch mit festem Einband und unlinierten weißen Blättern: Jeden Morgen beginnt sie darin eine neue Seite mit dem Datum, auf der sie dann die Mischungsverhältnisse aller zur Anwendung kommenden Farben aufführt – genauer gesagt verdonnert sie mich dazu. Eigentlich hatte ich mich selbst immer für einen klinischen Fall in Sachen akribischer Genauigkeit gehalten und hätte mir sogar den Hang zu übertriebenem Perfektionismus attestiert – seitdem ich allerdings mit Paola arbeite, muss ich zugeben, dass ich im Vergleich zu ihr ein Waisenkind bin. In den ersten Tagen jagte mir ihre Korinthenkackerei Angst ein, doch im Laufe der Zeit habe ich mich daran gewöhnt, und mittlerweile weiß ich sie – vermutlich aufgrund einer ernsthaften Erkrankung am Stockholm-Syndrom meinerseits – sogar zu schätzen.

Über die Arbeit hinaus hat es bislang jedoch noch keine weitere Gelegenheit gegeben, um meine Bekanntschaft mit Paola zu vertiefen. Ich habe wirklich versucht, mich mit Paola anzufreunden, habe sie mehrfach gefragt, ob sie etwas mit mir trinken gehen oder in der Mittagspause einen Spaziergang machen wolle, doch sie hat mich immer abblitzen lassen. Mir scheint, es ist ihr wichtig, Distanz zu wahren und unsere Beziehung auf einer rein beruflichen und unpersönlichen Ebene zu halten, komme, was da wolle. Doch trotz allem – warum das so ist, könnte ich nicht einmal genau sagen, da die Wirklichkeit bisher das genaue Gegenteil beweist – bin ich überzeugt davon, dass sich hinter Paolas eiserner Maske ein empfindsames Wesen verbirgt. Das sehe ich an der Zärtlichkeit und Anmut, mit der sie den Pinsel hält und damit über das Fresko gleitet, daran, wie sie die Höhen und Tiefen, Licht und Schatten des Gemäldes förmlich liebkost wie mit einer Feder.

Den ganzen Morgen über arbeiten wir an unseren Bildern, den Rücken einander zugewandt. Die einzigen Geräusche hier drinnen sind die Schritte von Besuchern in den Kirchenschiffen und das Klimpern von Münzen in dem Automaten, mit dem man die Beleuchtung der Werke von Caravaggio einschalten kann. Kurz mache ich eine Pause, um mir ein paar beruhigende Tropfen ins Auge zu gönnen und einen raschen Blick auf mein Handy zu werfen. Filippo hat mir eine Nachricht geschickt.

Nach langwierigen und tiefschürfenden Überlegungen schlägt der Visionär am Zeichenbrett einen Abend mit Aperitif und Kino vor. Im *Farnese* zeigen sie Tarantino. Holst du mich ab?

Das Büro von Filippo liegt an der Via Giulia, nur wenige Schritte von hier entfernt. Ich hole ihn oft von der Arbeit ab, dann nehmen wir einen Aperitif am Campo de' Fiori und gehen ins Kino, in die erste Vorstellung, damit wir es hinterher noch mit der U-Bahn nach Hause schaffen. Jetzt, wo die Abende meistens warm sind, hat keiner von uns Lust, zu Hause zu bleiben, und so bin ich wie immer begeistert von seinem Vorschlag.

Okay. Dann bis später. Bussi.

Ich stecke das Telefon weg und mache mich wieder an die Arbeit.

»Wenn es doch bloß für uns auch so ein Programm gäbe wie Photoshop«, denke ich laut, während ich Marias Gewand ein wenig aufhelle. »Das wäre mal was …«

Paola lächelt mich an. »Ach, ich weiß nicht … Am Ende würde mir doch die handwerkliche Seite fehlen …« Sie nähert sich der Stelle, an der ich gerade arbeite, und wandert mit ihrem Scanner-Blick Zentimeter für Zentimeter darüber hinweg. »An deiner Stelle würde ich diese kleinen Ablagerungen noch entfernen, bevor ich weitermache«, sagt sie und zeigt mit einer behandschuhten Hand auf die Wand. »Sonst hält die Farbe nicht so gut.«

»Klar.« Ich weiß ganz genau, was ich zu tun habe, aber Paola lässt sich einfach keine Gelegenheit entgehen, mir Ratschläge zu geben. Schließlich zieht sie ihre Handschuhe aus und fängt an, ihr Handwerkszeug aufzuräumen.

»Gehst du schon?«, frage ich und reiße erstaunt die Augen auf. Sonst verlässt Paola das Schlachtfeld immer erst lange nach mir.

»Ja. Weißt du nicht mehr?« Sie schüttelt den Kopf, befreit die Haare aus der Klammer. »Heute Nachmittag bin ich nicht da.«

»Ach ja, richtig.« Klar … jetzt erinnere ich mich. Vor ein paar Tagen hat sie irgendwas in der Richtung gesagt, dass sie einen Termin habe. Keine Ahnung, worum es sich dabei handelt – ich hüte mich jedoch davor, genauer nachzufragen. Besser, ich wecke keine schlafenden Hunde. »Dann sehen wir uns morgen«, sage ich nur und nicke Paola zu.

»Bis morgen, ja.« Sie nickt zurück und macht sich in ihren Sneakers davon.

Am Nachmittag kriege ich nicht mehr viel zustande, zum einen weil um vier Pater Sèrge vor einer dichten Menge von Gläubigen eine elend lange Messe auf Französisch abhält und mich mit seinem Sermon ablenkt, zum anderen weil mir die Augen wehtun und es mir immer schwerer fällt, mich auf die Einzelheiten des Bildes zu konzentrieren. Und so vertreibe ich mir die Zeit bis zu meiner Verabredung mit Filippo um halb sieben damit, Leute zu beobachten, sorgfältig meine Einträge in die Kladde zu machen, die Pigmente vorzubereiten, die ich morgen verwenden werde, sowie mein Handwerkszeug in aller Seelenruhe aufzuräumen.

Ab und zu begegnet mein Blick dem eines jungen Mannes, der seit einigen Tagen regelmäßig in die Kirche kommt und Stunden vor den Caravaggio-Bildern zubringt, ohne auf die Touristen zu achten, die ihm oft die Sicht verstellen, wenn sie daran vorbeigehen oder sogar stehen bleiben.

Ich habe bemerkt, dass er immer einen etwas ungewöhnlichen Zeichenblock mit kobaltblauem Deckel dabeihat und sich darin entweder Notizen macht oder Bleistiftskizzen anfertigt. Hinterher reißt er die Blätter heraus und schiebt sie in eine mit Gummiband verschlossene Mappe. Ich gebe ihm maximal zwanzig Jahre, aber vielleicht ist er sogar noch jünger. Heute hat er eine Röhrenjeans an, die er in karierte All Stars gesteckt hat, sowie ein schwarzes T-Shirt ohne Aufschrift. Am Handgelenk trägt er zwei Bändchen aus geflochtener Schnur, und auf seiner linken Augenbraue, fällt mir erst jetzt auf, blitzt ein Piercing. Er ist nicht besonders groß, aber schmal gebaut – die klassische Physiognomie eines etwas nervösen, aber genialen Studenten. Die Muskeln seiner Oberarme sind nur andeutungsweise zu erkennen, seine Haut ist blass, und die Brust ragt leicht rachitisch nach vorne.

Gerade hat er mir zugelächelt, ein schüchternes, kaum wahrnehmbares Lächeln, das ich als »Hallo« interpretiere, das aber wahrscheinlich auch noch heißen soll: »Jetzt können wir uns ruhig mal grüßen ... schließlich haben wir uns die letzten Tage fünfmal hintereinander hier gesehen.« Mir gefallen seine großen dunklen Augen – sie leuchten so schön lebhaft –, und auch seine dichten Brauen, die, ebenso wie sein kastanienbrauner Haarschopf, leicht zerzaust sind. Der große und volle Mund verleiht seinem Gesicht etwas Exotisches.

Vielleicht ist er ja gar kein Student, überlege ich, sondern ein junger Maler, der noch ein bisschen feucht hinter den Ohren ist; immerhin kommen viele junge Leute hierher, um diese Meisterwerke zu bewundern ... Aber dieses Exemplar von Kunstliebhaber hier ist anders: Er betrachtet die Gemälde mit ganz besonderer Hingabe, macht sich fieberhaft Notizen oder liest stundenlang in irgendwelchen Kunstbüchern, als wollte er sich jede Zeile einzeln einprägen.

Jetzt ist es Viertel nach sechs, und er geht. Genau das habe ich auch vor – es gibt beim besten Willen nichts mehr vorzubereiten für morgen, und noch länger hier herumzulungern wäre sinnlos ... außerdem bin ich ziemlich erledigt. Ich ziehe meinen Overall aus, kämme mir die Haare und mache mich durch das Mittelschiff der Kirche auf den Weg nach draußen. Die Ledersohlen meiner Sandalen klappern viel zu laut auf dem Marmorboden, und ich bemühe mich, mein Tempo etwas zu drosseln, um nicht so viel Lärm zu machen.

Als ich an dem Jungen vorbeigehe, bemerke ich, dass ihm ein Blatt mit Notizen aus der Mappe gerutscht ist. Ich hebe es auf, und bevor er mir davonläuft, tippe ich ihm auf die Schulter. Er dreht sich überrascht um.

»Schau mal, das hier ist dir rausgefallen«, sage ich und halte ihm den Zettel hin.

»Danke. Hab ich gar nicht gemerkt.« Er wird rot. Offenbar ist er ein bisschen schüchtern. Er kratzt sich mit einer Hand am Kopf, nimmt dann das Blatt entgegen und schiebt es unter das Verschlussgummi der Mappe.

»Du kommst schon ein paar Tage hierher, stimmt's?«, fahre ich fort, während wir gemeinsam die Kirche verlassen. »Bist du Student?«

»Ja. Ich bin im ersten Studienjahr an der Kunstakademie.« Der Junge ist irgendwie angespannt, als er mir antwortet, das sehe ich daran, dass seine Augen unruhig hin und her wandern. »Ich schreibe eine Arbeit über den Matthäus-Zyklus«, präzisiert er und räuspert sich.

»So was habe ich mir schon gedacht.« Ich schenke ihm ein freundliches Lächeln. Jeder Kunststudent hat bei mir automatisch einen Stein im Brett.

»Und du bist Restauratorin.« Er schaut mich voller Bewunderung an, was mich fast ein bisschen verlegen macht. Schließlich gibt er mir die Hand und fügt artig hinzu: »Sehr angenehm. Ich bin Martino.«

»Elena.« Ich drücke seine warme Hand.

»Und was ist das für ein Akzent? Woher kommst du?«

»Aus Venedig.«

»Aha ... Dann bist du also wegen der Arbeit hierhergezogen?«

»Nicht nur ...« Ich lächele ihn an. »Auch weil ich näher bei meinem Freund sein wollte.«

»Aha.« Er nickt. Dabei wirkt er ein bisschen enttäuscht.

Wir bleiben noch einen Augenblick schweigend voreinander stehen, als wüssten wir beide nicht so recht, was wir sagen sollen.

»Dann sehen wir uns in den nächsten Tagen wohl öfter, Martino«, erlöse ich ihn aus der unangenehmen Situation, indem ich das Gespräch beende.

»Ich gehe fest davon aus«, antwortet er. Seine Augen leuchten.

»Ich hau jetzt ab. Ich muss da lang«, sage ich und zeige in meine Richtung.

»Und ich da«, erwidert Martino, etwas zerstreut, als wäre er gerade aus irgendeinem Traum erwacht.

»Tja dann, also bis bald.«

»Bis bald.«

Er macht zwei Schritte zurück und geht davon, mit gesenktem Blick und dem typisch schwungvollen Gang der Träger von Converse-Schuhen.

Ich schaue Martino hinterher und sehe, wie er sich noch einmal nach mir umdreht, als wollte er sich vergewissern, dass ich auch wirklich weggegangen bin, wie ich gesagt habe. Ich lächele ihm zu, und er erwidert mein Lächeln eine Sekunde zu lang, denn prompt stößt Martino mit einem Passanten zusammen, weil er nicht nach vorne geschaut hat. Verlegen entschuldigt er sich und geht rasch weiter, den Kopf tief zwischen die Schultern gezogen.

Seine Ungeschicktheit ist irgendwie süß und gefällt mir: *Wir Tollpatsche unter uns,* denke ich lächelnd und schüttle den Kopf. *Bis bald, Martino.* Offenbar habe ich einen neuen Freund.

• 2 •

Heute ist Martino schon früh da. Er trägt ein kleines Ledertäschchen am Gürtel seiner Jeans und zieht daraus alle zwei Minuten eine Münze hervor. Ich höre das klappernde Geräusch von Metall auf Metall, dann schaltet sich mit einem leiseren Klicken ein Scheinwerfer ein, und da ist er, der heilige Matthäus erscheint wie durch Zauberhand aus dem Dunkel.

Martino betrachtet das Bild genau, nimmt jedes Detail in sich auf und hockt sich dann auf die Treppe, um sich auf seinen losen Blättern Notizen zu machen. Die Touristen scharen sich unterdessen wie die Aasgeier um die erleuchtete Szenerie und nehmen Martino beinahe die Sicht. Seitdem wir uns vor fünf Tagen offiziell miteinander bekannt gemacht haben, ist mir seine Anwesenheit mehr und mehr zur angenehmen Gewohnheit und zur willkommenen Ablenkung von Paolas Schikanen geworden.

Ab und zu taucht Martino in unserer Kapelle auf, und es kommt vor, dass wir ein Gespräch über die Techniken des Restaurierens oder die Farblehre beginnen, aus dem sich meine Kollegin jedoch stets heraushält. Ab und zu spüre ich, wie Martino mich aufmerksam betrachtet, wie eines der Kunstwerke, die er studiert, doch das stört mich nicht weiter, weil er es mit den intelligenten und neugierigen Augen eines Menschen tut, dem es nur darum geht, den Geheimnissen der Kunst auf den Grund zu gehen. Irgendwie ist er anders als andere Jungs seines Alters, die den ganzen Tag nur müßig durch die Gassen schlendern oder auf ihren frisierten Mopeds kreuz und quer durch die Stadt knattern. Martino ist schüchtern, manchmal etwas fantasievoll gekleidet, wirkt dabei aber sehr ernsthaft.

»Heute bist du gut ausgerüstet«, sage ich lächelnd zu ihm und zeige mit dem Kinn auf sein gut gefülltes Münztäschchen.

Martino lächelt. »Ich verstehe nicht, warum das Licht immer nur so kurz brennt …«

»Frag das mal Pater Sèrge«, kommentiere ich mit einem lauten Lachen, bei dem sich Paola sofort genervt umdreht. Ich achte nicht weiter auf ihr Gebrummel und fange an, die rote Pigmentmischung für das Gewand der Madonna anzurühren.

»Ich will auch so eine Lampe, wie ihr sie habt.« Martino zeigt mit dem Finger auf den Ochsenaugenscheinwerfer, mit dem die Restaurierungsarbeiten so hell ausgeleuchtet werden wie an einem Filmset.

»Ich bin mir sicher, dass der gute Pater da was dagegen hätte.« Während ich das sage, geht mir blitzschnell ein Bild durch den Kopf: das zufriedene Lächeln des Paters, wenn er, bevor er die Kirche abends abschließt, das Kässchen vor der Lichtquelle leert. Wahrscheinlich stellen die Gemälde von Caravaggio mit ihrem Beleuchtungsmechanismus eine bedeutende Einnahmequelle für San Luigi dei Francesi dar.

»Na ja, aber das ist doch Diebstahl!«, protestiert Martino mit einem empörten Schnauben und schwenkt sein mittlerweile ziemlich leeres Täschchen. »Diese Recherche kostet mich ein Vermögen …« Dann lächelt er mich schelmisch an und zwinkert mir zu. »Hoffen wir bloß, dass es was nützt. Bonfante, mein Professor, hat an dem, was ich schreibe, nämlich grundsätzlich immer was auszusetzen.«

»Ich hatte auch mal eine Professorin, der man nichts

recht machen konnte«, gebe ich mich weltmännisch. »Gabriella Borraccini. Die hatte einen Ruf wie Donnerhall.« Paola fährt zu mir herum.

»Was gibt's denn?«, frage ich sie in der Befürchtung, dass wir sie mit unserer Plauderei gestört haben.

»Ach, nichts ... Kannst du mir bitte mal dieses Rot-Pigment rüberreichen?«, bittet sie mit ausgesuchter Höflichkeit. Ich reiche ihr das Pigmentröhrchen. Seltsam, fast kommt sie mir irgendwie aufgewühlt vor, aber bevor sich mein Eindruck bestätigt, dreht sie sich wieder in Richtung Wand. Ich rede mit Martino weiter.

»Kopf hoch! Nachdem alle meine Fragen monatelang systematisch ignoriert wurden und ich bei jeder Sprechstunde stundenlang vor ihrem Büro gewartet hatte, habe ich ihr am Ende des Kurses eine Arbeit über Giorgione vorgelegt, an der ich mich ernsthaft abgearbeitet hatte. Ich hatte ganze Nächte über der Argumentation gebrütet, endlose Nachmittage mit dem Anfertigen von Skizzen in den Sälen der Accademia zugebracht und war zur Recherche in Bibliotheken in die entlegensten Ecken des Veneto gepilgert. Aber es hat sich schließlich doch gelohnt: An jenem Tag begann auch meine gestrenge Professorin, mich allmählich als einen Zögling zu betrachten, der ihren hohen Ansprüchen gerecht wird.«

»Hoffen wir bloß, dass mir das auch so geht! Bonfante ist ein ganz schön harter Brocken ...« Martino schüttelt zweifelnd den Kopf. Während ich die Farbpigmente mit Wasser mische, beobachtet er mich neugierig. »Warum benutzt du diese Karaffe?«, fragt er.

»Damit filtert man die Unreinheiten aus dem Wasser.« Ich hebe den Deckel an und zeige ihm den eingebauten Filter. »Der Kalkgehalt des Wassers hier ist nämlich tödlich für die Farbe. Das ist ein Trick, auf den ich in Venedig gekommen bin.«

»Geht das dahinten auch ein bisschen leiser?«, brummelt Paola auf einmal wie ausgewechselt. Also fangen wir mit unserem Geplapper doch an, sie zu nerven.

»Sie haben recht, bitte entschuldigen Sie«, versucht Martino sie zu beschwichtigen.

Ich zucke mit den Achseln und zwinkere ihm zu, als wolle ich sagen: *Lass doch, die ist halt so!*

Paola hat mit dem Motzen allerdings gerade erst angefangen und denkt gar nicht daran, gleich einzulenken. »Ihr schnattert lauter als die Gänse auf dem Kapitol!«, nörgelt sie. Wenn sie sauer ist, kommt ihr römischer Akzent besonders gut zur Geltung.

»Vielleicht sollten wir mal eine kleine Pause machen«, wage ich mich vor, zumal es bereits nach elf ist und Paola immer noch keine Anstalten macht, ihre Arbeit zu unterbrechen. »Gehen wir einen Kaffee trinken?«, frage ich und werfe Martino einen einvernehmlichen Blick zu.

»Geh du ruhig mit deinem kleinen Freund«, murmelt Paola genervt und rührt sich nicht von der Stelle. »Ich muss hier was fertig machen.« Dabei wendet sie den Blick keine Sekunde lang von ihrem Fresko ab. Wenn ich es nicht besser wüsste, würde ich schwören, dass sie eifersüchtig ist.

»Na gut, dann geh ich jetzt. Bin bald zurück.«

Ich ziehe meinen gewachsten Overall aus, hole meine Handtasche aus dem Abstellraum hinter dem Altar und schleiche mich auf Zehenspitzen mit Martino aus der Kirche.

»*Mamma mia,* deine Kollegin hat aber Haare auf den Zähnen ...«

Als wir draußen sind, wirft sich Martino schwungvoll die Haartolle aus dem Gesicht, die ihm bis über die Augen fällt. Dann bleibt er vor mir stehen und wartet allem Anschein nach auf Anweisungen.

»Lass uns ins *Sant' Eustachio* gehen«, schlage ich vor. Das ist eine Bar, die nur wenige Schritte von San Luigi entfernt an der gleichnamigen Piazza liegt und angeblich den besten Kaffee in ganz Rom serviert.

Die Sonne steht bereits hoch am Himmel, der so wolkenlos und klar ist, dass er beinahe aussieht wie gemalt. Das Klima in der Hauptstadt ist in dieser Jahreszeit ideal: heiß, aber nicht zu heiß, und ab und zu weht eine leichte Brise vom Meer.

Wir gehen durch die Dogana Vecchia, doch als wir auf der Piazza ankommen, bleibt mir auf einmal die Luft weg. Einen Moment lang habe ich das Gefühl, es liege ein ganz bestimmter Duft in der Luft, *jener Duft*, der mich damals vollkommen aus der Bahn warf – Ambra mit einer besonders intensiven, durchdringenden Note: Leonardos Duft. Ich bleibe abrupt stehen und schaue mich um; das Herz klopft mir bis zum Hals, doch unter den Menschen ringsum kann ich niemanden erkennen, der Leonardo auch nur im Entferntesten ähnelt. Schließlich geht eine Tussi mit Modelmaßen und in engen Leggings an mir vorbei, die der Fantasie keinen großen Spielraum mehr lassen, und verdeckt mit ihrem aufdringlichen Parfüm jede Spur des anderen Dufts.

»Was ist denn? Alles in Ordnung?« Martinos besorgte Stimme holt mich abrupt in die Wirklichkeit zurück. Einen Moment lang hatte ich ihn vollkommen vergessen, wie alles um mich herum.

»Ja, ja. Warum?« Ich tue so, als wäre nichts, doch wahrscheinlich strafe ich mich selbst Lügen, wenn selbst ein Junge wie er mir anmerkt, dass etwas nicht stimmt.

»Du bist gerade ganz blass geworden.«

»Ach was ... Ich hatte nur kurz den Eindruck, jemanden zu sehen, den ich kenne, aber hab mich wohl getäuscht.« Ich versuche mich an einem Lächeln und gebe mir alle

Mühe, mir nicht anmerken zu lassen, wie aufgewühlt ich immer noch bin.

»Vielleicht war es Paola, die uns hinterherspioniert«, witzelt Martino. Ich lache mit ihm und versuche, die Erinnerung an Leonardo wieder aus meinen Sinnen und jeder Faser meines Körpers zu verbannen.

Als wir bei der Bar ankommen, belegen wir gleich den ersten freien Tisch und bestellen beim Kellner, einem grauhaarigen Mann mit roten Bäckchen, der aussieht, als wäre er für den Job geboren. Ich nehme einen Getreidekaffee, Martino einen *Chinotto*, einen alkoholfreien Aperitif.

»Rom ist wunderschön im Frühling«, seufze ich und schaue mich um.

»Aber Venedig doch bestimmt auch«, sagt Martino. »Weißt du, dass ich nur ein einziges Mal dort war, auf Klassenfahrt? Eigentlich erinnere ich mich nur noch daran, wie wir uns besoffen und hinterher im Hotel gekotzt haben!«

»Du musst unbedingt noch mal hin, da gibt es so viele Kunstwerke anzuschauen, dass du gar nicht wüsstest, wo dir der Kopf steht …« Ich schlage die Beine übereinander und mache es mir auf dem schmiedeeisernen Stühlchen so gemütlich wie möglich. »Jedenfalls, wenn du wirklich vorhast, mal hinzufahren, und Tipps brauchst, sag einfach Bescheid, dann treffen wir uns, und ich weihe dich ein. Schließlich kenne ich mich gut aus …«

»Vielleicht könntest du ja als meine Reiseleiterin mitfahren«, sagt Martino mutig, wagt kurz einen Blick in mein Dekolleté und schaut dann schnell und irgendwie beschämt wieder weg. Dieser Junge ist einfach schüchtern, und ich muss zugeben, dass seine unschuldige Art mich bezaubert.

Ich lächele, eher geschmeichelt als peinlich berührt.

»Vielleicht …« Ich halte mich bewusst im Vagen und rücke mit einer betont beiläufigen Geste mein T-Shirt zurecht.

Indessen kommt der Kellner zurück und stellt sein Tablett mit elegantem Schwung auf den Tisch. »Bitte schön, meine Herrschaften«, sagt er mit tiefer Stimme, serviert und bleibt dann in der Erwartung, bezahlt zu werden, vor uns stehen.

Martino fängt an, in seinem Täschchen zu wühlen, doch ich halte ihn davon ab.

»Lass nur. Das mach ich.« Ich reiche dem Kellner einen Zehn-Euro-Schein. »Heute habe ich Geburtstag …«, füge ich leise hinzu.

»Wirklich?«, erwidert Martino verblüfft. »Aber wieso hast du das denn nicht vorher gesagt?«

Als der Kellner weg ist, steht er auf und gratuliert mir mit zwei schüchternen Küsschen auf die Wangen. »Ich weiß, man soll eine Frau nicht nach ihrem Alter fragen, aber …«

»Dreißig, nicht mehr und nicht weniger«, antworte ich, noch bevor er seinen Satz beenden kann. Sein erstaunter Blick schmeichelt mir.

»Mensch, das sieht man dir aber nicht an!«

»Danke.« Wenn man erst mal dreißig ist, nimmt man das als Kompliment.

»16. Mai … dann bist du ein Stier.«

»Genau. Und du?«, erkundige ich mich.

»Waage. Am 3. Oktober werde ich zwanzig.«

Auch er wirkt jünger, als er ist, aber das behalte ich für mich, weil ich mir denken kann, dass es für Martino kein Kompliment wäre. Ich nehme den letzten Schluck von meinem Koffeinfreien und kratze mit dem Löffel die letzten Reste Rohrzucker aus der Tasse. Ich kann einfach nicht anders: Ich muss wieder an den Geruch von vorhin denken. Urplötzlich habe ich ihn wieder in der Nase, so tief hat er sich in mein Gedächtnis eingeprägt.

»Da ist er wieder.« Martino mustert mich, als wäre ich ein rätselhaftes Studienobjekt.

»Was denn?«, frage ich ihn überrascht.

»So ein komischer Gesichtsausdruck, den du manchmal hast. Ich sehe das gleich, weißt du? Manchmal bist du ganz abwesend, als würdest du dich nach etwas sehnen, das lange zurückliegt und das über die Zeit unerreichbar geworden ist. Vorhin auf der Straße hast du auch so geschaut.« Martino kneift die Augen zusammen und sieht mich prüfend an. »Du wirkst traurig, Elena. Als gäbe es da einen geheimen Schmerz, der dich ab und zu quält.«

Was er da sagt, erschüttert mich. Denn es stimmt. Erst in diesem Moment wird mir bewusst, dass es in meinem Herzen immer noch eine offene Wunde gibt – Leonardo. Auch wenn ich mich schwertue, es zuzugeben, ist sie noch immer nicht verheilt. Und wird vielleicht auch nie verheilen.

»Das hat mir noch nie jemand gesagt«, erwidere ich und verberge meinen inneren Aufruhr hinter einem Lächeln.

»Das nehme ich als Kompliment«, entgegnet Martino und lächelt auch. »Diese sonderbare Melancholie macht dich noch schöner …« Er errötet. Als wäre es ihm peinlich, was ihm da gerade herausgerutscht ist.

»Danke«, erwidere ich lächelnd und rette ihn damit aus seiner Verlegenheit. »Dieses Kompliment ist heute mein erstes Geburtstagsgeschenk.« Schwungvoll stehe ich auf. »Es ist spät geworden. Ich gehe wohl besser zurück, sonst verscherze ich es mir noch mit Paola …«

»Ja, gehen wir.« Martino hat nichts einzuwenden und packt rasch seine Sachen zusammen. Für heute hat er sich offenbar weit genug aus dem Fenster gelehnt.

Als ich am späten Nachmittag nach Hause komme, stelle ich fest, dass Filippo schon da ist und auf mich wartet. Er liegt mit geschlossenen Augen auf dem Sofa, den Kopf auf dem Kissen mit der schwarzweißen Aufschrift »MANHATTAN«. Er hat sich die Jacke und Krawatte ausgezogen und über den Sessel geworfen; das Hemd ist am Kragen aufgeknöpft. Auf den ersten Blick sieht es so aus, als würde er schlafen, dann merke ich jedoch, dass er mit einem bestrumpften Fuß wippt und leise *Via con me* mitsingt, einen unserer Lieblingssongs von Paolo Conte. Jetzt sehe ich, dass er Stöpsel in den Ohren hat, was mir vorher nicht aufgefallen war.

Ich beobachte ihn fast eine Minute lang. Auf seinem lieben Gesicht liegt ein zartes Licht. Dieser Anblick erfüllt mich mit einem Gefühl heiterer Zufriedenheit. *Vielleicht bin ich ja wirklich glücklich, zum ersten Mal in meinem Leben …* Glücklich darüber, zu ihm zu gehören, an diesen Ort, glücklich über alles, was mich umgibt. Als ich mich auf leisen Sohlen dem Sofa nähere, klappt Filippo die Augen auf. Er streckt sich, lächelt und sagt: »Herzlichen Glückwunsch zum Geburtstag, Bibi!«

»Danke, Fil. Auch wenn du mir schon heute Morgen gratuliert hast …«, antworte ich und stelle meine Handtasche auf dem gepunkteten Teppich ab.

Filippo seufzt und breitet die Arme aus. »Komm her und drück mich!« Er zieht mich an sich, und ich schmiege mich an seinen warmen Körper. Er haucht mir einen zärtlichen Kuss auf die Lippen und zieht dann unter dem Kissen einen weißen Umschlag hervor, auf den eine Margerite gezeichnet ist.

»Das hier ist für dich«, flüstert er zärtlich und bleckt dann sein perfektes Gebiss zu einem breiten Lächeln.

Ich mache den Umschlag auf und finde darin einen Gutschein für ein Wochenende in der Toskana.

»Wow, Fil, danke! Wann fahren wir?«, rufe ich begeistert aus und falle ihm um den Hals. Das ist wirklich eine Überraschung. Ich küsse ihn leidenschaftlich und freue mich jetzt schon auf den Abend, den wir gemeinsam verbringen werden, nur wir beide allein. Wir werden irgendwas essen und dann miteinander ins Bett gehen.

Doch es gibt noch mehr Geburtstagsgeschenke. Filippo hat mir zu Ehren ein Abendessen mit einigen Freunden in einem der besten Restaurants von Rom organisiert.

»Schließlich wird man nur einmal dreißig«, unterstreicht er voller Begeisterung. »Und man muss die Feste feiern, wie sie fallen … das war doch das Mindeste!«

Ich wiege bedächtig den Kopf. »Na, na, na … Verwöhnst du mich nicht zu sehr?« Um die Wahrheit zu sagen, hätte ich den Abend lieber mit ihm allein verbracht, aber auch das Essen ist eine wunderschöne Idee, von der ich ihn auf gar keinen Fall abbringen will, weil er sich selbst am allermeisten über diese Überraschung freut. Ich nehme seinen Kopf in beide Hände und bedecke sein Gesicht mit vielen kleinen Küsschen. »Ich bin glücklich, überglücklich. Weil du da bist.«

»Ich auch, Bibi.« Filippo fährt mir zärtlich durch die Haare. »Und wenn ich das sagen darf: Ich bin auch ziemlich froh, dass du keine Vegetarierin mehr bist. Da war nämlich früher immer ein Problem, wenn man mit dir irgendwohin gehen wollte …«

Ich lächele, denke an mein Herumgezicke beim Essen, das Filippo in all den Jahren unserer Freundschaft über sich ergehen lassen musste. Und ich weiß, wie pingelig und nervig ich in dieser Hinsicht immer war … nur gut, dass ich mich habe bekehren lassen!

»Du bist der erste Mensch, den ich kenne, der bei einer solchen Sache von einem Tag auf den anderen seine Meinung geändert hat«, fährt er fort, während wir uns vom Sofa erheben. »Ich hab nie begriffen, was dich damals eigentlich dazu bewogen hat.«

»Ich auch nicht.« Ich ringe mir ein Lächeln ab, spüre aber: Da ist er wieder, klammheimlich und unwiderstehlich – der Gedanke an Leonardo. Hätte ich ihn nicht getroffen, wäre ich auch heute noch Vegetarierin. Hätte ich ihn nicht getroffen, wäre ich immer noch die Elena von früher ... dann gäbe es in meinem Leben immer noch nur Schwarz oder Weiß. Dann wäre alles immer noch farblos. Geruchlos. Taub.

Bevor wir losgehen, nehme ich mir ein paar Minuten Zeit, um mit Gaia zu skypen. Nach ein paar Witzchen über mein mittlerweile hohes Alter – das sie selbst erst in sechs Monaten erreichen wird, weshalb sie sich bemüßigt fühlt, den jungen Hüpfer herauszukehren – lasse ich mir von ihr die neuesten Entwicklungen in Sachen Belotti berichten, ihrem Radler, von dem sie einfach nicht loskommt. Wie immer versetzt es mich sogleich in beste Laune, mir Gaias lebhafte Berichte anzuhören, die stets mit allerhand pikanten Details ausgeschmückt sind. Auch in dieser Hinsicht sind wir einfach unzertrennlich, sie und ich: Wenn Gaia glücklich ist, bin ich es auch. Und ich will einfach nicht, dass sie irgendwelchen Mist anstellt, um einen Typen zu kriegen, der mich immer noch nicht überzeugt hat und der sie vielleicht gar nicht verdient.

»Also, habt ihr euch gesehen oder nicht?«, frage ich. Ich sterbe vor Neugier.

»Ja. Einmal«, sagt Gaia kokett und wickelt sich eine blonde Haarsträhne um den Finger. Ich bemerke, dass sie roten Nagellack trägt. Das ist die Lieblingsfarbe von Belotti, was sie nicht aufhört zu betonen.

»Und wo, wenn ich fragen darf?«

»Ich hab ihn in seiner Wohnung in Monte Carlo besucht, kurz bevor der Giro d'Italia anfing. Wir haben uns die ganze

Nacht geliebt. Und den Tag danach auch noch.« Ihre grünen Augen blitzen nur so vor Freude, als sie fortfährt: »Ele, es war einfach fantastisch!«

Wenn Gaia ein solches Gesicht macht, dann ist es sinnlos nachzuhaken. Ganz offensichtlich ist Samuel Belotti nicht nur ein schöner Mann, sondern auch der Hammer im Bett.

»Und jetzt?«

»Jetzt geht gar nichts«, seufzt sie. »Stell dir nur mal vor, wir würden uns während des Rennens sehen! Er hat mir verboten, zu ihm zu fahren, weil er sagt, Sex sei schlecht für seine Fitness …«

»Blödmann …«

»Na ja, da ist schon was dran. Außerdem ist das die Anordnung vom Teamchef. Jedenfalls kann ich ein Wiedersehen bis Mitte Juni vergessen!«. Sie zuckt mit den Achseln. »Immerhin hören wir seit jener Nacht viel öfter voneinander.«

»Das ist doch schon mal was«, sage ich tröstend. Vielleicht hat Belotti ja wirklich ernste Absichten, aber ich würde nicht darauf schwören. »Und an Brandolini denkst du gar nicht mehr? Du brauchst mir nicht zu antworten, wenn du nicht willst«, frage ich vorsichtig.

Gaia runzelt die Stirn. »Gelegentlich. Vor ein paar Tagen habe ich ihn sogar im Rialto-Viertel getroffen.« Sie streicht sich über die Stirn, als würde der Gedanke daran ihr irgendwie Schwierigkeiten bereiten. »Aber ich will nicht zurückschauen. Bei ihm zu bleiben wäre Heuchelei gewesen.«

Ich nicke verständnisvoll.

»Und, wie geht's mit Filippo?«, fragt sie mich gleich, um das Thema zu wechseln.

»Gut.« Ich nicke und lächele. »So gut, dass ich es kaum glauben mag.«

Offenbar strahle ich bei diesen Worten, denn jetzt lächelt Gaia breit. »Ich hab dir *immer schon* gesagt, dass ihr einfach füreinander geschaffen seid. Ich merke, du bist glücklich, Ele. Und du hast es dir wirklich verdient.«

Gaia ist der einzige Mensch, der von der Geschichte mit Leonardo weiß, und hat mir nach der Trennung immer beigestanden. Ich weiß, dass es für sie eine echte Erleichterung war zu sehen, wie ich aus dem Tunnel des Schmerzes und der Ungewissheiten, in den ich mich gestürzt hatte, langsam wieder herauskam.

»Und wann kommst du uns endlich besuchen?«

»Ganz bald, versprochen!«

»Ich warte auf dich. Enttäusch mich nicht.« Ich werfe einen kurzen Blick zu der Uhr auf dem Bildschirm und merke, dass es bereits halb neun ist. Ich bin spät dran und muss mich beeilen. »Jetzt muss ich aber Schluss machen. Filippo hat zur Feier des Tages ein Abendessen mit ein paar Freunden arrangiert.«

»Und nach dem Essen? Feiert ihr dann allein weiter?«, fragt Gaia in süffisantem Ton und zwinkert mir verschwörerisch zu.

»Ich weiß nicht … aber ich hoffe es«, sage ich und zwinkere zurück. »Aber jetzt musst du mich entschuldigen. Ich muss meinen alten, müden, dreißigjährigen Körper auf Vordermann bringen!«

»Amüsiert euch. Und tut nichts, was ich nicht auch tun würde … Bis bald.«

»Küsschen, Gaia.«

»Ciao, Ele. Bussi.«

Nach dem Skypen mache ich mich für den Abend zurecht. Ich wähle ein schwarzes Kleidchen mit Spaghettiträgern, dazu kobaltblaue Sandalen – die mich mit ihrem Absatz deutlich größer als meine eins fünfundsiebzig wirken lassen – und einen Seidenbolero. Dann sprühe ich mir etwas

Chloë auf den Handrücken, ein Trick, den mir Gaia schon im Gymnasium beigebracht hat. *Dann verteilt sich dein Parfüm im Raum, wenn du gestikulierst.* Ihre Worte auf dem Flur der Schule habe ich immer noch im Ohr.

Als Nächstes begebe ich mich ins Bad, um mir die Zähne zu putzen – wie immer bin ich zu spät dran –, und fange mit dem Schminken an, wobei ich genau Gaias Anweisungen befolge. Ich trage sorgfältig pfirsichrosa Lippenstift auf, tupfe ihn mit einem Kosmetikstift leicht ab und vollende mein Werk mit einem Hauch Lipgloss. Dann sind die Augen dran. Um meinen Blick intensiver zu machen, umrande ich sie mit dunklem Lidschatten (ohne zu übertreiben) und gebe anschließend noch einen Hauch Rouge auf die Wangen, die Stirn und das Kinn. Jetzt noch ein bisschen Korrekturstift, und ich bin fertig. *Hoffentlich hab ich nicht übertrieben,* schießt es mir kurz durch den Kopf, doch als ich meinem Blick im Spiegel begegne, lächele ich und beschließe, dass ich alles richtig gemacht habe und ziemlich hübsch aussehe. Im ehrwürdigen Alter von dreißig habe selbst ich gelernt, wie man sich richtig schminkt.

Ich kehre ins Schlafzimmer zurück und krame im Schrank nach meiner Pochette aus blauem Leder, einem Wahnsinnskauf aus Venedig, den ich heute Abend gerne mal wieder aus der Versenkung holen möchte. Als ich sie finde, liegt sie ziemlich zerdrückt unter einem Stapel *Architectural Digest*. Nachdem ich auf Filippo und seine Unordnung geschimpft habe und die Tasche mit ein paar gezielten Handkantenschlägen wieder in Form gebracht habe, lege ich mein iPhone, den Lipgloss, Blasenpflaster (die vergesse ich nie, wenn ich auf solchen Stelzen unterwegs bin!) sowie eine Packung mit meinen Lakritzstäbchen hinein (ohne die ich niemals aus dem Haus gehe – sie sind mein Glücksbringer). Jetzt geht die Tasche zwar nur noch mit Mühe zu, aber was soll's?

Zum Schluss ziehe ich die Sportuhr an, die mir Filippo nach unserer Versöhnung geschenkt hat, schlüpfe in die Sandalen und gehe ins Wohnzimmer. Er wartet bereits auf mich, wie immer auf dem Sofa: blaue Baumwollhose und ein weißes Hemd mit hochgekrempelten Ärmeln, dazu die entspannte Miene eines Menschen, der nur einen Moment gebraucht hat, um sich fertig zu machen. *Beneidenswert: Der Mann schmiert sich nur einen Hauch Gel ins Haar und sieht blendend aus*, denke ich und küsse ihn zärtlich.

Das Restaurant, das Filippo ausgesucht hat, gefällt mir sofort: Es ist chic und irgendwie originell, ohne dabei wie so viele modische Lokale aseptisch zu wirken. Es ist im Jugendstil eingerichtet: vorne die offene Konditorei mit einem onyxfarbenen Tresen und Hunderten von Weinflaschen, die von hinten beleuchtet sind; der Speisesaal unter einem Gewölbe, die Tische mit weißen Tischdecken und Blumen dekoriert. Im zweiten Stock gibt es eine große Terrasse mit herrlichem Blick auf den Testaccio, und genau hier ist auch unser Platz.

Alle am Tisch sind gut gelaunt und entspannt. Es ist eine angenehme Tischrunde, auch wenn ich etwas Mühe habe, mich darin wirklich wohl zu fühlen. Die Kollegen von Filippo kenne ich recht gut, ich habe sie schon bei mehreren Gelegenheiten kennengelernt, aber im Grunde sind sie mir immer noch fremd. Alessio ist ein gutaussehender, etwas aus dem Leim gegangener Mann Ende dreißig, der mit seiner Frau Flavia gekommen ist, einer kessen Blondine, die bei einem lokalen Fernsehsender arbeitet. Giovanni hingegen ist ein schmächtiger Mann mit Geheimratsecken, etwa so alt wie Filippo und mit Isabella befreundet, einem sehr netten Mädchen, das Medizin studiert und gerade fertig promoviert hat. Riccardo, der Chef, ist der Typ »ewiger Junggeselle«, der sich offenbar weigert, seinen Status aufzugeben, obwohl er längst jenseits der vierzig und grau an den Schläfen geworden ist. Jedes Mal, wenn ich ihn sehe, hat er eine andere »Bekannte« dabei. Heute ist eine schweigsame Rothaarige an der Reihe, die sich wahrscheinlich die Wangenknochen hat richten lassen, aber über eine perfekte Figur verfügt. Obwohl alle ihr Bestes geben, nett zu mir zu sein – und sie sind auch in der Tat sympathisch und interessant –, habe ich manchmal den Eindruck, dass ich nie wirklich zu dieser Gruppe von Menschen gehören werde, die das Leben zusammengeschweißt hat, weil man sich seit Ewigkeiten kennt und unendlich viele Abende miteinander verbracht hat. Es sind diese Momente, in denen mir Gaia am meisten fehlt.

Nach einem genauen Studium der Wein- und Speisekarte suchen wir uns die Vorspeisen aus: *arancini*, Safranreisbällchen mit einer Käsefüllung und Knusperbrot mit Fischrogen, Zitrone, Tomaten und Basilikum. Dazu bestellt Filippo eine Flasche besten Champagners. Der Kellner in weißer Livree und einer Fliege aus schwarzer Seide gratuliert ihm murmelnd zu seiner guten Wahl. Ein paar Minuten später erscheint er wieder an unserem Tisch und bringt uns neben den Vorspeisen eine Jahrgangsflasche Piper-Heidsieck.

Während Alessio einschenkt, nimmt Filippo auf seinem Stuhl eine kerzengerade Haltung ein und blickt auf einmal sehr feierlich drein. Dann hebt er das Glas und ruft im Brustton der Überzeugung: »Auf meine *Verlobte*!« Alle prosten sich zu.

Es dauert eine geschlagene Sekunde, bis ich die Information verarbeitet habe, dann laufe ich so knallrot an, dass ich mir rasch ein Taschentuch vors Gesicht halten muss. Ich weiß nicht, ob ich ihn umbringen oder küssen möchte. Es ist das erste Mal, dass er mich in der Öffentlichkeit so nennt. Obwohl wir seit anderthalb Monaten zusammenleben und unsere Beziehung von Anfang an irgendwie hochoffiziell war, ist es für mich irgendwie erschreckend, seine Worte zu hören, denn von Verlobung oder Ehe war zwischen uns noch nie die Rede. Mit einem etwas gequälten Lächeln hebe ich mein Glas und proste den anderen zu. Filippo küsst mich auf die Lippen, und ich erwidere seinen Kuss, auch wenn mir der Austausch von Zärtlichkeiten in der Öffentlichkeit schrecklich peinlich ist.

Schließlich fangen wir mit dem Essen an, doch schon bald nach dem fröhlichen Anstoßen packt mich eine unerwartete Melancholie. Vielleicht liegt es daran, dass ich Geburtstage immer zum Anlass nehme, mir Gedanken über die Vergänglichkeit zu machen, oder an der Tatsache, dass ich mich hier, in diesem Restaurant, inmitten von Menschen, die ich nur wenig kenne, fehl am Platz fühle … es kann natürlich auch am Champagner liegen … auf alle Fälle steigen tieftraurige Gedanken in mir hoch … Auf einmal ist sie wieder da, diese sonderbare Nostalgie, die Sehnsucht, die mich auch heute Morgen erfasst hat und die sogar Martino nicht entgangen ist. Ich fühle mich hier in Rom, in meinem ganzen Leben, so fern und fremd, wie ich mich schon lange nicht mehr gefühlt habe. Einen Moment versuche ich, mir einzureden, dass es an den Hormonen liegt, weil ich bald meine Tage bekomme, doch es will mir nicht recht gelingen, denn im Grunde weiß ich, dass nicht nur das der Grund ist: Ich mag noch so unbeschwert in die Runde lächeln und mich um eine fröhliche Miene bemühen – dieser dreißigste Geburtstag hat einen bittersüßen Beigeschmack, den selbst das köstliche Hauptgericht – Reis mit einem Pesto aus Zitrusfrüchten, Avocado und Minze – nicht übertünchen kann.

Als am Ende die herrliche Birnen-Schokoladen-Torte serviert wird, die Filippo extra für mich hat vorbestellen lassen, puste ich unter den feierlichen Blicken der Tischrunde meine Kerzen aus und äußere dabei insgeheim nur einen einzigen Wunsch: dass dieser Abend bald zu Ende sein möge.

Die Torte wird in die Küche zurückgeschickt, um aufgeschnitten und auf kleinen Porzellantellerchen serviert zu werden, und während der Kellner mit unseren Portionen an den Tisch zurückkehrt, bemerke ich etwas Seltsames: Auf meinen Tellerrand hat jemand eine kunstvolle Blume aus Granatapfelkernen gelegt.

»Schau nur, wie schön, Bibi!«, kommentiert Filippo, der neben mir sitzt. »Ein kleiner Gruß aus der Küche an das Geburtstagskind!«

»Sehr hübsch, ja.« Ich zwinge mich zu einem Lächeln, weiß dabei aber, dass mein Gesicht eine ganz andere Sprache spricht. Mit zitternder Hand führe ich mein Glas zum Mund und nehme einen Schluck Champagner, doch tief in mir drinnen herrscht das absolute Chaos: Das Herz schlägt mir bis zum Hals. *Granatapfelkerne*. Das kann kein Zufall sein, das ist ein Zeichen, eine Botschaft von *ihm*, das weiß ich … und doch kann ich es kaum glauben.

Ich versuche, die Gedanken an Leonardo zu verscheuchen und mich stattdessen auf Alessio zu konzentrieren, der lebhaft über die Neugestaltung eines längst vergessenen Parks spricht, doch seine verbalen Ergüsse über Ökodesign und nachhaltigen Gartenbau sind mir keine große Hilfe. Ich spüre, wie ich langsam die Fassung verliere, und beschließe, dass ich keine Sekunde länger warten kann.

Ich muss es wissen. Jetzt.

Ich lasse die Gabel auf meinen Teller fallen und stehe abrupt auf.

»Entschuldigt mich einen Moment. Ich muss mich etwas frisch machen«, erkläre ich angesichts der fragenden Blicke der Tischrunde.

Entschlossenen Schrittes marschiere ich ins Innere des Restaurants, an der Tür zur Toilette vorbei und in Richtung Küche. Nervös blicke ich mich um und drücke die Pochette in meinen schwitzenden Händen. Vielleicht ist es ja Wahnsinn, und ich habe mir das alles nur eingebildet. Doch wenn das, was ich denke, stimmen sollte, begehe ich gerade einen kolossalen Fehler: wie in einem dieser abgedroschenen Horrorfilme, bei denen der Held mitten in der Nacht ein unheimliches Geräusch hört und beschließt, zur Tür zu gehen und sie zu öffnen, anstatt gleich die Polizei zu rufen. Aber was soll ich machen? Ich bin wie von Sinnen. *Leonardo …*

Mit knallrotem Gesicht schaue ich durch das Bullauge in die Küche, ohne allerdings viel erkennen zu können. Dann hole ich tief Luft und drücke gegen die Tür, die nach innen schwingt wie die eines Saloons. Als Erstes werde ich beinahe von einem Kellner über den Haufen gerannt, der genau in diesem Moment mit vier dampfend heißen Tellern herausgehetzt kommt. In allerletzter Sekunde kann ich ihm gerade noch ausweichen und mich seitlich an ihm vorbeidrücken.

In der Küche herrscht ein gewaltiges Tohuwabohu: Stimmen, Dämpfe, Klirren, Klappern. Eine ganze Armee von Küchenpersonal drängt sich rund um den Arbeitstisch und die Herdplatten: Da wird geschnippelt und gerührt, paniert und gewendet, in den Ofen geschoben, verziert und abgewischt. Doch nur einer dirigiert dieses perfekt aufeinander abgestimmte Orchester.

»Verdammt noch mal, wir sind mit allem in Verzug! Bewegt euren Arsch, verdammt noch mal!«

Seine Stimme, wie Donnerhall.

Ich sehe ihn, und mir bleibt die Luft weg. *Leonardo*. Er trägt eine weiße Kochjacke und ein ebensolches Stirnband, wie damals, als ich ihn bei der Eröffnung seines venezianischen Restaurants zum ersten Mal in Aktion sah. Seine dunklen Augen, aufmerksam und leuchtend, der Dreitagebart, die Schweißperlen auf der Stirn. Charismatisch und autoritär bewegt er sich inmitten seiner Mitarbeiter, und von allen wird er gefürchtet. Das sehe ich an der Art und Weise, wie er Befehle erteilt und wie diese entgegengenommen werden. Ich stehe da, bewegungslos, zur Salzsäule erstarrt, und schaue ihn an. Er hat mich noch nicht bemerkt.

»Der Hummer für Tisch 4 ist seit drei Minuten fertig. Was soll das, Ugo, sollen wir den kalt servieren? Wo haben die dich denn hergeholt, aus der Hamburgerbraterei, oder was?«

»Alles klar, Chef. Ich muss hier nur noch schnell ausdekorieren … entschuldigen Sie, Chef. Ich war einen Moment abgelenkt«, antwortet Ugo, dem der Schweiß auf der Stirn steht.

»Ach so, abgelenkt warst du? Kein Problem, Ugo, bei McDonald's suchen sie immer brave Jungs für die Fritteuse … jetzt mach schon mit diesem Thunfisch-Carpaccio, verdammt noch mal! Die Leute warten da draußen!«

»Sofort, Chef.«

»Und du, Alberto, verdammt noch mal – das ist zu viel Soße auf den Garganelli. Weniger, viel weniger. Zum Teufel, muss man euch alles hundertmal sagen? Weg damit! Noch mal von vorne!«

Er ist genauso, wie ich ihn in Erinnerung hatte, nur noch selbstsicherer und imposanter. Mir kommen seine Haare noch dunkler vor, die Kinnlade entschlossener und die Muskeln noch angespannter – doch das kann auch nur Einbildung sein. Eine Art von Halluzination.

Er hat mich immer noch nicht gesehen, und einen Moment lang wäge ich mich in Sicherheit. Dann begegnen sich endlich unsere Blicke, ich bekomme weiche Knie und beginne zu zittern. Leonardo deutet ein Lächeln an und kommt mir mit großen Schritten entgegen. Ich bleibe reglos stehen, weil ich einfach nicht die Kraft habe, mich zu bewegen.

Ich atme ein, aus, ein, aus.

Ich bin bestürzt, erschüttert, wütend, weiß selber nicht, was ich bin. Kein Wort bekomme ich raus, nicht einmal ein winzig kleines Geräusch entringt sich meiner Kehle, als ich ihn auf mich zukommen sehe. Einen Moment lang möchte ich mir einen dieser Teller schnappen und ihn nach ihm werfen, so wie in diesen miesen italienischen Komödien, und dann gleich das Weite suchen. Bevor ich diesen Plan jedoch in die Tat umsetzen kann, baut sich Leonardo vor mir auf und hält mich mit einer Hand fest. Dieser winzige Körperkontakt genügt schon, um die Wirklichkeit um mich herum auszuschalten. Ich hatte vollkommen vergessen, wie groß seine Hände sind. Wie warm. Ich versuche mich loszumachen, aber es gelingt mir nicht.

»Hallo«, sagt er einfach nur, mit diesem frechen Grinsen und diesen Augen, die so seltsame Spielchen mit dem Licht treiben. Seine Mimikfältchen sind immer noch da und erinnern mich daran, wie sexy er ist. So schön, dass einem die Luft wegbleibt.

»Hallo«, murmele ich und klinge dabei ungläubig und wütend zugleich. Seit drei Monaten haben wir uns nicht gesehen. Seit drei Monaten, in denen ich mein Leben mühsam Stück für Stück auseinandergenommen und wieder neu zusammengesetzt habe. Und da steht er ohne Vorwarnung, einfach so vor mir und empfängt mich, als wäre nichts geschehen. Mit einem so entwaffnenden »Hallo«, als wäre das die einzig mögliche Begrüßung nach allem, was zwischen uns passiert ist. Auf einmal läuft mir ein Schauder über den Rücken, ich erstarre und balle die Fäuste so fest, dass sich die Nägel fast schmerzhaft in mein Fleisch bohren.

»Was ist denn, bist du … bist du überrascht?«, fragt Leonardo und blickt mir forschend ins Gesicht.

»Natürlich bin ich das«, antworte ich und hebe ein wenig das Kinn.

»Na ja, ich auch«, sagt er, eher amüsiert als nachdenklich. Ich sehe, wie sich seine Mundwinkel zu einem zufriedenen Lächeln kräuseln, und jetzt kann ich nicht mehr an mich halten: »Was zum Teufel machst du eigentlich hier? Wie kommst du nach Rom?«

»Dieselbe Frage könnte ich dir stellen. Immerhin ist das *mein* Restaurant hier«, erwidert Leonardo mit unschuldiger Miene und hebt die Arme.

Ich schaue ihn sprachlos an. Mir ist niemals in den Sinn gekommen, dass er ein Restaurant in Rom haben könnte. Und erst recht nicht, dass ich ausgerechnet an meinem Geburtstag hier landen könnte.

»Das ist mein Hauptrestaurant, wenn ich nicht in der Weltgeschichte herumdüse, um zu kochen. Aber vielleicht habe ich dir das ja nie erzählt …«

Aus meinem Mund kommt ein unartikuliertes Geräusch. Ich schüttele den Kopf, versuche, ruhiger zu werden. Aber das ist verlorene Liebesmüh. Leonardo hingegen schaut mich an wie ein schönes Geschenk, mit dem er nicht gerechnet hat.

»Ich hab dich vorhin reingehen sehen. Weißt du, manchmal stelle ich mich ganz gern hier an die Tür, um zu sehen, wie die Dinge draußen laufen …« Er nimmt mich an der Taille und schiebt mich zur Seite, damit einer seiner Mitarbeiter an mir vorbeikann. Er lächelt mir zu. »Ich konnte dich nicht so gehen lassen, ohne dir ein Zeichen zu geben … schließlich hat dich die Vorsehung hierhergebracht.«

»Ach, was du nicht sagst? Und welchen Grund sollte sie dafür wohl haben? Klär mich auf.« Meine Stimme ist hart, verächtlich.

»Woher soll ich das wissen?« Leonardo zuckt die Achseln, grinst vor sich hin. Ich bin kurz davor, auch das letzte Stückchen Selbstbeherrschung zu verlieren, das ich bis vor einer halben Stunde noch zu besitzen geglaubt hatte. »Vielleicht soll das alles ja ein abgeschmackter Witz sein. Aber einer Vorsehung, die zu einer solchen Ironie fähig ist, müsste man eigentlich folgen, oder meinst du nicht?«, fragt Leonardo leise und zwinkert mir zu.

»Verdammt noch mal!« Am liebsten würde ich brüllen vor Wut – und das tue ich jetzt auch. »Was findest du eigentlich so witzig?«, schreie ich ihn an. Jetzt gibt es kein Halten mehr. »Ist dir eigentlich bewusst, wie schlecht es mir deinetwegen gegangen ist? Hast du auch nur die leiseste Ahnung, wie grauenvoll meine Tage waren, bis ich dich halbwegs vergessen hatte? Hast du einen Schimmer, wie unendlich schwer es mir gefallen ist, mich schlussendlich davon zu überzeugen, dass du nur ein blöder Irrtum warst? Eine erotische Verirrung? Und da kommst du auf einmal, aus heiterem Himmel, und redest mir hier von Vorsehung … Weißt du was, Leonardo? Zum Teufel mit dir, zum Teufel mit der Vorsehung und zum Teufel mit diesem bescheuerten Restaurant!« Jetzt tobe ich so richtig. »Und vor allem: Zum Teufel mit mir, weil ich hierhergekommen bin! Wie konnte ich nur!«

Ich bin nicht mehr zu besänftigen und stehe mir hilflos gegenüber. Einen solchen Gefühlsausbruch kenne ich von mir einfach nicht – und gerade weil ich so etwas nicht von mir kenne, kann ich ihn auch weder unter Kontrolle halten noch unterdrücken. Und noch etwas ist seltsam an mir, entdecke ich: Es ist mir vollkommen egal, dass die Köche ungläubig die Köpfe heben, aufgeschreckt durch mein Gebrüll. Leonardo weicht einen Schritt vor mir zurück, als wäre auch er kurzzeitig überwältigt, doch dann packt er mich am Arm, zieht mich hinter eine kleine Tür rechts von uns und schiebt mich in eine Art dunkle, enge Kammer.

»Jetzt beruhig dich doch, Elena. Bitte.« Leonardo beugt sich so nah zu mir, dass ich den Duft seiner Haut riechen kann. Sein Atem riecht nach Brandy. »Wir machen uns ja zum Gespött der Leute.«

Ich schleudere ihm einen wutentbrannten Blick entgegen. »Das ist mir scheißegal, dass du's nur weißt!«

»Würdest du wenigstens einen Moment lang deine Lautstärke etwas drosseln, damit wir in Ruhe miteinander reden können?«, bittet er, doch ich bin mittlerweile richtig in Fahrt.

»Nein, Leonardo. Ich habe nicht die geringste Absicht, mit dir zu reden; ich will nicht hören, was du mir zu sagen hast, und ich habe auch selber nicht vor …«

Bevor ich den Satz beenden kann, presst mir Leonardo eine Hand auf den Mund, und dann liegen auf einmal, ohne jegliche Vorwarnung, seine Lippen auf den meinen. Er küsst mich, als wäre das die natürlichste Sache der Welt.

Ich bin vollkommen entwaffnet, finde aber immerhin noch die Kraft, mich von seinem gierigen Mund zu lösen und ihm eine schallende Ohrfeige zu verpassen.

Leonardo lächelt und streicht sich mit der Hand über die Wange. »Du hast mir gefehlt«, flüstert er. »Und du schmeckst so gut wie immer.«

Ich schaue ihn sprachlos an. *Ich habe ihm gefehlt?* »Zufälligerweise bin ich mittlerweile mit jemandem zusammen«, sage ich entschlossen und bissig. »Und es ist ernst.«

»Oh, das tut mir leid, Elena«, antwortet Leonardo.

»Was tut dir leid?«, frage ich ihn. Und da haben wir sie

wieder, seine Art, alle Probleme, die sich ihm stellen, einfach ganz schnell zu lösen: Er wischt sie einfach mit einem Satz beiseite, ganz lapidar, und damit hat sich die Sache für ihn erledigt. Und ich habe drei Monate lang durchgeweint. Ungläubig sehe ich ihn an und wiederhole meine Frage: »Was tut dir leid?«

»Wie das mit uns gelaufen ist. Und überhaupt.« In diesem Moment schenkt Leonardo mir einen festen, aufrichtigen Blick. Dann Schweigen.

Ich bin sprachlos. Dass er immer noch diese Wirkung auf mich hat, damit hatte ich nicht gerechnet. Ich spüre seine Hand auf dem Armband von Filippo. Auf einmal habe ich einen dicken Kloß im Hals und bekomme nur noch ein Flüstern heraus.

»Na gut. Deine Entschuldigung ist das schönste Geschenk zu meinem Geburtstag, mit dem ich rechnen konnte«, murmele ich und gehe, ohne mich noch einmal nach ihm umzudrehen.

Blass und aufgewühlt kehre ich an den Tisch zurück, mit einem Geheimnis im Herzen, das ich niemandem anvertrauen kann. Doch ich bemühe mich einfach weiterhin, so zu tun, als wäre nichts, und zeige mich begeistert über das Zitronensorbet mit Jasmin, das gerade serviert wird. Filippo fragt mich, ob alles in Ordnung sei, schließlich sei ich ziemlich lange auf der Toilette gewesen, und ich antworte ihm mit einem etwas angespannten Lächeln, alles sei bestens. Es ist die erste Lüge in meinem neuen Lebensjahr.

Während ich mit Filippo zusammen im Taxi nach Hause fahre, komme ich aus dem Grübeln nicht mehr heraus. Was für ein teuflisches Spiel erlaubt sich der Zufall da eigentlich mit mir? Es lief doch alles so gut … Bis heute Abend hatte ich gedacht, ich hätte noch einmal ganz von vorne angefangen, hätte mein Leben endlich neu geordnet und wirklich entdeckt, was Liebe ist: Warum muss ausgerechnet in diesem Moment Leonardo wieder auftauchen, um die ganze mühsam errungene Ordnung zu zerstören und erneut heilloses Chaos anzurichten? Ich hasse ihn dafür, dass er auf diese absurde Weise wieder aufgetaucht ist. Und ich hasse mich selbst dafür, dass ich der Versuchung nachgegeben habe, es wissen zu wollen.

Als wir in die ruhige, baumbestandene Allee einbiegen, in der wir wohnen, als ich den Hausschlüssel aus meiner Pochette nehme und ihn Filippo reiche, beschließe ich: Wenn wir oben sind, werde ich eine Kerze anzünden, dann machen wir eine ganz besondere Flasche Wein auf, ich suche die passende Hintergrundmusik aus, und dann werde ich die allerletzten Spuren der Vergangenheit aus meinem Gedächtnis löschen und wirklich, wirklich, wirklich ganz von vorne anfangen. Ich will, dass der Rest dieses Abends nur mir und dem Mann gehört, der mir gerade die Tür aufschließt. Dem Mann, den ich liebe.

Während ich eine Flasche Masseto dell'Ornellaia entkorke, relaxt Filippo auf dem Sofa. Er hat sich das Hemd bereits komplett aufgeknöpft. Ich gehe mit zwei Weingläsern auf ihn zu und stelle sie sanft auf dem Wohnzimmertisch ab. Mit verführerischem Lächeln schlüpfe ich aus den Sandalen und setze mich auf seine Knie, schaue ihm in die Augen. *È l'uomo per me*, er ist der Richtige für mich, dringt Minas Stimme gedämpft aus den Boxen der Stereoanlage. Leise mitsingend küsse ich Filippo auf die Wange, auf den Hals, auf die Brust.

Er lächelt, schließt die Augen und flüstert: »Mhm, das gefällt mir …«

»Das auch?«, frage ich und lecke ihm das Ohrläppchen.

Dabei versuche ich verzweifelt, die Erinnerung an Leonardo aus meinem Kopf zu verscheuchen. Doch wie immer, wenn man versucht, etwas zu verdrängen, hat es genau die gegenteilige Wirkung, und der Gedanke an Leonardo wird immer eindringlicher. Ich zwinge mich dazu, einen klaren Kopf zu bekommen, mich ganz auf Filippo zu konzentrieren, und lege mich entsprechend ins Zeug. Ich küsse ihn weiter, diesmal auf den Mund, und ganz allmählich lösen sich Leonardos Gesicht und seine Lippen in einer Rauchwolke auf.

Filippo reißt mir mit einer überraschend heftigen, entschlossenen Geste das Kleid vom Leib, während ich ihm Hemd und Hose ausziehe. Haut an Haut halten wir uns in den Armen. Ich sage laut seinen Namen und sehe ihm in die Augen.

Dann ist Leonardo endlich nicht mehr da; ist verschwunden.

»Oh, Elena«, stöhnt Filippo, packt mich noch fester, und sein hartes Geschlecht drückt gegen meinen Bauch. Er will mich, das spüre ich durch meinen Slip hindurch. In Momenten wie diesem nennt er mich immer *Elena* und benutzt nicht wie sonst meinen Kosenamen.

Ich öffne die Augen und bitte Filippo, mich anzuschauen.

Dann sehe ich ihm ins Gesicht und sage: »Ich liebe dich.«

»Ich liebe dich auch«, erwidert er. Er sieht so aus, als meinte er es wirklich, als wäre er glücklich.

Ich schließe beide Augen, spüre, wie Filippos Lust wächst. Ich lege mich auf ihn, flüstere wieder seinen Namen. Den Namen meines *Verlobten*, Filippo. In diesem Moment weiß ich genau, mit wem ich zusammen bin. Wen ich liebe. Und das funktioniert auch noch, als er mich in unser Schlafzimmer trägt, die Tagesdecke wegschiebt und mich unter die weichen Laken gleiten lässt.

Jetzt sind wir beide nackt.

Dieses Bett ist heilig, denke ich, *denn es ist unser Bett.* Leonardo ist fort. Er ist nicht mehr hier. Er war nie hier und wird nie hier sein. *Zum Teufel mit ihm, verdammt noch mal!*

Filippo bewegt sich in mir, und ich fühle mich wie zu Hause, erfüllt von ihm, von seiner Haut, seinem Geruch, seiner Liebe. Erfüllt von etwas, das mir niemand mehr wegnehmen kann, niemals.

• 3 •

Ich krame in der Tasche meines Overalls nach der Schachtel mit den Lakritzstäbchen, doch als ich sie öffne, muss ich feststellen, dass sie unglaublicherweise leer ist. *Verflixt.* Es ist erst vier Uhr nachmittags, was bedeutet, dass ich an einem halben Tag eine ganze Packung Amarelli niedergemacht habe. Mit dem Ergebnis, dass ich ein gewaltiges Loch im Bauch und einen so niedrigen Blutdruck habe, dass mir der Kopf schwirrt. Doch das ist nicht nur die Schuld der Lakritze, sondern die Nachwirkung des gestrigen Abends und einer schlaflosen Nacht. Leonardo wiedergetroffen zu haben war ein Schock, doch im Grunde war es vorhersehbar, dass das irgendwann passieren würde. Schließlich kommt er viel herum, und ich lebe nun immerhin in der Hauptstadt. Wieder und wieder sage ich mir, dass alles in Ordnung ist, dass Filippo der einzige Mann für mich ist, dass alles so weitergeht wie bisher – doch es hat keinen Sinn mehr, mich zu belügen: Zum dritten Mal in Folge (und zur größten Freude Paolas) habe ich eine Pigmentmischung versaut, indem ich statt Blau Weiß hinzugegeben habe. Das ist der endgültige Beweis dafür, wie sehr ich durch den Wind bin – auch wenn es dessen gar nicht bedurft hätte. *Was zum Teufel passiert mit mir?* Ich bin mit dem Kopf nicht hier, sondern schon wieder auf der Reise, zu dem Land jenseits aller Grenzen, das Leonardo heißt.

Ich muss mich schützen, muss auf mich aufpassen. An anderes denken.

Doch als wäre diese ganze Verwirrung noch nicht genug, geben mir zwei Frauen und eine Karmeliternonne den Rest: Seit einer geschlagenen halben Stunde beten sie in voller Lautstärke direkt vor der Kapelle den Rosenkranz. Ihr französisches Geleiere ist nervtötend, wie kleine Hammerschläge an meinen Schläfen. *Wenn sie wenigstens die Güte hätten, etwas leiser zu sein,* denke ich. Doch vielleicht sind sie so sehr von ihrer eigenen Frömmigkeit beseelt, dass sie die Welt um sich herum vollkommen vergessen haben. Ich drehe mich um, schaue sie an und schüttele den Kopf, während ich nach der richtigen Farbnuance für die Löckchen des Jesuskindes auf dem Arm der Muttergottes suche.

Martino ist heute leider nicht da, sodass ich mich nicht mit einer kleinen Plauderei ablenken kann. Seine Anwesenheit ist für mich längst eine feste Größe in meinem Tagesablauf geworden, und so fühle ich mich heute beinahe ein wenig einsam, weil da keiner ist, der tonnenweise Münzen in den Beleuchtungsautomaten wirft oder lose Blätter mit jeder Menge Tinte vollzeichnet. Wer weiß, ob er überhaupt jemals wiederkommt? Oder ob er womöglich beschlossen hat, sich zu Hause zu verschanzen und für sein Examen beim gefürchteten Bonfante zu büffeln? Aber hätte er sich dann nicht wenigstens von mir verabschiedet?

»Elena, was zum Teufel machst du da?« Jemand packt mich am Handgelenk und reißt meinen Arm von dem Behälter weg, in den ich gerade den Pinsel eintauchen wollte. Es ist Paola. Verdammt! Fast hätte ich Lösungsmittel statt Wasser genommen! »Was ist denn in dich gefahren?«, schreit sie ungehalten. Ihre Stimme ist so schrill und ihr Griff so fest, dass ich vor Schreck beinahe vom Gerüst falle.

»Entschuldige«, flüstere ich und merke, wie ich knallrot werde. »Ich bin heute irgendwie nicht bei der Sache.«

»Das hab ich gemerkt. So zerstreut habe ich dich ja noch nie erlebt«, kommentiert Paola trocken. Doch ihr Ton kommt mir weniger bissig vor als sonst und lässt darauf hoffen, dass sie vielleicht doch Milde walten lassen wird. »Lange Nacht, gestern, was?« Sie schaut mich an, als wäre sie über den Verlauf meines Geburtstages bis ins letzte Detail im Bilde.

»Na ja, um ehrlich zu sein, bin ich gestern wirklich ziemlich spät ins Bett gekommen«, gebe ich zu, ohne mich bei peinlichen Details aufzuhalten. »Vielleicht gehe ich besser mal ein bisschen frische Luft schnappen.«

»Geh nur, geh. Und erhol dich!«

Ich lasse den Overall an und wanke in Richtung Ausgang. Draußen gehe ich ein paar Schritte auf dem Kirchplatz, öffne den Reißverschluss meines Overalls, ziehe das Fleeceshirt darunter aus und binde es mir mit den Ärmeln um den Bauch. Ich atme tief durch und bewundere die Palazzi ringsum. Der Sommer steht vor der Tür; die Luft prickelt wie Champagner, doch es gelingt mir trotzdem nicht, mich zu beruhigen. *Schade, dass ich nicht rauche, jetzt wäre der perfekte Moment für eine Zigarette.* Momentan bin ich ein solches Nervenbündel, dass ich fast damit anfangen könnte. Ach ja, gleich um die Ecke ist ein Tabakladen … ich könnte auf einen Sprung dorthin gehen und mir ein Päckchen Vogue Lilas holen, die langen Zigaretten, die Gaia immer raucht. Doch die Lust ist mir schnell wieder vergangen, als mein Blick auf Pater Sèrge fällt, der mit einem Karton voller Gemeindeblättchen auf mich zukommt. Er trägt einen grauen Leinenanzug mit langen Ärmeln. Ich frage mich, wie er es schafft, in dieser dicken Montur nicht zu schwitzen.

»Elenà, ça va bien?« Er lächelt mich mit diesen schneeweißen Zähnen an, und ich weiß, gleich wird er mich fragen, was ich im Freien mache, statt drinnen zu arbeiten.

»Oui, tout va bien. Merci«, antworte ich radebrechend – mein Französisch ist so rudimentär, dass ich es lieber gleich bleiben lasse und auf Italienisch weiterspreche. »Ich mache nur fünf Minuten Pause«, rechtfertige ich mich und trage dabei eine Leidensmiene zur Schau, die bedeuten soll: *Hock du mal drei Stunden am Stück auf diesem Gerüst!*

»Klar, ab und zu muss man ein bisschen Abstand gewinnen«, sagt der Kirchenmann und nutzt die Gelegenheit, mir eines seiner Blättchen in die Hand zu drücken. »Das ist das Gemeindeprogramm für Juni, druckfrisch«, erklärt er mit triumphierendem Lächeln.

»Danke. Ich werde es lesen.« Das ist eine schamlose Lüge, jedoch die einzige Methode, um Pater Sèrge zufriedenzustellen, dem offenbar viel daran liegt, dass ich mich in das Gemeindeleben integriere, wenn ich schon so viel Zeit in seiner Kirche zubringe.

»Gut. Dann gehe ich mich jetzt auf die Messe vorbereiten.« Er grüßt und kehrt athletischen Schritts in die Kirche zurück.

»Bis später«, sage ich, bin mir aber nicht sicher, ob er mich noch hört.

Obwohl Pater Sèrge ein wenig aufdringlich ist und offenkundig noch nicht kapiert hat, dass ich persönlich mit der Religion schon seit geraumer Zeit abgeschlossen habe, ist er mir irgendwie sympathisch. Er blickt immer so fröhlich in die Welt, und sein italienischer Singsang mit französisch-afrikanischem Akzent klingt lustig.

Ich bin gerade dabei, mir zu überlegen, ob ich wieder reingehen soll oder lieber doch noch ein wenig draußen bleibe, als mein iPhone klingelt. Auf dem Display erscheint eine Nummer mit der Vorwahl 340. Sie befindet sich nicht in meinem Verzeichnis, doch ich fürchte, ich weiß, wer das ist. Es hat nämlich nichts gebracht, seine Nummer zu löschen –

weil ich sie auswendig weiß und leider selbst nach einem großen Besäufnis immer noch aufsagen könnte. Eine endlose Sekunde lang bin ich überzeugt davon, dass ich nicht drangehen will, doch diese Gewissheit ist nicht von Dauer.

Beim fünften Läuten räuspere ich mich und gebe ein schwaches »Hallo?« von mir.

»Ciao!«, sagt Leonardo. »Ich bin's.«

»Ich weiß«, erwidere ich. Ohne es zu merken, habe ich begonnen, auf und ab zu gehen und mich nervös nach allen Seiten umzuschauen.

»Wie geht's?«, fragt er.

»Gut«, antworte ich schnell. Wie es in Wahrheit in mir aussieht, geht ihn nichts an. Außerdem will ich ihn so schnell wie möglich loswerden.

»Bist du bei der Arbeit?«

»Ja …« Vielleicht sollte ich diese Ausrede ja nutzen, um das Gespräch abzuwürgen, überlege ich, denn ohne dass ich es merkte, hat mein Herz einen Moment lang ausgesetzt, und ich kann nicht mehr normal atmen. Ganz der Alte, verliert Leonardo aber keine Zeit, sondern kommt ohne Umschweife zur Sache. »Passt es dir heute Abend?«, fragt er und lässt keinen Zweifel daran, wonach ihm der Sinn steht.

»Heute Abend?« Ich zögere einen Moment.

Er bleibt hartnäckig. »Ja, heute Abend.« Wie immer klingt er entschieden, selbstsicher.

Ich brauche ein paar Momente, um zu begreifen, was er da eben gesagt hat.

Noch mal zum Mitschreiben: Dieser Mann glaubt also allen Ernstes, er könnte einfach so in mein Leben reinschneien, könnte mein Herz durch den Wolf drehen, sich dann verdünnisieren und nach Monaten einfach so wieder auftauchen und so tun, als wäre nichts geschehen? Dieser Kerl geht tatsächlich davon aus, dass er mich en passant fragen kann, ob ich ihn wiedersehen will, heute Abend? Und erwartet vielleicht noch, dass ich vor Freude Luftsprünge mache? Ich keuche vor Empörung.

»Da hast du dich gewaltig geschnitten« – möchte ich sagen. Das geböte mir mein Stolz. Doch stattdessen schleicht sich ganz klammheimlich ein hinterhältiger Gedanke in mein Sprachzentrum ein: *Ich könnte ihn doch treffen, nur dieses eine Mal, um ein bisschen mit ihm zu reden und vielleicht einige Dinge zu klären, was wir am Ende unserer Beziehung versäumt haben? Dagegen wäre doch eigentlich nichts zu sagen, oder?*

»Ich weiß nicht, ob ich kann«, lautet prompt meine jämmerliche Replik. Ich erlaube mir ein paar Sekunden des Nachdenkens, während Stolz und Gefühl sich in mir immer noch erbitterte Gefechte liefern.

Leonardo klingt genervt. »Elena: entweder ja oder nein. Also, was ist?«

Ich glaube, ja. Oder, wenigstens mehr ja als nein. Ich halte mich für stark genug, Leonardo mit Distanz und Reife gegenüberzutreten. Vielleicht hat das Schicksal ja erneut unsere Wege sich kreuzen lassen, um mir die Möglichkeit zu geben, endgültig mit dieser Geschichte abzuschließen und mich für immer von diesem Spuk zu befreien.

»In Ordnung«, gebe ich schließlich nach.

Stolz gegen Gefühl: null zu eins.

»Ich hol dich mit dem Motorrad ab. Wo bist du?«

Mit dem Motorrad? Damit hatte ich wirklich nicht gerechnet. »Ich arbeite in San Luigi dei Francesi, aber es ist ein bisschen kompliziert, hier mit dem Motorrad herzukommen …«

»Kein Problem. Warte um acht am Corso Vittorio auf mich. Vor Sant' Andrea della Valle.«

Das ist wieder einer von seinen typischen Befehlen, die keine Widerrede als Antwort akzeptieren. Die Erinnerung an all das, was vor Monaten geschehen ist, kommt wieder in mir hoch, getragen von der erotischen Welle seiner Stimme.

»Okay«, sage ich.

Und bereue es sogleich.

Bevor ich mit der Arbeit weitermache, rufe ich Filippo an, um ihm zu sagen, dass ich heute Abend nicht zu Hause sei. Die erste Ausrede, die mir einfällt, ist, dass ich eine Freundin treffen möchte, doch da ich noch keinen weiblichen Bekanntenkreis in Rom habe, bleibt mir nur Paola. Deshalb sage ich ihm, ich würde mit meiner streitsüchtigen Kollegin, die beschlossen habe, einen Abend lang auf ihre Kampfhundattitüden zu verzichten und sich der Welt zu öffnen, eine Pizza essen gehen. Filippo scheint es nicht allzu sehr zu bedauern, dass wir einen Abend getrennt voneinander verbringen, und wünscht mir viel Spaß. »Und Paola auch viel Spaß. Den scheint sie ja bitter nötig zu haben«, sagt er flapsig und lacht.

Na bitte, ich bin mittlerweile ein richtiger Profi im Lügen …

»Klar«, erwidere ich und lache über seinen Witz, doch es ist ein falsches, beinahe ein wenig hysterisch klingendes Lachen. Ich lüge nicht gern und weiß, man könnte es sogar noch besser machen, als ich es gerade tue. Es ist Monate her, dass ich zuletzt zu einer Lüge greifen musste – *auch damals schon wegen Leonardo,* schießt es mir durch den Kopf. *Und kaum dass ich ihm wiederbegegnet bin, fängt auch das Lügen wieder an …* dieser Gedanke ist mir ganz besonders unangenehm. Doch dieses Mal habe ich das Gefühl, dass mir keine Wahl bleibt (auch das ist im Grunde wie bei all den anderen Malen). Mir dieses Treffen zu versagen würde gar nichts nützen, denn ich weiß, dass ich trotzdem ständig an Leonardo denken würde und innerlich vollkommen blockiert durch dieses unerfüllte Verlangen wäre. Besser, ich gebe dieses eine Mal nach und lasse mich darauf ein, ihn zu sehen – schließlich will ich doch einfach nur begreifen, was das ist, zwischen Leonardo und mir. Das ist alles. Mehr nicht. Zumindest rede ich mir das ein.

Ich seufze. Mir ist alles andere als wohl in meiner Haut.

Dann werde ich meinem Ungeheuer also wieder in die Augen schauen.

Ich warte schon einige Minuten auf dem freien Platz vor der Basilika Sant' Andrea della Valle auf ihn. Nervös gehe ich vor dem Brunnen auf und ab und schaue mich immer wieder verstohlen um, wie jemand, der etwas verbrochen hat und jeden Moment damit rechnet, festgenommen zu werden. Dabei frage ich mich immer noch, ob es richtig war, diese Einladung anzunehmen, doch egal, wie ich es drehe oder wende – die Antwort bleibt immer die gleiche: nein. Auf einmal sehe ich Filippos Hand vor mir, die mich an einer Schlaufe meiner Jeans nimmt und mich zu sich zieht wie an einem Abschlepphaken: *Mach das nicht, Bibi! Komm zu mir!*, sagt er liebevoll.

Das Brummen eines Motorrades bringt mich in die Wirklichkeit zurück. Und da ist er, ein Zentaur im Motorradhelm mit heruntergeklapptem Visier auf einer Ducati Monster, ein Augenschmaus aus Muskeln, Haut und Metall.

Leonardo schaltet den Motor aus, klappt das Visier auf und richtet den Magnetblick seiner Augen auf mich. Auch sie scheinen aus glänzendem Metall zu sein.

Sofort lösen sich all meine Zweifel in nichts auf. Nein, er sieht viel zu verboten schön aus, um ein Ungeheuer zu sein. Leonardo lächelt, nickt mir zu und hält mir, ohne abzusteigen, den Helm hin, der in seiner Armbeuge hängt. Ich habe wirklich keine Ahnung von Motorrädern, doch dank eines Sommerflirts mit einem leider allzu gesprächigen Biker erinnere ich mich noch daran, dass man diese Feuerstühle »nackt« nennt, wenn sie keine Verkleidung haben. Und so nackt fühle ich mich auch unter diesem hinreißenden Blick: nackt, klein und wehrlos. Ich stülpe mir den tonnenschweren Helm über, und Leonardo hilft mir dabei, ihn unter dem Kinn zu schließen. Dann rutscht er ein Stück vor, um mir Platz zu machen. Zum Glück habe ich Jeans an und keinen Rock: *Allzu viele Zugeständnisse an die Weiblichkeit kann man nicht machen, wenn man einen Arbeitsoverall trägt*, denke ich und muss unwillkürlich schmunzeln.

Ich stelle einen Fuß auf das Pedal, halte mich an Leonardos Schultern fest, schwinge mich auf den Sattel, und schon sitze ich hinter ihm, ohne mich allzu sehr blamiert zu haben. Doch so schön dieses Motorrad auch sein mag, als bequem kann man es nicht bezeichnen. Ich habe schon vor der Abfahrt Angst vor dem Start und klammere mich an ihn.

»Fertig?«

»Wohin fahren wir?«, frage ich und nicke.

»Das ist eine Überraschung.«

Wenn ich mich recht erinnere, sind solche Überraschungen bei Leonardo immer Anlass zur Sorge. »Fahr bitte langsam«, flehe ich ihn an und festige den Griff um seine Hüften. Es ist seltsam, ihm wieder so nahe zu sein. Er fühlt sich so solide an …

»Angst?«, fragt Leonardo lachend und legt mir zur Beruhigung eine Hand auf die Wade.

»Ein bisschen«, gebe ich zu.

»Sei ganz beruhigt. Ich fahre nicht schnell.«

Leonardo startet den Motor. Das Dröhnen der Maschine geht mir durch und durch, ich spüre deutlich die Vibration des Sitzes unter mir, und auf einmal verwandelt sich meine Angst in Erregung. Mit quietschenden Reifen düsen wir in Richtung Corso Vittorio.

Die frische Abendluft streichelt mir das Gesicht, und ich fühle mich frei. Ich drücke meine Knie fester gegen seine Beine, um besser zu sitzen. Mir klopft das Herz bis zum Hals, besonders in den Kurven, aber ich fühle mich auch sicher als Leonardos Beifahrerin. Die Ducati liegt gut auf der Straße und gleitet geschmeidig voran, überquert den Tiber auf dem Ponte Sisto mit einem kurzen Hupen zum Gruß und beginnt dann mühelos den Anstieg zum Gianicolo. Ein paar weite Kurven, dann ragt der Fontanone in seiner ganzen Pracht vor uns auf. Leonardo stellt das Motorrad auf dem Platz ab, steigt als Erster ab, legt mir die Hände auf die Hüften und hebt mich mühelos herunter.

Einen Moment lang bin ich wie verzaubert von dem atemberaubenden Ausblick, vom Plätschern des Wassers, das zuerst in die großen Marmorschalen und dann in das Becken darunter rauscht. Am liebsten würde man darin ein erfrischendes Bad nehmen. Ich weiß nicht, warum die Brunnen Roms eine solche Faszination auf mich ausüben. Sie alle scheinen mir etwas zuflüstern zu wollen. Was mir der Fontanone auf dem Gianicolo heute Abend zu sagen hat, möchte ich aber lieber nicht wissen.

»Es ist wunderschön hier oben«, sage ich und schaue mich um, bevor ich den Helm abnehme und meine Haare in Ordnung zu bringen versuche, die vermutlich unschön an den Kopf geklatscht sind.

»Warst du denn noch nie hier?« Leonardo hängt beide Helme ans Motorrad.

»Nein … ich lebe ja erst ein paar Monate hier«, sage ich leise. Und dabei muss ich gleich einen lästigen Gedanken verdrängen: *Wieso hat Filippo mich eigentlich nie hierhergebracht?*

»Umso besser, dass du es noch nicht gesehen hast.« Leonardo lächelt zufrieden und schaut mich mit diesen dunklen, unergründlichen Augen an, die meine Knie zuverlässig zum Zittern bringen. Auch heute Abend. »Gehen wir ein bisschen, bis zum Belvedere?«

»Okay«, antworte ich und muss mich von seinem Blick losreißen.

Zu Fuß gehen wir an den aurelianischen Mauern entlang. Zu dieser Tageszeit ist das ein herrlicher Spaziergang. Die Sonne ist schon fast untergegangen und malt rote Streifen an den Himmel. Wir gehen langsam, in angemessenem Abstand voneinander, und alle paar Meter bieten sich neue Ausblicke von atemberaubender Schönheit.

Als wir ganz oben angekommen sind, bleiben wir eine Weile vor dem Belvedere di Monteverde stehen. Die Aussicht von hier oben ist grandios. Man hat das Gefühl, ganz Rom liege einem zu Füßen; es fühlt sich beinahe so an, als könnte man die Stadt umarmen. Rom sieht aus, als schliefe es, während langsam die Lichter angehen. Zum ersten Mal, seit ich hier bin, schaue ich mir diese Stadt wirklich an und habe das Gefühl, endlich etwas von ihr zu begreifen. Von hier oben betrachtet, sieht die chaotische und oft so komplizierte Metropole viel weniger bedrohlich aus; eher wie ein unschuldiges, schlummerndes Mädchen.

»So habe ich Rom noch nie gesehen«, sage ich zu Leonardo. »Danke, dass du mich hierhergebracht hast.«

Er lächelt mich an, und ich habe das Gefühl, als würde er meine Seele durchschreiten, ohne mich um Erlaubnis gebeten zu haben. *Dass einen jemand so anlächelt, hier an diesem Ort, vor diesem Sonnenuntergang, müsste eigentlich verboten sein,* denke ich hilflos.

Wir gehen noch ein Stück und setzen uns dann auf eine Bank. Am Himmel stehen die ersten Sterne, und der Ponentino, ein leichter Westwind, der vom Meer kommt, streichelt unsere Gesichter mit einem warmen Hauch.

Unser Gespräch wendet sich unverfänglichen Themen zu; wir reden über die Arbeit. Es ist eine Art Unterhaltung, wie man sie führt, wenn man einen neuen Bekannten besser kennenlernen will oder einen alten Freund nach langer Zeit wiedertrifft. Ohne dass wir allzu sehr in die Tiefe gehen, bleibt unsere Unterhaltung wie selbstverständlich im Fluss und wird nur gelegentlich von einem kurzen, wohligen Schweigen unterbrochen.

»Bist du jetzt glücklich?«, fragt Leonardo mich aus heiterem Himmel. Und fügt gleich hinzu: »Dein Freund scheint ja ein toller Typ zu sein.«

Offenbar hat er uns aus der Küche beobachtet. »Ja, ist er auch«, gebe ich zu und erzähle ihm das, was ich von Filippo und unserer Beziehung preisgeben kann.

Dann ist Leonardo dran. Er lebe schon seit Jahren in Rom, erklärt er mir; das Restaurant habe er zusammen mit einem Kompagnon eröffnet, kümmere sich jedoch die meiste Zeit alleine darum. Ab und zu jedoch sei er auch auf »Mission« unterwegs, wenn sich ihm einen anregende berufliche Herausforderung biete oder er einen Tapetenwechsel brauche. Mit einem Augenzwinkern fügt er hinzu, dass genau das in Venedig der Fall gewesen sei.

»Das hast du mir nie erzählt …«, kommentiere ich und merke, wie seltsam es sich im Nachhinein anfühlt, so intim mit ihm gewesen zu sein, ohne diese Einzelheiten über sein Leben erfahren zu haben.

»Weil du mich nie danach gefragt hast«, bemerkt Leonardo und zuckt mit den Achseln.

»Du hast dich in allen Dingen so bedeckt gehalten, dass ich es einfach an einem gewissen Punkt aufgegeben habe, dir Fragen zu stellen«, entgegne ich.

»Vielleicht hast du recht. Ein bisschen ist es auch meine Schuld.« Leonardo lächelt erneut, doch diesmal ist es ein bitteres Lächeln. »Weißt du, ich hab in den vergangenen Monaten oft an dich gedacht.« Einen Moment lang senkt er den Blick, als wollte er eine ganz bestimmte Erinnerung in sich wachrufen. Schließlich streicht er sich übers Kinn und fügt hinzu: »Ich hab endlos viele Male überlegt, ob ich dich anrufen soll.«

»Und warum hast du es nie gemacht?« Die Worte sind mir einfach so herausgeschlüpft, ohne dass ich es will, und irgendwie klingen sie schrill in meinen Ohren. Ich habe so lange vergebens auf seinen Anruf gewartet, und jetzt erfahre ich, dass er selber auch Lust hatte, von mir zu hören …

»Was hätte ich dir denn sagen sollen?«, erwidert Leonardo leise. »Es wäre letztendlich doch nichts anderes gewesen als das, worüber wir Monate vorher schon geredet hatten.« Er lehnt sich auf der Bank zurück und schweigt einen Moment lang. »Ich hätte dich doch wieder nur enttäuscht, und der Gedanke gefiel mir nicht.«

»Dann hast du also zu meinem eigenen Wohl keinen Kontakt zu mir aufgenommen. Willst du mir das damit sagen?« Ich komme mir vor wie in einem dummen Kitschfilmchen, das auf die Tränendrüsen drückt, und mir ist selbst ganz elend zumute. Doch plötzlich spüre ich eine Mordswut in mir aufsteigen. Ich versuche, sie zu bezähmen, weil sie gar keine Berechtigung mehr hat. Doch da ist die nagende Frage nach dem Warum. Dieser bedingungslose Wille zu verstehen. Wenigstens das will ich noch von Leonardo. Und wenn eines sicher ist, dann das: Er schuldet mir noch eine Erklärung.

»Nein, Elena. Ich habe es zu meinem *eigenen* Wohl getan.«

Ich schüttele den Kopf. Jetzt verstehe ich gar nichts mehr.

»Ich wollte dich vergessen, wollte weder mich noch dich tiefer in die Sache hineinreißen«, sagt Leonardo leise, beinahe zärtlich. »Früher oder später wäre ich sowieso abgereist, und unsere Wege hätten sich getrennt. So konnten wir nicht weitermachen, und die einzige Möglichkeit, die uns blieb, ohne dass wir uns gegenseitig zerfleischt hätten, war ein klarer Schnitt.« Er seufzt. »Ich führe ein kompliziertes Leben, Elena. Ich bin ein Nomade, immer auf Achse, von einer Stadt in die nächste. Und trotzdem habe ich gewisse Verbindlichkeiten, denen ich mich weder entziehen kann noch will …« Fast scheint es, als wollte er noch etwas hinzufügen, doch am Schluss senkt Leonardo nur den Blick und schweigt.

»Von welchen Verbindlichkeiten sprichst du?«, frage ich gespannt.

Seine Augen wandern zum Horizont, und er scheint zu überlegen, ob er antworten soll, und wenn ja, was. Schließlich schenkt er mir ein entwaffnendes Lächeln und sagt nur: »Lassen wir das. Was hat es für einen Sinn, jetzt darüber zu reden? Jetzt sind wir beisammen! Lass uns das genießen!«

»Für mich hätte es durchaus einen Sinn«, beharre ich, entschlossen, mich nicht schon wieder abwimmeln zu lassen. »Ich hab mich immer nur deinen Entscheidungen gebeugt … und ich finde, du schuldest mir so was wie eine Erklärung.«

Ich versuche, einen gebieterischen Ton anzuschlagen, doch bei Leonardo funktioniert das einfach nicht. Er schaut mich etwas überrascht an und streichelt mir die Wange, wie man es bei einem launischen Kind tun würde. »Erklärungen machen die Sache nicht besser, Elena. Ganz im Gegenteil, sie machen alles nur noch trauriger.«

Mein Gesicht in seiner großen, warmen Hand sieht wahrscheinlich wirklich aus wie das eines kleinen Mädchens, denn ich verschwinde in Leonardos Handteller. Dieser Mann will mir einfach nicht sagen, wer er wirklich ist. Und ich würde mir eher die Zähne ausbeißen, als dass ich etwas in Erfahrung brächte, was er nicht preisgeben will. So gut kenne ich ihn schon. Genug, ich bestehe nicht weiter darauf, beschließe ich. Außerdem möchte ich ihm auch nicht diese Genugtuung geben, weiter in ihn zu dringen.

»Es war schön, dich gestern Abend wiederzusehen«, sagt Leonardo jetzt und hebt die Brauen.

»Es war unwirklich, Leonardo. Und es hat mir wehgetan«, bemerke ich. *Nein, diesen dreißigsten Geburtstag werde ich nie vergessen.*

»Aber du musst es akzeptieren, Elena. Denn ganz gleich, wie viele Pläne wir schmieden, wie viele Entscheidungen wir glauben, treffen zu können – am Ende ist es doch immer nur das Schicksal, das entscheidet. Und wir können nichts dagegen tun.«

»Ein großer Schlamassel, das ist es«, sage ich, und mir entfährt ein Seufzer.

»Vielleicht aber auch ein großes Glück«, erwidert Leonardo mit nachdenklicher Miene.

Wir bleiben einen Moment lang schweigend sitzen und schauen dem Himmel zu, der sich langsam verdunkelt. Für einen Außenstehenden mögen wir wie zwei alte Freunde wirken, die wichtige Momente ihres Lebens miteinander geteilt haben und sich immer noch gerne zuhören, auch wenn sie einander wehgetan haben. Vielleicht ist das der letzte Akt unserer gemeinsamen Geschichte, und diese bittere Zärtlichkeit ist das, was von der absoluten Leidenschaft von damals geblieben ist?

Dennoch ist da in mir eine Flamme, die immer noch brennt, verborgen unter Schichten der Vernunft und des Überlebensinstinkts, und es genügt schon, dass wir uns berühren, dass ich die Wärme seiner Schulter an meiner spüre, um sie noch einmal zu entfachen. Ich schaue Leonardo von der Seite an, sein entschlossenes Profil, seinen unergründlichen Blick, seine feste Kinnlade. Er sieht aus wie eine gefühllose Statue, und ich gäbe alles auf der Welt darum zu wissen, was er in diesem Augenblick empfindet.

Ich schließe einen Moment lang die Augen und genieße einfach nur die Berührung seiner Haut auf meiner Haut. Dann zwinge ich mich dazu, meinen Arm wegzunehmen.

Ich lebe in einer festen Beziehung.

Ich liebe Filippo.

Die Gedanken schreien in meinem Kopf. Doch es nützt nichts. Ich kann mich einfach nicht rühren.

Unsere kleinen Finger berühren sich, legen sich dann leicht übereinander, wie von einer Strömung mitgerissen. Doch nur einen Moment lang. Dann springt Leonardo auf.

»Gehen wir?«, fragt er und rückt seine Lederjacke zurecht, ohne dass sich unsere Blicke begegnen.

Auch ich stehe auf.

Wir gehen in Richtung Fontanone. In Kürze werde ich zu ihm aufs Motorrad steigen, werde mich zur U-Bahn bringen lassen, werde mich endgültig von ihm verabschieden. In weniger als einer Stunde bin ich wieder zu Hause, und die Wärme seiner Hände, das Funkeln seiner Augen, der Duft seiner Haut werden nur noch Erinnerung sein.

Daran denke ich, während ich vor ihm herlaufe und mir inständig wünsche, dieses Kapitel endlich zum Abschluss zu bringen. Wieder von ihm getrennt zu sein. Da spüre ich plötzlich seine Hand auf meiner Schulter, und ehe ich mich's versehe, dreht mich Leonardo um und zieht mich an sich, reißt mich in seine Arme und steckt mir die Zunge in den Mund. Ich lasse es mit mir geschehen und erwidere seinen Kuss so leidenschaftlich, wie ich es mir all die Monate und seit dem Moment, als ich ihn zum ersten Mal gesehen habe, gewünscht habe.

»Oh, Elena«, seufzt er. Er schaut mich mit lodernden Augen an, übergießt mich mit der Hitze seines Körpers. »Du bist eine zu große Versuchung für mich«, flüstert er mir ins Ohr. »Ich habe mich wirklich redlich bemüht, dir zu widerstehen, doch ich weiß einfach nicht, wie ich das machen soll.«

Ich fühle mich verloren, verwirrt. Da stehe ich, irgendwo am Straßenrand, und sterbe vor Angst und Verlangen. Mir zittern die Beine, und alles unterhalb meines Bauchnabels zieht sich zusammen. Es ist absurd, aber ich begehre ihn so sehr, dass es wehtut.

»Ich fühle dich, Elena ...«, sagt Leonardo zu mir, packt mich an den Handgelenken und schiebt mich, ohne mich aus seiner Umarmung zu lassen, zu einer grasbewachsenen Stelle jenseits der Straße. »Ich will dich, jetzt.«

Er drängt mich gegen einen Baum, zieht den Reißverschluss meiner Weste auf und lässt eine Hand zwischen meine Brüste gleiten. Im Vergleich zu mir ist sein Atem kräftig.

Alles, was wir uns zuvor gesagt haben, besitzt auf einmal keine Gültigkeit mehr. Wir sind wie zwei Magnete, die sich anziehen, jenseits aller Vorsätze, aller Verbote, jenseits der Vernunft und des Anstands. Das Verlangen nach diesem Mann ist wie eine Flamme, die züngelnd durch meine Adern zischt, die mich innerlich versengt. Leonardo ist das Spiegelbild meines Verlangens, ich sehe es in seinen dunklen Augen, die in meinen brennen, auf seinem Bart, der im Schein der Straßenlaterne schimmert, und spüre, wie ich die Kontrolle verliere. Ich bin dabei, einen Fehler zu begehen. Einen gewaltigen, schrecklichen Fehler.

»Ich kann nicht, Leo.« Ich versuche, mich aus seiner Umarmung herauszuwinden, und spüre, wie der Gedanke an Filippo sich schmerzlich zwischen uns schiebt. »Ich kann nicht«, wiederhole ich und unterdrücke ein Stöhnen.

Einen Moment lang hält Leonardo inne, schaut mich an,

legt seine Stirn an meine. Doch sein Mund ist zu nah, und er riecht viel zu gut. Ich sehe, wie auch er mit sich kämpft, doch die Leidenschaft ist stärker als die Vernunft. Wir küssen uns wieder und wieder, weil das das Einzige ist, was wir tun können, das Einzige, was ich in diesem Moment will. Ich hoffe, dass mir die Dunkelheit dabei hilft, mich weniger schuldig zu fühlen, weil sie das, was da geschieht, weniger real macht. Doch sie bewirkt genau das Gegenteil: Alles scheint im fehlenden Licht viel echter, viel intensiver zu sein, und die Schatten der Strandkiefern um uns herum dienen nur dazu, die Dringlichkeit unseres Begehrens vor neugierigen Augen zu verbergen.

Leonardo hebt ein Bein von mir hoch und schlingt es um seine Hüften. Ich spüre seinen drängenden, harten Schwanz, während meine Brustwarzen sich der vertrauten Berührung seiner Hände entgegenrecken.

Wir lassen uns auf den Boden fallen, auf das feuchte Gras. Leonardo zieht seine Lederjacke aus und breitet sie als Unterlage für mich auf dem Boden aus. Er küsst mich wild, setzt sich rittlings auf mich, seine Finger wühlen sich in mein Haar, wandern über mein Gesicht, gleiten dann wieder unter mein T-Shirt, um mir die Brüste zu streicheln. Ich packe ihn im Nacken. Ich muss jetzt seine Lippen spüren, die saugen und knabbern und mich vor Lust stöhnen lassen.

»Deine Brust, Elena …«, murmelt er, keuchend, »ist herrlich, so wie ich sie in Erinnerung hatte. Ich will sie lecken, ich will dich überall lecken.«

Er zieht den Reißverschluss meiner Jeans herunter und steckt mir eine Hand in den Slip, gleitet zu meiner klatschnassen Möse. Ein paar Momente verweilt er an diesem heißen Platz, bewegt die Finger in mir, sucht derweil mit der Zunge nach meiner. Sein Atem wird immer schneller in meinem Mund. Dann reißt er mir mit einer fast brutalen Geste alles vom Leib: die Hose, den Slip, die Schuhe, sodass ich von der Taille abwärts nackt bin. Dann zieht er sich selber die Jeans aus und gibt seinen harten Schwanz frei.

Leonardo schaut mich an, schiebt meine Beine auseinander und dringt mit einem entschiedenen Stoß in mich ein, ohne dabei den Blick auch nur eine Sekunde von mir zu lösen. Ich klammere mich an seinen Hals, schließe die Augen, koste dieses Gefühl aus, von ihm ausgefüllt zu sein. Jeder Zentimeter seiner Haut spricht zu mir. Ganz langsam gleitet er in mich hinein, wieder heraus, wieder hinein. Jede Bewegung ist ein Seufzen, eine heiße Welle, die in mir brennt wie Feuer. *O Gott, wie sehr mir das alles gefehlt hat …*

Ich weiß, dass ich es nicht mehr lange aushalte. Leonardo wird schneller, als müssten wir all die Zeit einholen, die wir voneinander getrennt waren. Ich strecke die Beine unter ihm aus, mein Atem kommt stoßweise.

Und dann lasse ich mich einfach gehen. Jetzt gibt es nichts mehr, was zählt, außer uns; außer diesem Moment, der uns aufnimmt wie in einem Nest; es gibt nur noch unsere beiden Körper, die wieder vereint sind, zwei pochende Herzen im gleichen Takt. Diese Umarmung. Die Lust, die nur Leonardo mir schenken kann.

Mein Orgasmus ist gewaltig, verzweifelt, wütend. Leonardo folgt mir, zieht sich rasch aus mir zurück und ergießt seinen heißen Samen über meinen Bauch. Dann lässt er den Kopf an meinen Hals sinken.

Mir wird ganz flau im Magen, als mir bewusst wird, dass ich mich genauso fühle wie damals, nach unserem ersten Mal. Auch damals lagen wir auf dem Boden, im Vestibül eines Palazzos in Venedig, inmitten von Staubflusen und verschmierter Temperafarbe, und ich weiß noch sehr gut, wie ich reglos neben ihm lag und im Kopf nur einen einzigen Gedanken formulierte: *Und nun?*

Die gleiche Frage stelle ich mir jetzt auch, doch diesmal lautet die Antwort ganz anders: *Das hier ist kein Anfang, sondern ein Ende*. Es ist der Moment, in dem ich Leonardos Hand loslasse und ihm Lebewohl sage. Für immer. Es war eine Begegnung jenseits von Raum und Zeit, und ich habe mich selber noch mehr betrogen, als ich Filippo betrogen habe. Doch es ist das erste und das letzte Mal, das schwöre ich.

Ich ziehe mich ohne Eile an. Leonardo bleibt in meiner Nähe, als spürte er, wie verstört ich bin, und küsst mich zärtlich in den Nacken. Zum Glück sagt er nichts. Denn er könnte nichts sagen, damit ich mich besser fühle.

Wir stehen auf und gehen zum Motorrad. Leonardo bietet mir an, mich nach Hause zu fahren.

Ich schaue ihn an und möchte weinen, doch ich kann die Tränen glücklicherweise zurückhalten. »Danke, aber ich nehme mir lieber ein Taxi und fahre alleine zurück.« Während ich das sage, legt sich eine eisige Hand um meinen Hals, wie eine Kralle.

»Wie du willst«, erwidert Leonardo und zuckt die Schultern. »Aber ich warte mit dir, bis eins kommt.«

Ich weiß, dass ich dagegen nichts einwenden kann.

Leonardo ruft für mich bei der Taxizentrale an, und wir setzen uns auf den Rand des Fontanone. Die kurze Wartezeit kommt mir vor wie eine Ewigkeit. Unsere Schuldgefühle sind wie eine leise, aber deutlich spürbare Last, eine Stille, die nur durch das endlose Rauschen der Wassermassen rund um uns durchbrochen wird. Leonardo wirkt relativ ruhig auf mich. Er berührt mich mit dem Finger an der Schulter, ohne sich dessen bewusst zu sein, dass selbst diese winzige Berührung wie Gift für mich ist. Ich beiße mir auf die Lippen, schließe die Augen und spüre, wie eine Träne zwischen meinen Wimpern hervorquillt. Leonardo nimmt mich an den Schultern und küsst sie mir vom Auge.

»Ich wollte dich nicht traurig machen, Elena. Das habe ich nie gewollt.«

Dann nimmt er mich in die Arme, und ich gebe mich dieser Umarmung hin, euphorisch und verzweifelt zugleich.

Endlich kommt mein Taxi. Lenardo drückt mir einen weichen Kuss auf die Stirn und lässt mich gehen. Ich steige ein, ohne noch einmal zurückzuschauen.

Auf meiner Fahrt vom Gianicolo zum EUR schwanke ich zwischen Erregung und niederschmetternder Traurigkeit. Jeder Meter, den wir zurücklegen, bringt mich meiner Buße, meiner Erlösung näher. Ich denke an Filippo. Ich stelle mir unsere Wohnung vor, wie sie wohl in diesem Moment aussieht: Nur im Wohnzimmer brennt Licht, der Schlafraum liegt in stiller Finsternis. Und er in einem weißen T-Shirt. Schlafend. In unser Bett gekuschelt.

Jetzt regen sich die Gewissensbisse in mir, und das alles ist Leonardos Schuld. Vielleicht aber auch ein bisschen meine eigene … Andererseits ist er es gewesen, der mich in die Enge getrieben hat, der diese hauchdünne Trennwand zwischen mir und dem Menschen hochgezogen hat, den ich wirklich liebe. Filippo. Ihn liebe ich wirklich. Und das, was gerade passiert ist, war nicht mehr als ein dummer Ausrutscher.

Als ich die Wohnungstür aufschließe, sehe ich, dass Filippo auf dem Sofa liegt und auf mich wartet, schlafend, wie ich es mir vorgestellt hatte, und meine Schuldgefühle nehmen nun endgültig Gestalt an. Doch es ist auch eine Erleichterung, dass ich mich so schlecht fühle – schließlich bedeutet es, dass ich nicht vollkommen die Orientierung verloren habe.

»He, Bibi«, murmelt Filippo und taucht langsam aus seinen Träumen auf. Er zieht sich zum Sitzen hoch, lehnt sich zurück. Seine grünen Augen lächeln mich verschlafen an. »Und, wie war's? Hast du dich mit Paola amüsiert?« Seine Stimme klingt ein bisschen heiser.

»Ja. Wenn sie nicht arbeitet, ist sie ein ganz anderer Mensch.« Ich verziehe das Gesicht zu einem etwas verschwommenen Lächeln, das den bitteren Beigeschmack der Lüge hat. »Aber du hättest nicht auf mich warten sollen ...«

Er reibt sich die Augen mit den Fingerknöcheln, wie ein Kind. »Ich hab ein bisschen ferngesehen, aber das Programm war derartig einschläfernd, dass es prompt gewirkt hat«, sagt er und unterdrückt ein Gähnen.

Ich lächele erneut, doch diesmal ist es ein ehrliches Lächeln. Über Filippos Formulierungen muss ich immer schmunzeln, und ich könnte nicht mehr ohne sie leben. »Komm.« Ich strecke zärtlich die Hand nach ihm aus. »Gehen wir schlafen.«

Es zerreißt mir schier das Herz, zu ihm unter die Decke zu schlüpfen und so zu tun, als wäre nichts passiert, doch mich tröstet der Gedanke, dass dieser Abend nur der Abschluss einer absurden Geschichte war.

Ab diesem Moment wird mein Leben ohne Leonardo weitergehen.

• 4 •

In den darauffolgenden Tagen gebe ich mir größte Mühe, auf dem rechten Weg zu bleiben. Jeden Morgen, wenn ich aufwache, lasse ich all meine guten Vorsätze Revue passieren und wiederhole mein Mantra: *Dieses Kapitel ist jetzt endgültig abgeschlossen*, oder, noch besser: *Solche Sachen soll man nicht aufwärmen*, denn ich weiß: Nur wenn ich es wirklich will, wird es mir gelingen, Leonardo für immer zu vergessen.

Doch das nützt mir nur wenig. Trotz meiner Bemühungen und der besten Absichten spüre ich, wie die Verwirrung in mir immer größer wird und all meine guten Vorsätze am seidenen Faden hängen. Eigentlich will ich es nicht wahrhaben, doch ich habe das Gefühl, nur auf jenem Stückchen Gras auf dem Gianicolo wirklich ich selbst gewesen zu sein, viel mehr, als ich es all die vergangenen Monate war. Andererseits weiß ich aber auch, dass jener Abend ein Fehler war. Und zwar die Art von Fehler, die, wenn sie nicht rechtzeitig ausgemerzt wird, eine gefährliche Kettenreaktion hervorrufen kann. Die Art von Fehler, die schädlich für das Herz ist, die uns ständig an die Vergangenheit erinnert und die uns genau deshalb in der Gegenwart nur schlecht leben lässt.

Filippos Glück, das sich in diesen Tagen fast einem Zustand der Seligkeit nähert, lässt die Entfremdung in mir nur noch wachsen. Er wirkt so begeistert. Von seiner Arbeit, diesem Leben, von uns. Er trällert mehr als sonst, von Lucio Battisti bis zu den Black Eyed Peas. Er trällert zu Hause, auf der Treppe; er trällert, wenn er zur Arbeit geht oder wenn er mit Kollegen aus dem Büro Tischfußball spielt. Diese Euphorie geht mir, ehrlich gesagt, beinahe auf die Nerven, doch ehe dieser Gedanke in mir Fuß fassen kann, verbanne ich ihn wieder dorthin, wo er hergekommen ist.

Eine einzige Sache gibt mir Sicherheit und Halt im Hier und Jetzt: Obwohl ich seit jenem Abend überall *seinen* Duft spüre, hat sich Leonardo wenigstens nicht mehr gemeldet. Vielleicht hat ja auch er begriffen, dass ich glücklich in meiner Beziehung bin und es absolut keinen Sinn hätte, sich einander wieder anzunähern.

Während ich wieder einmal den Versuch unternehme, mich mittels Autosuggestion von der absoluten Richtigkeit meiner Gedanken zu überzeugen, gebe ich dem blauen Gewand der Muttergottes einen letzten Hauch Farbe. Es ist fast halb zehn, und Paola ist immer noch nicht da. Ich wäge kurz ab, ob sie an diesem Morgen womöglich gar nicht kommt, hüte mich aber davor, sie anzurufen und nachzufragen. Wenn sie nicht zur Arbeit erscheint, muss sie gute Gründe dafür haben: Sie gehört nämlich nicht zu den Menschen, die nur wegen ein bisschen Kopfweh blaumachen. *Na gut, wenn sie etwas braucht, wird sie sich melden,* sage ich mir und wende mich wieder meiner Muttergottes zu. Immerhin hat ihre Abwesenheit den Vorteil, dass ich heute in aller Ruhe arbeiten kann, ohne ihren stechenden Blick im Rücken zu spüren.

Doch leider sind all meine guten Vorhaben zum Schiffbruch verdammt: Gerade rühre ich eine neue Pigmentmischung an, als ich kurz den Blick hebe und Leonardo auf mich zukommen sehe. Er hat eine Jeans und ein khakigrünes Hemd an, trägt die übliche selbstsichere Miene zur Schau und lächelt mich dämonisch an.

»Hallo«, sagt er.

»Hallo … wie kommst du denn hierher?«, frage ich nervös, versuche, mir meine Überraschung nicht anmerken zu lassen, und rühre dabei wie wild in der Pigmentmischung im Probenbecher weiter.

»Heute ist mein freier Tag, und ich hab mich gefragt, ob du Lust auf einen Ausflug hast«, antwortet er mit der größten Selbstverständlichkeit.

»Ich arbeite«, teile ich ihm kurz angebunden mit. »Wie du übrigens siehst.«

Leonardo kommt einen Schritt auf mich zu, steckt die Hände in die Taschen seiner Jeans. »Na, komm schon … das ist doch ein viel zu schöner Tag, um ihn drinnen zu verbringen!«

»Nur dumm, dass mir gar keine andere Wahl bleibt. Ich bin nämlich nicht mein eigener Chef«, erwidere ich bockig und wende mich von Leonardo ab in Richtung Wand. Damit ist die Sache für mich erledigt.

Meine Arbeit, das wissen wir beide, ist aber eigentlich nur eine Ausrede: In Wirklichkeit dürfte Leonardo nicht hier sein, genauso wenig wie die Schmetterlinge in meinem Bauch …

Ich versuche, mich auf die Farben zu konzentrieren, doch das ist leichter gesagt als getan. Jetzt kommt er auf mich zu und hält mir eine weiße Tüte hin, die das schwarze Logo von Dolce & Gabbana trägt. Ich drehe mich wieder zu ihm um.

»Und was ist das?«

»Mach's auf.«

Drinnen liegt ein wunderschöner schwarzer Bikini. Ich schüttele ungläubig den Kopf. »Aber was hat das zu bedeuten?«

»Dass wir ans Meer fahren«, sagt er, gelassen und selbstsicher wie immer.

»Spinnst du?« Mir entfährt ein hysterisches Lachen. Ich weiche zurück und lehne die Tüte an die Leiter.

Statt gleich zu antworten, baut Leonardo sich herausfordernd vor mir auf und setzt eine Miene feierlichen Ernstes auf. »Ach, komm schon ... ist doch nur ein halber Tag. An der Küste ist es so herrlich in dieser Jahreszeit«, sagt er, und zum ersten Mal schwingt ein bittender Unterton in seiner Stimme mit. Seine Lippen sehen so unerträglich sinnlich aus, während er das sagt.

»Du weißt genauso gut wie ich, dass es besser ist, wenn ich Nein sage«, erwidere ich und schaue Leonardo finster an. Dann beschließe ich, ganz offen zu sein: »Unser Ausflug ist alles andere als eine Frage der Zeit. Es geht darum, dass wir beide uns einfach nicht sehen sollten, und basta.«

»Elena.« Leonardo neigt sich zu meinem Ohr, und sein Duft ist wie ein Hauch, der mich berührt. Was ich gerade gesagt habe, scheint ihm vollkommen egal zu sein. »Komm schon, geh mit, nur dieses eine Mal.«

Ich möchte sie nicht spüren, diese Spirale, die sich in meinem Bauch dreht, möchte Leonardo eine Ohrfeige geben und ihn von mir stoßen. Aber ich will auch, dass er mich einfach packt und mitnimmt.

Mit einer gewaltigen Anstrengung reiße ich mich los und versuche, meine Stellung zu behaupten. »Hör mir zu, Leonardo; ich habe gerade gesagt: *Es passt mir nicht.*«

»Und wie es dir passt«, sagt er und lächelt mich an, als hätte er mich gerade bei einer Lüge ertappt. Er kommt auf mich zu, öffnet langsam den Reißverschluss meines Overalls und lässt seinen Blick über mich wandern.

»Na los, zieh das Ding aus«, sagt er verschwörerisch und plötzlich gar nicht mehr bittend. »Wenn du mich dazu zwingst, dich auszuziehen, könnte es sein, dass ich mich nicht beherrschen kann ...«

Er schaut mich an.

Ich schaue ihn an.

Ein Lächeln stiehlt sich in meine Züge. Meine Entschlossenheit gerät ins Wanken, und das weiß Leonardo sehr wohl. Mit einem tiefen Seufzer schüttele ich den Kopf, lege die Hand an den Reißverschluss und ziehe ihn ganz herunter. Ich habe nachgegeben, und er nickt zufrieden. Er schaut mir zu, wie ich mich aus meiner Rüstung befreie und wie ich mich wider besseres Wissen in seine Hände begebe, wehrlos, überwaltigt. *Er hat wieder einmal gewonnen, verflucht noch mal!*

»Aber versprich mir, dass wir vor sieben wieder da sind!«, sage ich und packe meine Sachen zusammen.

»Klar, alles, wie du willst«, antwortet Leonardo willfährig, nimmt mich an der Hand und zieht mich das Kirchenschiff entlang in Richtung Ausgang. Mein Herz klopft wie wahnsinnig. Ich weiß, ich begehe eine Torheit, aber einen Moment lang fühle ich mich wie die Fünfzehnjährige, die Gaia damals kurz vor dem Unterricht davon überzeugt hat blauzumachen. Es ist das gleiche Gefühl der Freiheit, das ich jetzt wieder durchlebe; die gleiche Erregung angesichts dieser gestohlenen Zeit, in der ich aller Pflichten ledig war – diese heimlichen Stunden voller Verheißung sind noch genauso süß wie damals, als es uns schien, auf der Welt könne alles passieren. Und genau das glaube ich auch jetzt.

Auf dem Platz vor der Kirche treffen wir Martino. Er kommt gerade an, atemlos wie immer, die Mappe unter dem Arm und das Ledertäschchen am Gürtel. Als er mich an Leonardos Seite sieht, wirft er mir einen Blick zu, der zunächst nur Erstaunen verrät, sich dann aber in Enttäuschung verwandelt.

»Ciao, Martino«, grüße ich ihn, löse mich von Leonardo und gehe ihm entgegen.

»Haust du schon ab?«, fragt der Junge mich. Aus der Art, wie er das sagt, schließe ich, dass er gern ein bisschen Zeit mit mir verbracht hätte.

»Ja«, erwidere ich und hebe die Arme wie zur Rechtfertigung. »Ich nehme mir heute mal eine Auszeit.«

»Aha.« Martino zieht einen enttäuschten Flunsch und schaut Leonardo verstohlen an. Schließlich wendet er sich wieder mir zu, als wäre ich ihm eine Erklärung schuldig, doch ich weiß nichts zu sagen und zucke nur mit den Achseln in der Hoffnung, dass ihm mein Lächeln Entschuldigung genug ist.

Martino nickt, als habe er begriffen. »Na gut, dann geh ich jetzt mal zu meinem Matthäus …« Er nickt mir zu und schlüpft in die Kirche, ohne sich noch einmal nach Leonardo und mir umzudrehen.

»Bis zum nächsten Mal!«, rufe ich ihm hinterher, doch er geht unbeirrt weiter.

»Wer war das denn?«, erkundigt sich Leonardo und nimmt mich wieder an der Hand.

»Ein Kunststudent, der wegen der Caravaggio-Gemälde hierherkommt.«

»Der ist total verschossen in dich, weißt du das?« Leonardo grinst breit.

»Na hör mal!« Ich tue das Thema mit einer Handbewegung ab. »Der Kleine ist gerade mal zwanzig.«

»Eben drum«, erwidert Leonardo amüsiert.

Ich schüttele den Kopf und deute ein Lächeln an. In Wirklichkeit habe ich bis zu diesem Moment nicht weiter darüber nachgedacht, doch wenn ich an den Blick denke, den mir Martino gerade eben zugeworfen hat, scheint mir Leonardos Vermutung auf einmal mehr als plausibel. Ich hoffe nur, dass Martino sich unsere Begegnung zu dritt nicht allzu sehr zu Herzen nimmt.

Jede Besorgnis ist wie weggeblasen, als ich auf die Ducati steige und mich an Leonardo klammere. Ich fühle mich frei und sicher, so nahe bei ihm. Alle Angst, die ich beim ersten Aufsitzen verspürte, ist wie weggeflogen. Wir rasen in Richtung Küste, während uns der Morgenwind in der Nase kitzelt. Der Himmel über uns ist knallblau und wolkenlos. Ich fühle mich wohl auf diesem Motorradsattel. Auch mit Leonardo fühle ich mich wohl und merke, dass ich in diesem Moment nirgendwo anders sein möchte als hier bei ihm. Schon während wir die Pontina entlangfahren, beginnt die Luft nach Salz, nach Algen, nach Pinienwald zu riechen. Nach Meer.

Jetzt taucht vor uns die Silhouette von Sabaudia auf, futuristisch wie aus einem Gemälde von de Chirico. Während ich mit Leonardo den architektonischen Schönheiten entgegenfahre, begreife ich mit einem Mal, warum sich in den Fünfzigerjahren die römischen Intellektuellen ausgerechnet diese während des Faschismus am Reißbrett entstandene Stadt zur Sommerfrische auserkoren hatten. An ihr ist etwas Magisches, eine faszinierende Mischung aus Meer, See, Sumpf, Wald und Wüste. Die Ducati donnert über die Alsphaltstraße, die am Meer entlangführt, und wir fahren mehrere Kilometer an Macchia-bewachsenen Dünen vorbei, bis wir schließlich am Monte Circeo stehen, wo die weiße Sichel des Strandes vom Grün der Felsküste abgelöst wird.

Leonardo parkt das Motorrad auf einem Platz an der Straße, und von dort aus gehen wir zu Fuß weiter. Gemeinsam steigen wir die Holztreppe hinab, die zum Strand führt. Ab und zu streckt er die Hand aus, um mich an steileren Stellen zu stützen. Er ist aufmerksam, gibt mir das Gefühl, beschützt zu sein. Wenn ich bei Leonardo bin, fehlt es mir an nichts. Es ist schlimm, das zu sagen, aber mir fehlt noch nicht einmal Filippo.

»Mann, sind diese Dünen schön!«, rufe ich aus und mache vor Staunen große Augen. Der Wind hat lauter Muster und Schleifen in den Sand gemalt, die aussehen wie kleine Kunstwerke. Ich hole tief Luft und ziehe gierig die salzige Brise in meine Lungen.

»Ich hab dir doch gesagt, dass es sich lohnt ...«, sagt Leonardo und wirft mir einen zärtlichen Blick zu.

Ich hatte dringend frische Luft gebraucht, natürliches Licht, merke ich jetzt. Ich liebe meine Arbeit, doch sie ist anstrengend – nicht nur für meine Augen, sondern auch für meine Haut: Den lieben langen Tag verbringe ich innerhalb von Mauern, in denen die Feuchtigkeit hängt, in der Nähe von Lösungsmitteln, Staub, Gerüsten und farbgetränkten Pinseln zum Auswaschen ... und eine Paola, die ständig meckert, ist sicherlich auch nicht eben gesundheitsfördernd. Ich hatte solche Lust, nach draußen zu gehen, wird mir plötzlich klar, und als hätte Leonardo das geahnt, hat er mich ausgerechnet zu diesem perfekten Fleckchen Erde gebracht; in diese ungezähmte Natur und zu dem klaren Wasser. Das hier ist ein Paradies.

Der Junge vom Strandbad kommt auf uns zu, bereits im Mai tief gebräunt und mit sonnengebleichtem Haar. Er teilt uns zwei Liegen direkt am Wasser zu und fragt, ob wir etwas zu trinken möchten. Wir bestellen zwei Gläser Prosecco, und sofort eilt er dienstbeflissen davon.

Es sind nur wenige Leute um uns herum, eine Mutter mit zwei kleinen Kindern sowie ein älteres Paar mit geröteter Haut; vielleicht Deutsche.

Leonardo knöpft sich das Hemd auf, geht zum Wasser, krempelt seine Hosenbeine hoch und prüft mit den Füßen die Wassertemperatur. Er ist offenbar ganz in seinem Element: Mit seinem Stoppelbart und dem gebräunten Oberkörper sieht er aus wie ein Seemann. Er dreht sich zu mir um.

»Willst du dich nicht umziehen?«

»Und du?«

»Ich hab die Badehose schon drunter.«

Ich nehme die Tüte und gehe zur Umkleidekabine.

Ich muss zugeben, dass Leonardo einen guten Geschmack hat: Der Bikini ist edel und wunderschön. Das Oberteil wird im Nacken gebunden, was mir bei Bikinis am liebsten ist; dadurch werden meine Schultern betont, die zusammen mit den Armen mein Lieblingskörperteil sind. Weil ich bei der Arbeit gezwungen bin, stundenlang auf Gerüsten und Leitern herumzuturnen, und meine Brust immer in Spannung ist, habe ich mir breite Schultern antrainiert, wie eine Schwimmerin.

Nun gut, ich bin bereit. Jetzt muss ich nur noch zu Leonardo zurück, mich auf die Liege legen und entspannen. Einen Moment lang sehe ich Filippos Lächeln vor mir, seine Grübchen, seine hellgrünen Augen, und dann diesen freundlichen Gesichtsausdruck, der auf einmal zu Eis erstarrt. Als ich die Tür der Kabine aufmache, blendet mich die Sonne so sehr, dass das Trugbild jedoch sofort wieder verschwunden ist.

Leonardo wartet neben der Liege auf mich, die Sonnenbrille auf der Nase und ein Glas in der Hand. Er hat sich bereits ausgezogen und trägt nur noch seine Badehose. Er ist kräftig gebaut und sieht, wie immer, schrecklich sexy aus. *Leider*. Ich lasse meinen Blick heimlich über seinen Körper gleiten und erfreue mich an dem, was ich sehe. Was mir besonders gut an ihm gefällt, ist, dass Leonardo nicht den Körperbau der Fitnessstudio-Freaks besitzt; seine Muskeln hat er wohl eher von der Bewegung an der frischen Luft als von langen Trainingseinheiten im Studio. In der Bauchgegend hat er in den letzten Monaten ein bisschen zugelegt, wie man das wohl bei einem Koch und einem Menschen wie ihm erwarten würde, der weiß, wie man das Leben genießt. Das Tattoo an seinem Rücken verleiht ihm zusätzlich etwas Verruchtes: Ich kann kaum die Augen von ihm wenden.

Ich nehme mein Glas, das neben einem Schälchen Erdnüsse auf dem Tisch steht.

Leonardo betrachtet mich wohlgefällig, und plötzlich merke ich, dass ich in diesem Sommer eigentlich noch gar nicht bereit war, mich im Bikini zu zeigen. Bestimmt habe ich in den vergangenen Monaten, mit Filippo als zuverlässigem Tischgenossen, ein wenig zu gut im Futter gestanden …

»Passt dir gut, der Bikini«, sagt Leonardo zu mir, und sein Blick bleibt in meinem Dekolleté hängen. Und tatsächlich bewirkt der Bikini ein kleines Wunder, denn in diesem Oberteil habe ich statt eines A-Körbchen auf einmal ein volles B. Überhaupt habe ich – wer weiß, warum – nach unserem kürzlichen Schäferstündchen bemerkt, dass ich obenherum eine halbe Größe zugenommen habe.

Mein schwächster Punkt, der mich schier zur Verzweiflung treibt, ist und bleibt mein Hintern: Er wird einfach nie klein und knackig sein, wie ich mir das wünschen würde. Und dann ist da auch noch diese schreckliche Orangenhaut hinten am Oberschenkel, die man vielleicht gar nicht sieht, mit der ich mich jedoch immer unwohl und unvollkommen fühle. Dieser Makel ist, glaube ich, der allerschrecklichste, weil er einfach nicht weggehen will, egal, wie viel ich mich mit dem sündhaft teuren und eher ekligen Thermalpräparat einschmiere, das mir Gaia empfohlen hat. Na ja, überlege ich fieberhaft, vielleicht hätte ich das auch einfach nur regelmäßiger machen sollen: Insgesamt habe ich das Zeug nicht mehr als dreimal aufgetragen und beim vierten Mal das Handtuch geworfen, nachdem ich mir sowohl den

Schlafanzug als auch das Bett eingesaut hatte und mitten in der Nacht davon aufgewacht war, dass ich bauchnabelabwärts buchstäblich klebte.

Leonardo hingegen scheint jeden Zentimeter meines Körpers zu genießen, was ich aus den lüsternen Blicken schließe, die er mir zuwirft. Das erfüllt mich mit Genugtuung und schmeichelt mir. Ich glaube, es gibt nichts Befriedigenderes, als zu wissen, dass man einem Mann gefällt, den man begehrt.

»Komm, gehen wir«, sagt er auf einmal, fasst mich um die Taille und schiebt mich in Richtung Wasser.

Seite an Seite stürzen wir uns in die türkisblauen, warmen Fluten des Tirrhenischen Meeres. Leonardo verfolgt mich und spritzt mich nass, indem er ganze Hände voll Wasser nach mir wirft, und ich fühle mich herrlich leicht, übermütig, lebendig, wie ein anderer Mensch. Dann umarmen wir uns unter Wasser, schlingen Arme und Beine umeinander, als wären es Tentakel. Ich streiche ihm das nasse Haar aus dem Gesicht und küsse seine Lippen, die jetzt nach Salz schmecken. Darauf packt Leonardo mich an den Oberschenkeln und presst mich an sich, lässt mich seinen harten Schwanz spüren, schiebt dann mein Bikinioberteil beiseite und beginnt an meinen Brustwarzen zu spielen. Mit der anderen Hand liebkost er meine Pobacken.

Wir sind jetzt beide erregt und würden gerne weitermachen, doch als sich die Mutter mit den beiden Kindern nähert, bereitet das unseren Fantasien ein schnelles Ende. Wir lächeln uns an, steigen aus dem Wasser und verschieben alles auf später.

Ich drücke mir das Wasser aus den Haaren und will mich auf der Liege ausstrecken.

»Komm her«, sagt Leonardo und rückt auf seiner Liege zur Seite.

Er legt mir einen Arm um die Schultern, und ich drücke mich an seinen sonnenwarmen Körper. So bleiben wir eine Weile liegen, schweigend, lassen uns vom Rauschen der Wellen und unserem eigenen Atem einlullen. Mit einem Fuß streichele ich den puderfeinen Sand und bohre ein kleines Loch hinein. Ich denke daran zurück, wie ich als Kind am Strand von Lido immer so lange gespielt habe, bis ich wie mit Sand paniert war und zur Verzweiflung meiner Mutter überall Sandkörner hatte. In manchen Momenten, so wie diesem, fehlt mir meine Familie. Was sie wohl gerade machen? Ich könnte fast mit Sicherheit sagen, dass meine Mutter in der Küche ist und eine ihrer Leckereien zubereitet – oder aber sie ist einkaufen. Mein Vater hingegen könnte gerade bei Antonio sein – seinem besten Freund, auch er ein ehemaliger Seemann –, um mit ihm die Liste der Neuzugänge bei den Freiwilligen des Zivilschutzes durchzugehen. Ich weiß, dass er sehr aktiv in diesem Ehrenamt ist (und viel besser als beim Heimwerken). Was mit mir in den vergangenen Monaten geschehen ist, blieb meinen Eltern zum Glück weitestgehend verborgen, und so werden sie jetzt wahrscheinlich denken, dass ich zusammen mit Filippo in ruhigen Gewässern schippere. Sie können sich nicht vorstellen, dass ich in Wirklichkeit hier bin, an einem herrlichen Strand am Meer und in den Armen eines Mannes, der buchstäblich mein ganzes Leben auf den Kopf gestellt hat. Es ist sinnlos, es zu leugnen: Leonardo ist immer noch ein Teil von mir, er haftet mit der gleichen Hartnäckigkeit an mir wie der Sand.

»Wie fühlst du dich?«, fragt er mich auf einmal und fixiert dabei einen Punkt am Horizont.

Seine Frage, so unbestimmt sie auch ist, verwirrt mich, und ich rätsele, was er wohl in Wirklichkeit wissen will.

»Meinst du, wie ich mich *jetzt* fühle?«

»Ja, aber nicht nur«, antwortet er, dreht sich zu mir und

schaut mich an, als versuchte er Gedanken zu lesen. »Wie du dich jetzt fühlst und wie im Allgemeinen, vor allem nach dem Abend kürzlich.«

Das ist genau die Frage, der ich gerne aus dem Weg gegangen wäre. Um ihm eine Antwort geben zu können, muss ich zumindest ein Minimum an Ordnung im Chaos meiner Gedanken und Gefühle schaffen, das schon seit Tagen in mir herrscht und mich umtreibt. Als ich es versuche, spüre ich auf einmal, wie sich vollkommen unerwartet Euphorie in mir breitmacht. Denn trotz meiner Schuldgefühle, dass ich Filippo betrüge, habe ich doch schon lange nicht mehr einen so intensiven Moment erlebt. Wahrscheinlich nicht mehr, seit ich aufgehört habe, mich mit Leonardo zu treffen.

»Wenn ich mit dir zusammen bin, geht es mir gut«, antworte ich Leonardo schlicht. »Aber nur, wenn ich nicht an den ganzen Rest denke.«

Er nickt. Vielleicht ist es ja für ihn genauso.

»Und du?«, frage ich, als hätte ich dafür gerne eine Bestätigung.

»Ich versuche, das Beste aus diesem Leben herauszuholen, Elena, das tue ich immer. Und wenigstens heute glaube ich, dass es mir gelungen ist«, antwortet Leonardo unbestimmt.

Einen Moment lang sehe ich einen Schatten unter seinen langen Wimpern. Schließlich lacht er, und der Schatten verschwindet.

»Komm, gehen wir ein paar Schritte«, sagt er und zieht sich wieder an.

Wir schlendern ein wenig an der Strandlinie entlang und lassen unsere Füße von den Wellen umspülen. Mit den begeisterten Augen eines Kindes schaue ich zu, wie unsere Fußabdrücke vom feuchten Sand wieder verschluckt werden, sobald eine neue Welle darüberrollt, während Leonardo mich an der Hand nimmt, als hätte er ein ganz bestimmtes Ziel vor Augen.

Der Strand von Sabaudia wirkt irgendwie flüchtig: wenig Menschen, wenige Blicke, wenige Stimmen. Auf der einen Seite ist das Meer, auf der anderen die Dünen und eine Reihe luxuriöser Villen; Rückzugsorte der römischen Schickeria, die zu dieser Zeit immer noch unbewohnt sind.

Ganz in der Ferne, vor uns, liegt ein kleines Schlauchboot, das hinter dem nassen Teil des Sandes festgemacht ist. Als wir zu ihm gelangen, umkreist Leonardo es prüfend, als wollte er nachsehen, ob damit alles in Ordnung ist.

»Komm, drehen wir eine Runde, hast du Lust?«, fragt er. Das ist eine Aufforderung, der ich kaum widerstehen kann.

»Aber gehört das denn nicht irgendjemandem?«, frage ich zögerlich, weil ich nicht gleich nachgeben will.

»Das ist das Boot von Saporetti, dem Inhaber des Restaurants da drüben«, sagt Leonardo und zeigt auf ein Häuschen ein paar hundert Meter von uns entfernt. Einen Moment später sehe ich einen Mann auf die Veranda kommen und zum Gruß die Arme ausbreiten. Das scheint der Besitzer der Kneipe und damit auch des Schlauchboots zu sein. »Das ist ein Freund von mir«, erklärt mir Leonardo. »Warte, ich stelle ihn dir gleich vor.«

Saporetti kommt auf uns zu und begrüßt uns herzlich. Er hat einen starken lokalen Akzent, keinen römischen mehr. Er ist um die sechzig, tief gebräunt, hat vollkommen weißes Haar und die muntere und unkomplizierte Art von jemandem, der es gewohnt ist, mit anderen Menschen zu tun zu haben, und der diesen Kontakt nach vielen Jahren Arbeit immer noch liebt. Offenbar kennen er und Leonardo sich schon lange, und ihr vertrauter Umgang lässt darauf schließen, dass sie schon so manche Nacht miteinander gezecht haben.

»Fahrt nur, fahrt nur«, ermutigt er uns und zeigt auf das Gummiboot. »Macht eine kleine Spritztour, aber hinterher müsst ihr auf einen Teller Spaghetti mit Meeresfrüchten zu mir kommen ... Davon verstehst du ja was, Leo.«

»Na ja, genug des Lobs«, beschwichtigt ihn Leonardo und hebt die Hände.

Saporetti besteht noch einmal auf unserer Verabredung, Leonardo lässt sich schließlich grinsend breitschlagen und macht dann das Tau des Bootes los, um es ins Wasser zu schieben. Wieder einmal bin ich beeindruckt von der Kraft dieser Arme; und wie ich Leonardo so betrachte, kommt es mir so vor, als würde ich sie heute zum allerersten Mal sehen: Die Muskeln scheinen fast aus der Haut zu platzen, so prall sind sie.

Er hilft mir beim Einsteigen, nimmt dann Schwung, lässt den Motor an, und los geht die Fahrt.

Es ist fast Mittag, doch die Sonne brennt nicht, zumal ein leichter, angenehmer Wind vom Circeo aufgekommen ist. Die Wellen brechen sich am Schlauchboot, und es bäumt sich auf. Immer wieder spritzt mir Wasser ins Gesicht, doch ich genieße die Erfrischung und das herrliche Gefühl durchzuatmen, frei zu sein. Genau jetzt, in diesem Moment, müsste ich eigentlich bei der Arbeit sein, unter dem gestrengen Blick Paolas ... und bei dieser Vorstellung überläuft mich ein Schauder der Genugtuung. Das hier ist meine ganz eigene kleine Auszeit, auch wenn sie gewiss nicht unschuldig ist. Und ich will sie mit allen Sinnen genießen.

Nur wenige Minuten später erreichen wir die kleine Bucht unterhalb des Turmes am Kap. Hier trifft der Berg in einem einzigartigen Zusammenspiel von Erde und Wasser aufs Meer. Diese primitive und wilde Natur ist pure Energie, und ich fühle mich wie neugeboren.

Leonardo macht den Motor aus. Wir ziehen uns wieder bis auf das Badezeug aus und lassen uns ein wenig vom sanften Schaukeln der Wellen einlullen. Ich mache mich lang, lehne den Kopf an den Rand des Schlauchboots und genieße die Wärme der Sonne und schütze meine Augen, indem ich einen Arm über den Kopf lege. Dann ist Leonardo bei mir, nimmt mein Kinn und küsst mich voller Leidenschaft, steckt mir seine heiße Zunge in den Mund und zieht mich an einer immer noch feuchten Haarsträhne an sich. Es ist ein wilder, ungeduldiger Kuss, der mir ganz klar sagt: Er will mich. Mir bleibt buchstäblich die Luft weg. Dann steht er auf, lässt noch einmal seinen glühenden Blick über meinen Körper wandern und springt ins Wasser.

Vielleicht ist das eine Aufforderung. Vielleicht wollen diese Augen und dieser Kuss mir sagen: *Komm mit, worauf wartest du?* Und so springe ihm hinterher, hinein in das glitzernde Wasser, und schwimme direkt auf ihn zu. Leonardo schließt mich in seine starken Arme, und in diesem Moment will ich mich nur noch gehen lassen, will ich nur noch eins werden mit ihm, hier, mitten in diesem Meer, umgeben von Sonne und Wasser. Haut an Haut, Haut, die jetzt nur noch eine fließende, heiße Welle ist.

Zwischen uns ist alles Spiel, Verführung, Feuer. Leonardo drückt mich ein paarmal unter Wasser und lacht, wenn er mich keuchend und prustend wieder an die Oberfläche kommen sieht. Jetzt umarmt er mich von hinten, hebt mich ganz leicht an, und ich spüre seinen steifen Schwanz an meiner Po-Ritze. Ein leidenschaftlicher Kuss auf den Hals, dann ein zärtlicher Biss, der mir eine Art Stromschlag versetzt. Sein Knie liebkost mich zwischen den Beinen, meine nasse Möse brennt, während mich ein Schauder von Kopf bis Fuß durchläuft.

An diesem Punkt lässt er mich los und beginnt auf die

Klippen unterhalb des Turms zuzuschwimmen. Ich folge ihm. Dort angekommen zieht Leonardo sich mit Hilfe eines Taus, das am Fels angebunden ist, an der Klippe hoch und landet auf einer kleinen Plattform aus glattem Stein. Er streckt einen Arm aus, hilft mir beim Hochklettern. Kaum bin ich oben, zieht er mich in seine Arme, beginnt mich wild zu küssen. Rasch öffnet er das Oberteil meines Bikinis und zieht mir mit einer entschlossenen Handbewegung das Höschen aus.

Nun stehe ich splitternackt vor ihm, und Leonardo lässt genüsslich seinen Blick über meinen erhitzten Körper wandern. Seine Augen lodern heißer als die Sonne. Dabei sieht er mich an, als begehrte er mich mehr als alles andere auf der Welt. »Ich könnte dich den ganzen Tag anschauen, Elena«, sagt er. Dann nimmt er meine Hand und drückt sie an seine Badehose, lässt mich durch den Stoff spüren, wie groß seine Lust auf mich ist. Ich ziehe ihm die Hose aus, werfe sie auf meinen Bikini und drücke mich an seinen nackten Körper, um ihm ein Zeichen meiner Lust einzuprägen, wie in eine Münze. Er ist so schrecklich sexy, so jung, so sorglos. Der Duft seiner nassen Haut ist noch betörender als sonst. Er lächelt mich mit diesen dunklen Augen an, und selbst die kleinen Fältchen rundum, die mich schon immer verrückt gemacht haben, scheinen zu lächeln.

Ganz zärtlich legt mich Leonardo auf den Boden, auf den glatten und glühend heißen Stein der Klippen; es brennt, doch letztlich nicht schlimmer, als mein erhitzter Körper es auch tut. Dann legt er sich auf mich, hält mir die Arme über dem Kopf fest und klemmt sich meine Oberschenkel zwischen die Knie.

»Hast du eigentlich eine Ahnung, welche Wirkung du auf mich hast?«, murmelt er mit einem Seufzer.

»Nein«, keuche ich und strecke mich ganz unter ihm aus.

Leonardo lächelt. »Natürlich weißt du das«, sagt er, steckt mir zwei Finger zwischen die Beine und presst mir mit der anderen Hand den Mund zu.

Ich beginne zu stöhnen, während seine Finger sich immer tiefer in meine Möse bohren. Offenbar hat er vor, mich so zum Höhepunkt zu bringen, ohne in mich einzudringen. Und ich bin wirklich kurz davor, die Kontrolle zu verlieren. Auch wenn ich es eigentlich gar nicht so haben will, denn ich will ihn, will seinen harten Schwanz in mir spüren.

Ich stehe kurz vor dem Orgasmus, als Leonardo sich auf mich legt und mit einem gewaltigen Stoß seinen heißen, feuchten Prügel in mich hineinrammt. Eine Hand um meine Taille gelegt, drückt er mich in den Boden und stößt noch fester zu. Er wird schneller, immer schneller. Jetzt atmen wir im Takt, wir keuchen und stöhnen. Dann spüre ich die vertraute Hitze in meinem Bauch aufsteigen, die mich verschlingt, betäubt und all das auslöscht, was außerhalb meines Körpers geschieht.

Das ist es, was Leonardo mit mir macht. Er bittet nicht um Erlaubnis, er lässt es nicht zu, dass ich lerne, ihn zu begreifen, sondern er bemächtigt sich einfach meiner. Ohne auf den geringsten Widerstand zu stoßen, macht er mich zu der seinen, und ich kann davor und danach an nichts anderes mehr denken. Hier, auf diesem gottverlassenen Fleckchen Erde, existieren nur ich und er. Er und ich auf diesem sonnendurchglühten Stein, vor diesem Meer, das dem Schauspiel unserer Leidenschaft beiwohnt und uns mit dem Rauschen seiner Wellen noch anzufeuern scheint.

Ich bewege mich unter ihm, im Takt mit ihm. Meine Erregung wird immer größer, und jetzt will ich ihn haben, den Orgasmus, den er mir verheißt.

»Mach weiter, ich bitte dich, nicht aufhören, fick mich«, flüstere ich ihm ins Ohr.

Doch statt einer Antwort dreht Leonardo mich um, und ich bin auf allen vieren: Er erdrückt mich fast mit seinem Gewicht, überwältigt mich mit seiner Kraft. Er nimmt mich von hinten, entschlossen, voll wilder Gewalt, und ich kann ihm nicht entkommen, bin Gefangene seines Begehrens. Er will mich mit Gewalt, jetzt, hier, und nicht anders als so.

Ich lasse mich gehen, und dann kommen wir endlich gemeinsam zum Höhepunkt, wie betrunken von der Lust des anderen.

»Gott, Elena«, murmelt er und beugt sich herab, um mir lauter kleine Küsschen auf die Schulter zu geben. »Du bist wie eine Droge. Mit dir verliere ich vollkommen die Kontrolle. So etwas ist mir noch nie passiert, und wenn ich es recht bedenke … nein, ich kann dir nicht widerstehen.«

Ich schaue ihn an, zähle stillschweigend bis drei, und dann sage ich das, was ich besser nicht sagen würde: »Und das sollst du auch nicht.«

Wir springen wieder ins Wasser, diesmal nackt. Nach Leonardos Offenbarung scheint mir gar nichts mehr verboten zu sein. Ich würde alles mit ihm tun, mit ihm und für ihn. Als wir wieder auftauchen und aus dem Wasser kommen, bleiben wir noch eine Weile auf den Felsen liegen und trocknen uns an der Sonne. Dann steigen wir wieder ins Schlauchboot und fahren, wie versprochen, zu Saporetti, um bei ihm zu Mittag zu essen.

Leonardo erzählt mir, dass die kleine, unscheinbare Holzhütte im Sand eine lokale Größe und ein absoluter Geheimtipp sei: Hierher, erfahre ich, sind schon Pasolini und Moravia, Fellini und Bertolucci zum Essen gekommen.

Als wir hineingehen, habe ich das Gefühl, mich auf eine Zeitreise zu begeben, als befänden wir uns im Italien der Sechzigerjahre: Die weiß-blau karierten Tischdecken, die geflochtenen Binsenlampenschirme, die Stühle aus lackiertem Holz – das alles verströmt einen ganz besonderen Charme.

Saporetti heißt uns mit seinem warmherzigen Lächeln willkommen und teilt uns, ohne unsere Bestellung abzuwarten, mit, unsere Spaghetti würden gerade zubereitet. Offenbar sind die hier besonders gut. Und wenn Leonardo das sagt, kann man sich darauf verlassen. Auch wenn seine Art, zu kochen, soweit ich etwas davon verstehe, vergleichsweise verfeinerter und experimenteller ist.

Während wir auf das Essen warten, probieren wir einen köstlichen Weißwein vom Circeo.

»Sonderbar«, sagt Leonardo auf einmal nachdenklich. »Ich weiß nicht mehr, ob du die gleiche Elena bist, die ich damals in Venedig kennengelernt habe. Du kommst mir irgendwie ... anders vor. Ich könnte nicht einmal genau sagen, was du plötzlich an dir hast, aber es ist ein ganz starker Eindruck ...«

»Was meinst du?«

»Du erscheinst mir fraulicher, als wärst du in so kurzer Zeit weiblicher geworden, reifer. Ich weiß, du wirst darüber lachen, aber ...«

Ich schaue Leonardo dabei zu, wie er einen Schluck aus seinem Weinglas nimmt, und sehe mich plötzlich mit seinen Augen. So, wie ich war, als er mich kennengelernt hat, und so, wie ich jetzt bin: die Elena von vor sieben Monaten – die einsame und unsichere junge Frau – und die Elena jetzt, die *glücklich* in einer Beziehung und um einiges selbstbewusster geworden ist. Zwei so verschiedene Frauen, die doch eine Sache auffallend gemein haben: ein unwiderstehliches und unheilbares Verlangen nach diesem Mann ... kein Wunder, dass er mich faszinierend finden muss.

»Ja, vielleicht habe ich mich wirklich verändert«, gebe

ich nachdenklich zu, während mir einige Bilder und Szenen aus unserer gemeinsamen Geschichte durch den Kopf gehen, die ich während meiner Zeit in Rom verdrängt oder schlicht und einfach vergessen hatte. »Ob das zum Guten oder zum Schlechten ist, musst du selbst entscheiden. Auf alle Fälle hat es aber auch mit dir zu tun.«

Einen Moment ist es still.

Dann durchbricht Leonardo das Schweigen.

»Hasst du mich immer noch?«

»Klar hasse ich dich, aber ich würde alles wieder ganz genauso machen. Ich bereue nichts«, antworte ich und schaue ihm in die Augen. In diesem Moment bin ich mir meiner so sicher wie seit langem nicht mehr.

Die Wut, die ich auf ihn hatte, ist allmählich einem Gefühl der Verzauberung gewichen, als würde ich mich ganz bewusst verlieren – ein Gefühl, bei dem mir ein wenig die Beine zittern. Doch jetzt habe ich keine Angst mehr davor.

»So, da wären wir!« Das Auftauchen von Saporetti reißt Leonardo und mich aus unserer Versunkenheit und lenkt unsere Aufmerksamkeit auf zwei appetitlich gefüllte Teller mit Nudeln, auf denen sich die köstlichsten Früchte des Mittelmeeres türmen.

»Hast du Hunger?«, fragt mich Leonardo, als er sieht, wie ich mich damit abmühe, eine etwas zu große Portion Spaghetti auf meine Gabel zu rollen.

»Weißt du denn nicht, dass Seeluft hungrig macht?«, antworte ich ihm mit einem Lächeln.

Am späten Nachmittag kehren wir nach Rom zurück. Ich muss notgedrungen noch mit zu Leonardo, weil ich duschen und mich komplett neu stylen muss, damit Filippo keinen Verdacht schöpft: Wenn er mich jetzt sehen würde, wüsste er nämlich gleich, dass ich nicht in der Arbeit war. Außerdem haftet mir das Schandmal meines Betrugs auf der Haut – Sand, Salz und Sonne und zusätzlich auch Leonardos Geruch, sein Schweiß, und das Gefühl seiner Hände, die ich immer noch auf mir spüre.

Die Wohnung liegt in Trastevere, nur ein paar Schritte von der Piazza Trilussa entfernt, im dritten Stock eines Hauses ohne Lift, direkt am Fluss. Es ist ein lichtdurchflutetes Loft, erst kürzlich renoviert, mit einem herrlichen Blick auf die Stadt und einer luxuriösen Ausstattung: Zedernholz-Parkett, Arbeitsflächen aus Carrara-Marmor in der Küche und eine in Pompeji-Rot gestrichene Galerie mit einem riesigen Bett in der Mitte.

»Magst du was zu trinken?«, fragt Leonardo, nachdem er mich auf das Sofa verfrachtet hat.

»Ja, gerne ein Glas Wasser.« Nach dem herrlichen Tag draußen fühle ich mich regelrecht ausgetrocknet.

»Nicht übertreiben, ja?«, kommentiert Leonardo grinsend. Offenbar will er die Atmosphäre etwas auflockern.

Er pfeift irgendeinen Sommerhit, den ich sogar zu erkennen glaube, öffnet den Kühlschrank und holt eine eiskalte Flasche der Edelmarke Fillico King heraus. Ich ziehe kurz die Augenbrauen hoch. *Muss er sogar beim Wasser den Snob herauskehren?* Lächelnd und mit zwei Gläsern kommt er auf mich zu. Wir stürzen sie herunter, und bevor es zu spät ist, schlüpfe ich ins Bad, um mich tatsächlich frisch zu machen.

Als ich mich in dem Spiegel betrachte, der mit venezianischem Stuck gerahmt ist, bemerke ich, dass ich zwei knallrote Apfelbäckchen habe. Ich weiß nicht, wie lange sich so etwas hält, hoffe aber, dass es wieder komplett weg ist, bevor ich nach Hause komme. Ich öffne den Wasserhahn der Dusche und beschließe, mich ausführlich zu reinigen.

Kaum habe ich das Oberteil meines Bikinis ausgezogen, sehe ich im Spiegel, wie Leonardo das Bad betritt. Er schaut mich lüstern und mit einem hungrigen kleinen Lächeln auf den Lippen an.

Ich werfe ihm einen fragenden Blick zu, doch ich weiß sehr wohl, was er will: Das sagen mir seine Augen, die voller Verlangen sind, das sagt mir sein heißer Atem an meinem Hals und flüstern mir seine Finger, die mit meinen Brustwarzen spielen. Bevor ich auch nur einen Ton sagen kann, hat er mich schon gepackt und drückt mich gegen die Wand.

Wieder wandern seine warmen Hände über meine Haut, die noch erhitzt von der Sonne ist. Wir sind wie zwei Magnete, zwei Elektroden, wie zwei Töne, die zum Akkord geworden sind. Er will mich, und sein Mund ist unersättlich.

An diesem Punkt gebiete ich ihm Einhalt. Ich spüre, diesmal will ich Herrin der Lage sein. Diesmal will *ich* ihn besitzen, nicht umgekehrt.

Rasch wandert meine Hand an seinen Hintern, und Leonardo reckt mir prompt sein Becken entgegen. Er hat Lust auf mich, das spüre ich. Sein Schwanz regt sich ungeduldig in seiner Hose. Ich bin vor Erregung wie benommen, als ich die Macht dieses Verlangens spüre. Meine Hände wühlen sich in seine Haare, und ich ziehe ihn grob an mich.

»Kann es sein, dass ich nie genug von dir kriege?«, flüstere ich, nah an seinem Gesicht.

Ich weiß, dass es ihm genauso geht. Und ich sage es ihm auch mit den Augen, während mein Blut langsam zu sieden beginnt. Ich ziehe den Reißverschluss seiner Hose auf und hole seine harte, sengend heiße Rute heraus. Leonardo legt stöhnend den Kopf in den Nacken und stützt sich mit den Händen an der Wand hinter mir ab. Ich lasse mich langsam mit dem Rücken an den Fliesen heruntergleiten, bis ich vor ihm in die Hocke gehe und gerade noch mit der Zunge an ihn herankomme. Dann nehme ich ihn in den Mund. Er schmeckt nach ihm selbst und nach Salz. Ich spüre, wie

Leonardo vor Lust erbebt, streichle ihm die Beine und packe ihn dann mit beiden Händen am Gesäß, während ich ganz langsam an ihm sauge. Es ist die pure Freude, diesen Schauder zu spüren, der durch seinen Körper läuft. Er streichelt mir das Haar, zieht beinahe grob daran, presst mich an sich, um mir zu zeigen, dass ich weitermachen soll, doch plötzlich, kurz vor dem Höhepunkt, schiebt Leonardo mich sanft von sich, zieht mich auf Augenhöhe hoch und küsst mich. Er küsst mich mit seiner ganzen Lust, seinem Geschmack, hält mich immer noch an den Haaren fest und schiebt schließlich seinen Kopf gerade so weit weg, dass er mir in die Augen schauen kann. Er sieht finster und ermattet zugleich aus. »Du machst mich verrückt«, flüstert er.

Dann versetzt er mir einen Stoß und küsst mich heftig auf den Hals.

»Nein ... bitte nicht!«, flehe ich ihn in einem Moment der Hellsichtigkeit an und werde panisch. »Mach mir keinen Knutschfleck!«

Wortlos packt Leonardo mich am Arm und schiebt mich in die Duschkabine, in der immer noch das Wasser läuft. Von einer fast animalischen Heftigkeit gepackt, dreht er mich mit dem Gesicht zur Wand, packt mich von hinten an den Hüften und dringt ohne Umschweife in mich ein, hart, brutal, schrecklich erregend. Laut stöhnend bewegt er sich in mir, sein Becken klatscht rhythmisch gegen meines, seine Brust presst sich an meinen Rücken, während das Wasser weiter auf uns niederprasselt – allerdings ohne das Feuer zu löschen, das in uns lodert.

Er sucht mit den Fingern meinen Mund, der sich gefügig öffnet, spielt mit meiner Zunge, entlockt mir Töne, von denen ich gar nicht wusste, dass ich zu ihnen fähig bin.

»Weiter, Elena«, knurrt er mir ins Ohr. »Ich will dich schreien hören!«

Als sein gefügiges Geschöpf folge ich ihm, und dann ist er da, ein Orgasmus, so verheerend, dass meine Seele überkocht und sich ein rauer, tiefer Schrei meiner Kehle entringt.

Leonardo, ich bin vollkommen verrückt nach dir.

Genau in dem Moment, als wir uns wieder anziehen, bekomme ich eine SMS. Das Display meines iPhones, das ich auf den Rand des Waschbeckens gelegt hatte, leuchtet grün auf. Ich frage mich, wer das um diese Zeit sein kann, und hoffe insgeheim, dass ich mich täusche. Doch leider habe ich richtig vermutet.

Bibi, wie weit bist du?
Essen zu Hause oder draußen?
Kuss.

Ich erschrecke zutiefst. Ich bin so eine blöde Kuh. Eine Verräterin. Ich ziehe den Träger meines BHs hoch und versuche, mein wachsendes Unbehagen zu unterdrücken, habe den Kampf jedoch rasch verloren, denn Leonardo hat es sofort bemerkt.

»War das dein Freund?«, fragt er, ohne darüber allzu beunruhigt zu sein.

»Ja«, antworte ich nickend und tippe hektisch, dass ich den Abend lieber daheimbleiben würde.

Leonardo sagt nichts, küsst mich auf die Stirn und verlässt das Bad, um sich in seinem Schlafzimmer fertig anzuziehen.

Kopfschüttelnd schließe ich die Tür und schaue mich im Spiegel an: Ich sehe ganz normal aus – von einem sichtbaren Zeichen meiner Schandtat keine Spur. Und trotzdem liegt die Last dieses Tages der Heimlichkeiten wie Blei auf meinen Schultern.

Liebe ich Filippo wirklich?, frage ich mich unvermittelt.

Na klar liebe ich ihn, und wie. Da bin ich mir sicher.

Aber warum begehre ich dann Leonardo?

Ich habe einmal irgendwo gelesen, dass man meistens weder das begehrt, was man liebt, noch das, wofür man Respekt empfindet. Vor allem jedoch begehrt man niemals das, dem man ähnelt. Vielleicht stimmt diese Theorie ja, doch jetzt ist nicht der Moment, darüber nachzudenken. Ich muss nach Hause.

Ich gehe zu Leonardo in sein großes, helles Wohnzimmer, und er begleitet mich zur Tür. Er hat sich umgezogen und duftet nach Duschgel. Er streichelt mir das Kinn, lehnt sich an den Türsturz und schaut mich an, als wollte er mich am liebsten gar nicht weglassen.

»Wann sehen wir uns wieder?«, fragt er.

»Ich weiß nicht …«, antworte ich ausweichend und senke den Blick, während ich mein Handy verstohlen in die Tasche stecke.

Leonardo hebt mein Gesicht an und sucht meinen Blick.

»Ach herrje. Vorhin hast du gesagt, du hättest das, was du mit mir gemacht hast, nie bereut. Dann wirst du doch jetzt nicht damit anfangen, oder?«

»Okay«, seufze ich, wenig überzeugt, »du hast ja recht.« Ich gebe ihm einen leichten Kuss zum Abschied, laufe die Treppe hinunter und stürze mich in den Verkehr am Lungotevere.

Während ich mich auf den Weg zur Bushaltestelle mache, habe ich auf einmal das seltsame Gefühl, dass ich das alles früher oder später doch bereuen werde. Auch wenn ich noch nicht genau weiß, was genau.

• 5 •

Es ist ein Sonntag im Frühsommer, die Luft ist warm, der Himmel immer noch klar, und auf den Gesichtern der Menschen steht ein Ausdruck seliger Trägheit. Filippos Hand gleitet leicht über mein Kleid und wandert zu meiner Hüfte, während wir nach dem Kino in Richtung Ausgang gehen. Im Trevi haben sie *Amore mio aiutami* gezeigt, im Rahmen einer Werkschau von Alberto Sordi. Ich hatte nicht damit gerechnet, dass es so voll würde, und dachte die ganze Zeit über beinahe sehnsüchtig an unsere Abende im Studentenkino zurück, wo Filippo und ich manchmal sogar alleine oder höchstens mit ein, zwei anderen Leuten im Kinosaal waren.

»Es war schön, den noch einmal zu sehen«, bemerkt er mit einem zufriedenen Lächeln. »Ist schon ein besonderer Film.«

»Ja. Nicht gerade die klassische italienische Komödie.« Ich hebe den Blick, auf der Suche nach dem richtigen Wort. »Er hinterlässt einen bitteren Nachgeschmack«, sage ich schließlich und ziehe die Nase kraus.

Filippo nickt wissend. »In manchen Szenen weiß man nicht, ob man weinen oder lachen soll. Und Monica Vitti ist wirklich fantastisch.«

»Schon.«

Ich nicke ebenfalls, weil ich Filippo gegenüber so tun will, als hätten wir dieselben Gedanken, doch das ist nicht ganz so – denn in mir tobt ein Wirbelsturm der Gefühle. Es bereitet mir Mühe, das vor ihm zu verbergen, aber ich weiß nicht, ob es mir gelingt, wenn ich bedenke, wie mir die Hitze ins Gesicht steigt.

Es passierte, während wir im Zuschauerraum saßen. Plötzlich und vollkommen unerwartet. Ich war ganz ruhig und guter Dinge, genoss den Film, an meinen Freund geschmiegt, Kopf an Kopf, händchenhaltend. Alles schien perfekt. Bis zu *jener* Szene. Das Auto, das auf der Küstenstraße ins Schleudern gerät. Die Frau, die ihrem Ehemann gesteht, dass sie sich in einen anderen verliebt hat. Der wütende Streit. Er, der ihr hinterherläuft und auf sie einzuschlagen beginnt, um sie zur Vernunft zu bringen. Diese Szene hat mich bislang immer zum Lachen gebracht, aber heute Abend nicht. Plötzlich löse ich meine Hand von Filippo, und meine Gedanken wandern zu dem Tag vor einer Woche zurück. Ich war genau dort, wo diese Szene spielt, an demselben Ort. Ich habe diese Landschaft mit eigenen Augen gesehen – den Strand von Sabaudia. Ich war mit Leonardo dort, auch ich bin eine treulose Lügnerin, aber nicht im Film, sondern in Wirklichkeit.

Seit jenem Tag habe ich nichts mehr von ihm gehört. Es herrscht Funkstille, und ich habe versucht, mir die Erinnerung an ihn aus dem Kopf zu schlagen. Dabei liegt die Betonung auf »versucht«: Ich bin kläglich dabei gescheitert und habe stattdessen erst recht und andauernd an Leonardo gedacht.

Filippo und ich gehen langsam durch die Gassen des Zentrums und kommen schließlich zur Fontana di Trevi, die bereits beleuchtet ist. Mein iPhone vibriert – eine Nachricht. Überzeugt davon, dass sie von Gaia ist, drücke ich auf die Abspieltaste, doch einen Augenblick später, als ich merke, dass sie nicht von Gaia, sondern von Leonardo ist, wird mir angst und bange. In diesem Moment weiß ich nicht, ob ich mich freuen oder ob ich verzweifelt sein soll; vielleicht ist ja beides der Fall. Das Blinkzeichen kommt, geht, kommt wieder.

Warum lässt er mich nicht in Frieden? Es ist alles so kompliziert!

Aufgewühlt werfe ich einen raschen Seitenblick auf Filippo, der mir irgendwie zerstreut vorkommt. Ich könnte die ganze Nachricht abhören, ohne dass er es merkt, und die kleine Schlampe in mir hat große Lust, genau das zu tun. Stattdessen lasse ich ihn jedoch nicht weiterkommen als bis zu einem vielversprechenden »Elena, ich bin's, Leonardo«, dann drücke ich auf die Stopp-Taste. Das reicht. Mehr lasse ich ihn in Anwesenheit von Filippo nicht sagen. Genauer gesagt: in seiner Nähe.

»Wen rufst du denn an?«, fragt er, als er sieht, dass ich ein Ohr am Telefon habe.

»Ich hatte eine Voicemail«, antworte ich so beiläufig wie möglich und stecke das Handy rasch wieder zurück in meine Handtasche.

»Von wem?«, will er wissen.

Von wem? In meinem Kopf dreht sich alles, und mir wird spontan schwindelig. *Was soll das denn? Seit wann ist er so neugierig?*

»Von Paola«, antworte ich prompt.

»Belästigt die dich jetzt schon am heiligen Sonntag?« Filippo rollt genervt mit den Augen, als er den Namen meiner nervigen Kollegin hört.

»Sie hat mich gebeten, morgen früher zur Arbeit zu kommen.«

»Diese Pestbeule!« Filippo ist ehrlich empört.

»Aber wirklich …«, pflichte ich ihm bei und setze eine genervte Miene auf.

Nachdem wir einen kleinen Spaziergang gemacht haben, gehen wir auf einen Aperitif ins *Salotto 42*, eine angesagte Kneipe auf der Piazza di Pietra. Es ist eine atemberaubende Location, vor allem abends, wenn die angestrahlten Säulen des Hadrianstempels einem das außergewöhnliche Gefühl geben, auf einer Bühne zu sitzen. Hier fühle ich mich gleich ein wenig besser, merke ich. Meine Nervosität legt sich, und auch die glühende Hitze in meinem Gesicht scheint abzuklingen, während wir inmitten von allerhand Trödel, Foto- und Designzeitschriften, Büchern und Schallplatten auf einem uralten Fünfzigerjahre-Sofa Platz nehmen. *Ich darf einfach nicht an Leonardo denken*, rede ich mir gut zu. *Ich muss endlich damit aufhören, mich zu fragen, was genau er auf meine Voicemail gesprochen hat. Und ich muss mich stattdessen Filippo widmen. Mich auf die Gegenwart konzentrieren, auf das Hier und Jetzt, auf ihn.*

Immerhin hat diese Kneipe eine besondere Bedeutung für uns: Hier haben wir am Abend meines Überraschungsbesuchs bei Filippo gegessen, bevor wir uns danach im Bett versöhnt haben. Mir kommt es heute fast noch schöner vor als damals: Es läuft jazzige Hintergrundmusik, und auf einmal merke ich, dass wir sogar am selben Tisch sitzen wie damals.

Ich hebe die Augenbrauen und frage: »Ist das Zufall?«

»Wer weiß …« Filippo lächelt zufrieden und zuckt mit den Achseln.

Ein paar Minuten später, als unsere Aperitifs und ein paar Fusion-Cuisine-Häppchen auf dem Tisch stehen, fragt er mich nach der Arbeit. »Also, wann, denkst du, bist du fertig?«

»Meinst du mit der ganzen Kapelle oder mit dem Fresko, an dem ich arbeite?«

»Mit allem.«

Die gleiche Frage habe ich mir in den letzten Tagen auch schon unzählige Male gestellt. »Ich denke, gegen Ende des Sommers, aber ich würde meine Hand nicht dafür ins Feuer legen.«

Der Kellner bleibt einen Moment bei uns am Tisch stehen, um uns ein paar *crudités* anzubieten. Filippo zeigt auf den bereits leeren Sushi-Teller und fragt, ob ich noch etwas möchte. Ich nicke – unsere nonverbale Kommunikation ist etwas an unserer Beziehung, das ich besonders liebe – und überlasse ihm das Bestellen.

Während wir auf unseren Teller mit frisch gerollten California Maki warten, setzt sich Filippo auf einmal kerzengerade hin und macht ein ungewohnt ernstes Gesicht.

»Also«, sagt er. »Ich möchte mit dir über etwas reden.«

Eine Sekunde lang gerate ich in Panik, weil ich fürchte, er könnte Leonardo und mich auf der Ducati durch Rom flitzen gesehen oder sonst wie von Leonardo erfahren haben. Doch dann fügt Filippo hinzu: »Ich habe wichtige Neuigkeiten.«

»Und zwar?«, frage ich und bin gespannt wie ein Flitzebogen.

Filippo fummelt an seiner Cocktailserviette herum und seufzt, zögert. Wäre er das Mädchen und ich der Junge, käme jetzt zweifellos der Satz: »Ich bin schwanger.« Auf mich wirkt er sehr ernst und unruhig, aber auch aufgeregt. Schließlich rückt er stolz mit der Sprache heraus: »In genau einem Monat höre ich bei Renzo Piano auf. Das ist jetzt entschieden.«

Ich warte gespannt darauf, dass Filippo weiterredet. Bislang ist das keine große Neuigkeit, denn ich wusste, dass die Zusammenarbeit früher oder später beendet sein würde. Folglich muss es noch um etwas anderes gehen. »Und dann?«, frage ich, um ihn zum Weiterreden anzuspornen.

Filippo schaut sich einen Moment lang um, nimmt dann einen langen Schluck, tupft sich die Lippen ab und sagt: »Na ja, ich würde auch weiterhin gerne als Architekt arbeiten … aber in eigener Regie. Ich möchte ein eigenes Büro aufmachen, und zwar …«

Ich glaube zu wissen, was er gleich sagen wird, lasse ihn aber ausreden.

»… in Venedig«, verkündet Filippo schließlich.

Ich nehme einen Schluck Martini, und mein Herz klopft wie wild, denn in mir toben die unterschiedlichsten Gefühle. Nach einer kurzen Pause frage ich: »Dann bist du Rom also schon wieder leid?«

»Ich weiß nicht«, erwidert er ehrlich und seufzt. »Ich finde hier alles so viel schwieriger, besonders in meinem Bereich. In Venedig hätte ich noch gute Kontakte …« Filippo kratzt sich nervös am Kopf. Dann schaut er mir in die Augen und fährt fort: »Aber was sagst du denn dazu? Mal ehrlich: Was denkst du?«

Ja, was denke ich eigentlich? Ich ahne schon, worauf das alles hinauslaufen wird. Auch wenn ich von ganzem Herzen hoffe, dass es das nicht ausgerechnet jetzt tut.

»Du meinst, was die Gründung deines Büros angeht?«, frage ich, um Zeit zu gewinnen. Dabei weiß ich ganz genau, dass Filippo mich gleich etwas wesentlich Wichtigeres fragen wird.

»Nein. Ich meine Venedig«, stellt er klar und versucht, mich mit seinem Blick festzunageln. »Und ich meine die Frage, ob wir auch in Venedig zusammenleben könnten. Im Grunde ist es doch unsere Stadt …«

So. Jetzt gibt es für mich keinen Ausweg mehr. Die Falle ist zugeschnappt.

Über das Thema haben wir auch früher schon geredet, abstrakt und ganz im Vagen, doch diesmal scheint es anders zu sein. Dieses Mal ist es eine konkrete Möglichkeit, die die nahe Zukunft betrifft.

»Wir könnten uns die Miete für meine Wohnung teilen.« Ich senke den Blick, als müsste ich einen Moment lang über das nachdenken, was ich da gerade gesagt habe. »Sie ist ein bisschen klein, aber man könnte sich ja irgendwie dran gewöhnen.«

»Bibi, ich möchte dir mehr geben«, sagt Filippo sanft.

Ich schaue ihm in die leuchtenden grünen Augen. Bevor er nach Rom zog, hat Filippo noch bei seinen Eltern gewohnt. Weniger aus Bequemlichkeit als deshalb, weil er oft aus beruflichen Gründen oder wegen des Studiums unterwegs war und folglich gar kein Bedürfnis nach einem eigenen Zuhause hatte.

Ich schüttele den Kopf, als wolle ich sagen: *Was meinst du mit* mehr?

Zuerst redet Filippo ziellos und ziemlich linkisch um den heißen Brei herum. Man sieht ihm an, dass es ihm schwerfällt, die richtigen Worte zu finden, doch es scheint ihm wirklich sehr wichtig zu sein. »Ich weiß, dass du vor allem meinetwegen nach Rom gezogen bist, deshalb fällt es mir jetzt auch nicht sonderlich leicht, dich zu bitten, erneut mit mir umzuziehen. Ich möchte nicht sagen, dass ich Rom hasse oder es kaum erwarten kann, endlich von hier wegzukommen. Aber nach meiner letzten Reise nach Venedig, also nachdem ich mir ein paar Wohnungen angeschaut habe ... da ... na ja, und wenn ich dann denke, dass ich in den letzten zehn Jahren im Grunde immer aus dem Koffer gelebt habe und dass meine Eltern auch langsam alt werden ... ich weiß nicht, da habe ich das Gefühl, dass es für mich wirklich Zeit für eine Veränderung ist. Für ein ruhigeres Leben ... Oder wenigstens ein anderes.«

Ich nicke, während er mir das alles haarklein erläutert.

Nichts von dem, was Filippo mir da sagt, ist eine Überraschung für mich. Es stimmt, wir haben bereits darüber geredet – und doch versetzt mich die Vorstellung, Rom so schnell wieder hinter mir zu lassen, irgendwie in Verwirrung. Ich denke an all die Plätze, die ich noch gerne sehen, und an Dinge, die ich in dieser Stadt noch gerne machen würde – Dinge, für die ich mir bisher nie Zeit genommen habe. Und dann ist da auch noch ein ganz bestimmtes Bild, das ich im Kopf habe und das unerklärlicherweise immer klarer wird; das Bild dessen, was ich am meisten vermissen würde, wenn ich diese Stadt verließe – Leonardo.

»Du sagst ja gar nichts! Hab ich es endlich geschafft, dich sprachlos zu machen?«, hakt Filippo nach und kaut dabei an einem Fingernagel, was er nur macht, wenn er ungeduldig ist oder ihm eine Diskussion wirklich am Herzen liegt. Ich weiß, dass er nicht gleich auch noch um meine Hand anhalten wird, aber in gewisser Weise ist das, was Filippo sich da von mir wünscht, sogar eine noch größere Veränderung. Wir würden gemeinsam nach Venedig zurückkehren. *Für immer.*

Ich nehme seine Hand, halte sie fest: Ich möchte ihn so gerne glücklich machen, doch ich will auch mit ihm und mit mir selbst ehrlich sein. »Ich denke, das könnte wunderschön werden«, erkläre ich und versuche dabei, nicht so zaudernd zu klingen, wie ich mich in Wirklichkeit fühle. Dann würde ich ihm gerne noch sagen, dass ich finde, es sei doch etwas voreilig, dass man alles gut bedenken und die Dinge nicht überstürzen solle. Doch Filippo kommt mir zuvor und sagt: »Ich weiß. Und glaub mir, ich will dich nicht in Verlegenheit bringen. Aber … ich wollte dir das hier zeigen.« Er lässt meine Hand los und holt aus seiner Sportjacke ein gefaltetes Blatt Papier. »Da, schau.«

Ich klappe es auf: Es ist das Foto eines wunderschönen sanierten Apartments mit Blick auf den Canal Grande.

»Gefällt es dir?«, fragt Filippo. In seinen Augen leuchtet ein ganz besonderes Licht: Es ist sehr, sehr deutlich zu erkennen, welche Antwort er hören möchte.

»Natürlich … es ist wunderschön«, sage ich und überfliege die Beschreibung der Immobilie: drei Schlafzimmer, zwei Bäder, großzügige überdachte Terrasse, eigene Bootsanlegestelle. Wie sollte mir das nicht gefallen? Ich schaue von dem Foto hoch und rufe aus: »Das ist wirklich toll, Fil. Mir fehlen die Worte.« Ich seufze und schlucke. »Aber es ist noch ein bisschen zu früh, daran zu denken, findest du nicht?«

So. Jetzt habe ich es endlich gesagt.

»Klar, vorerst ist es auch nur so eine Idee«, beeilt sich Filippo, mir zu versichern. »Ein Freund von mir hat den Umbau gemacht, und ich wollte es dir zeigen, bevor es uns jemand wegschnappt.«

Ich schaue mir das Foto noch einmal an, und diesmal sehe ich auch den Preis, der kleingedruckt darunter steht. »Na ja, ein Schnäppchen ist es nicht gerade«, murmele ich.

Filippo nickt, verbirgt ein Lächeln.

»Können wir uns das überhaupt leisten?«, frage ich.

Er senkt den Blick und schüttelt den Kopf. Schließlich schaut er mich an und sagt mit ernster Miene: »Irgendwann vielleicht. Bis dahin können wir davon träumen. Und dann, wer weiß …«

Einen Moment später löst sich glücklicherweise die Anspannung wieder, und die Atmosphäre zwischen uns wird lockerer. Wir lachen mehr als sonst, blödeln herum und schmieden Pläne für das bevorstehende Wochenende in der Toskana, doch richtig unbeschwert bin ich nicht, zumal der Gedanke an Leonardo sich erneut in den Vordergrund drängt. Ich spüre ihn so deutlich, als wäre er anwesend; als säße er zwischen mir und Filippo und hätte die ganze Zeit zugehört, während wir über unsere Zukunft sprachen.

Wir machen uns bettfertig. Filippo ist schon im Bad. Ich lasse ihm immer den Vortritt, weil er schnell fertig ist und sich nicht, wie ich, straffende Creme auf den Hintern und die Oberschenkel schmieren muss. Damit habe ich seit ein paar Tagen wieder begonnen, genauer gesagt seit jenem außerplanmäßigen Ausflug ans Meer.

Mein iPhone liegt auf dem Nachttischchen, unschuldig und still, unverdächtig. Dabei enthält es in diesem Moment eine Sprengladung, die jederzeit hochgehen kann: die Nachricht von Leonardo, die ich noch nicht abgehört habe. Ich schaue das Handy an wie ein gefährliches Raubtier, dann strecke ich entschlossen die Hand aus und greife es mir. Wenn ich sie jetzt nicht abhöre, dann ist es gut möglich, dass ich die ganze Nacht nicht schlafen kann; jedenfalls lässt es mir keine Ruhe, dieses Geheimnis.

Weil ich die Nachricht aber nicht in Filippos Anwesenheit abhören will, beschließe ich, mein Handy mit ins Bad zu nehmen und meine Neugierde nach meinen sinnlosen Salbungsaktionen zu befriedigen.

Kurz darauf ist Filippo mit dem Zähneputzen fertig, und ich bin dran. Ich schließe die Badtür hinter mir ab und drehe den Wasserhahn so weit auf wie möglich, um mögliche Nebengeräusche zu übertönen. Eigentlich weiß ich, dass diese Sicherheitsvorkehrungen eher sinnlos sind, und wäre ich bei Verstand, würde ich über mich selber lachen, doch dazu bin ich jetzt nicht in der Lage.

Ich vermeide es absichtlich, mich im Spiegel anzusehen, während ich das Handy nehme und es mir ans Ohr halte, um meine Voicemail abzuhören.

»Elena, ich bin's, Leonardo. Ich komme gerade aus Sizilien zurück. Versuch, dir morgen Nachmittag freizunehmen. Ich möchte mit dir irgendwohin fahren. Ausreden lasse ich nicht gelten.«

O Gott. Ist das möglich, dass ich schon von einer schlichten Nachricht Hitzewallungen bekomme? Einerseits ist meine Neugier groß: Wer weiß, wohin er mich bringen will? Doch andererseits bin ich verwirrt und auch ein bisschen genervt. Ich stehe ein paar Minuten vor dem Waschbecken und blicke ins Leere, höre dann noch einmal die Nachricht ab, um sicher zu sein, dass ich auch wirklich alles richtig gehört habe. Natürlich habe ich das, ich brauchte nur eine Ausrede, um sie noch einmal zu hören, und so lösche ich die Nachricht und murmele: »Das kannst du vergessen.« Obwohl ich bereits jetzt weiß, dass meine Worte Schall und Rauch sind und ich sie Leonardo niemals ins Gesicht sagen könnte.

Ungehalten putze ich mir die Zähne, schminke mich mit Reinigungsmilch ab und creme meine Problemzonen ein. Bevor ich ins Schlafzimmer zurückkehre, schaue ich Filippo vom Gang aus an, einen Moment lang, der mir vorkommt wie eine Ewigkeit. Er liest etwas auf seinem iPad, vielleicht eine seiner Designzeitschriften. Ich mache den Mund auf, schließe ihn, öffne ihn dann wieder. Ich möchte etwas sagen, doch stattdessen schleiche ich mich klammheimlich wieder ins Badezimmer.

»Kommst du nicht schlafen, Bibi?«, höre ich ihn aus dem anderen Zimmer murmeln.

»Ich komme sofort«, sage ich mit der unbeschwertesten Stimme, die ich hinkriege.

Ich muss auf Leonardos Nachricht antworten, habe ich beschlossen. Sie zu ignorieren könnte zwar auch eine Strategie sein – doch nein, Hand aufs Herz: In Wirklichkeit möchte ich ihm eine klare und deutliche Absage erteilen. Ich werde ihm eine kurze SMS schicken und ihm mitteilen, dass er aufhören soll, mich zu kontaktieren – immerhin bin ich bekanntlich glücklich liiert.

Ich versuche, mich zusammenzureißen und mich zu wappnen, wie jemand, der eine notwendige, aber bittere Medizin nehmen muss. Doch es kostet mich eine gewaltige Mühe, an meiner Entscheidung festzuhalten, weil sie mir ständig zu entgleiten droht wie ein glitschiger Aal. Dann hole ich tief Luft und beginne zu schreiben. Während ich auf SENDEN drücke, läuft mir ein eisiger Schauder über den Rücken. Zu spät wird mir bewusst, dass meine Finger den Befehl meines Verstandes nicht ausgeführt haben, sondern einzig und allein dem mörderischen Impuls meines Bauches folgen.

Ciao. Ich hab deine Nachricht abgehört.
Geht in Ordnung mit morgen. Du weißt, wo du mich findest.

Das ist es, was ich getippt habe. Ich schließe die Augen und schüttele den Kopf. Ich bin ein hoffnungsloser Fall. Jetzt werde ich auch noch zur gespaltenen Persönlichkeit ... was für ein Chaos!

Ich fühle mich schuldbewusst und erleichtert zugleich, so wie sich ein Trinker fühlen muss, der nach langer Abstinenz den ersten Schluck Wodka nippt. Und meine gemischten Gefühle verstärken sich noch, als ein paar Sekunden später das Display meines Handys aufleuchtet und eine SMS mit der Nummer von Leonardo erscheint. Ich habe mich immer noch nicht dazu durchringen können, die Nummer wieder zu speichern, andererseits kann ich sie aber ohnehin auswendig. Ich sehe sie gerade rechtzeitig beim Verlassen des Bades. Normalerweise antwortet er nicht auf SMS. Doch diesmal macht er eine Ausnahme.

Ort wie immer, um vier.
Nacht.
Leo

Wenige Worte, nichts Besonderes. Und warum fühle ich mich trotzdem so besonders? Genug jetzt. Ich muss all meine Kraft zusammennehmen und wieder rübergehen. Filippo wartet auf mich, er hat die Nachttischlampe an und scheint noch keine große Lust aufs Schlafen zu haben. Nicht gleich. Erst nachdem er *mit mir* geschlafen hat.

Als ich ins Zimmer komme, sehe ich, dass meine Vermutung nicht unbegründet war: In seinen Augen lese ich tatsächlich Begehren, ja Hingabe, und sein tiefstes Verlangen nach mir. Ich küsse ihn innig und ziehe ihm das T-Shirt aus. Jetzt ist Filippos Oberkörper nackt. Er packt mich an den Gesäßbacken, während ich mit der Hand zu seinem Schwanz wandere, ihn durch den Stoff seiner Boxershorts streichele. Ich schiebe die Finger unter den Gummizug, bahne mir einen Weg durch den Stoff, schließe die Hand fest um seinen Schwanz. Filippo stößt einen kehligen Laut aus. Blitzschnell schlüpft er aus den Shorts.

Filippo zieht mir das Babydoll aus, lässt seine Zunge über meinen Hals wandern, bis zu den Schultern, beugt sich dann tief über meine Beine und beginnt, meine feuchte Muschi zu küssen und zu lecken. Ich will ihn, auch wenn dies im Moment für mich nur ein ungenaues, verwirrtes Begehren ist. Ich schaue ihn an.

Einen eisigen Moment lang legen sich Leonardos Augen über die von Filippo, der mir in genau dem Moment die höchste Lust schenkt. Ich bäume mich auf und komme. Ich will ihn mit jeder Faser meines Körpers und mit jedem klaren Gedanken, den ich zu fassen vermag, auch wenn ich *dem anderen* diese Nachricht geschrieben habe. Ganz einfach deshalb, weil Filippo mich will. Weil Filippo mich liebt. Genau aus diesem Grund liebe ich ihn auch.

Und so folge ich Filippos Rhythmus und umarme ihn, als er sich auf mich legt, in mich eindringt und sich langsam in mir zu bewegen beginnt.

Ich gehöre ihm.

Zumindest hier, zumindest jetzt.

Am nächsten Tag bei der Arbeit das Übliche: Ich muss Paolas Meckern über mich ergehen lassen, die sauer auf mich ist, weil wir unserem Zeitplan hinterherhinken, und mich auch für die winzigsten Farbabweichungen zur Schnecke machen lassen. Ich weiß wirklich nicht, wie ich ihr beibringen soll, dass ich heute Nachmittag wegmuss. Nicht einmal Martino ist da, um die Stimmung etwas aufzulockern. Seit jenem Tag, als er mich gesehen hat, wie ich mit Leonardo aus der Kirche kam, hat er sich nicht mehr blicken lassen. Ab und zu kommt mir der Gedanke, dass er sich tatsächlich deshalb nicht mehr blicken lässt, weil er in mir mehr sieht als nur eine gute Bekannte. Und es würde mir sehr leidtun, wenn ich deshalb auf seine Freundschaft verzichten müsste. Wenn Martino hier ist, arbeite ich viel besser, ich könnte stundenlang mit ihm quatschen, und nicht nur über Kunst.

Während ich sorgfältig meine Einträge in die Kladde mache, fällt mir ein, dass ich Paola nach ihm fragen könnte. Vielleicht weiß sie ja etwas. »Sag mal, hast du in letzter Zeit mal was von Martino gehört?«

»Von dem Jungen?« Paola bedenkt mich mit einem fast hämischen Blick und schiebt ihre giftgrüne Brille auf den Nasenrücken. »Wenn *du* das nicht weißt …«, sagt sie und schickt noch ein sarkastisches Lächeln hinterher.

Ich schüttele den Kopf, auch wenn mir schon ziemlich klar ist, worauf sie hinauswill.

»Na komm, nun stell dich doch nicht blöder, als du bist«, piesackt sie mich weiter und taucht ihren Pinsel in den Becher mit Rot. »Der Kleine ist doch nicht hergekommen, um sich die Bilder von Caravaggio anzuschauen. Das Objekt seiner Bewunderung bist doch immer nur du gewesen!«

»Wie bitte … wovon redest du denn?« Ich klappe die Kladde zu und rühre in meiner Farbe. »Der hat eine Prüfung. Ja, genau, das wird's sein. Wahrscheinlich sitzt er zu Hause und büffelt.«

»Elena, gib hier nicht die Unschuld vom Lande, bitte. Der hat sich doch in dich verguckt«, erwidert Paola und zieht genervt die Augenbrauen hoch.

Dazu sage ich nichts, aber langsam beschleicht mich der Verdacht, dass Paola recht haben könnte. Okay, dann ist jetzt die Zeit für meine Ankündigung gekommen. Ich hole tief Luft und räuspere mich. »Übrigens wollte ich dir noch sagen, dass ich heute um vier gehen muss.«

»Wie bitte?«, ruft sie empört und bringt das Gerüst ins Schwanken.

»Dass ich um vier weggehe«, antworte ich und versuche dabei, einen ruhigen und professionellen Ton beizubehalten.

»Mach, was du willst. Wenn du meinst, dass du dir das leisten kannst.« Paola holt noch einmal Luft, fügt jedoch nichts hinzu. Damit, dass sie genervt ist, hält sie allerdings nicht hinterm Berg.

»Ich hab was Wichtiges vor«, versuche ich mich zu rechtfertigen. »Ich kann das nicht absagen.«

»Ist ja gut«, brummt Paola und bemüht sich um eine verständnisvolle Miene. »Hauptsache, du beschwerst dich hinterher nicht, dass du mit der Arbeit nicht nachkommst«, schiebt sie jedoch hämisch hinterher und legt einen leicht drohenden Unterton in ihre Stimme.

Irgendwie fühle ich mich schuldig, obwohl es dafür – zumindest ihr gegenüber – keinen Anlass gibt. Doch in diesem Moment ist Paola für mich eine Projektion meines Gewissens, die mir sagt, ich solle lieber an meinem Platz bleiben und mich auf keine gefährlichen Ablenkungen einlassen. Doch leider habe ich nicht die geringste Lust, auf mein Gewissen zu hören: Meine Entscheidung ist gefallen, und das bereits gestern Abend. Ich habe nie aufgehört, Filippo zu lieben, und werde ihn immer lieben, aber die Anziehungskraft, die Leonardo auf mich ausübt, ist einfach zu stark, als dass ich ihr widerstehen könnte.

Ich steige vom Gerüst und mache mich bereit, die Kirche zu verlassen.

Pünktlich um vier bin ich auf der Piazza Sant' Andrea. Ich trage ein leichtes Kleidchen und Römersandalen. Normalerweise ziehe ich zur Arbeit ja eine Hose an, doch heute habe ich mir etwas zum Wechseln mitgebracht und mich schnell in der Sakristei umgezogen. Auf diesen Hauch Weiblichkeit wollte ich einfach nicht verzichten.

Obwohl wir schon so viele Verabredungen hinter uns haben, ist es jedes Mal wieder wie beim ersten Mal, wenn ich Leonardo treffe – ich bin aufgeregt wie ein Backfisch.

Leonardo kommt pünktlich auf seinem Motorrad angerauscht, reicht mir den Helm und rutscht wie selbstverständlich auf dem Sattel nach vorn, um mir Platz zu machen. Ohne zu zögern und mittlerweile ziemlich routiniert schwinge ich mich auf den Feuerstuhl und halte mich an seinen Hüften fest. Ich bin bereit: Jetzt fahre ich mit ihm überallhin.

Nachdem wir uns etwa zwanzig Minuten durch den römischen Verkehr gequält haben, merke ich, dass wir an der östlichen Peripherie der Stadt gelandet sind. Die Gegend kenne ich nicht – hier war ich noch nie. Wir scheinen in einem ehemaligen Arbeiterviertel gelandet zu sein, mit großen Lagerhallen und ehemaligen Fabrikgebäuden, die zu Wohnhäusern umgebaut wurden. Das Motorrad hält mitten auf einem kopfsteingepflasterten Platz, vor einem großen Haus, das ganz nach einer stillgelegten Fabrik aussieht. Dahinter fließt ein kleiner Fluss: vermutlich der Aniene, ein Zufluss des Tibers.

»Komm, gehen wir rein«, fordert mich Leonardo auf und nimmt mich an der Hand.

»Da rein?«, frage ich und zaudere unwillkürlich. Ich kann mir immer noch nicht vorstellen, wieso er mich hierhergebracht hat, doch wie immer pfeift Leonardo auf meine Zweifel und ergreift, ohne zu zögern, die Initiative.

»Was ist denn? Hast du Angst, dass ich dich vergewaltige?«, fragt er mit einem aufreizenden Grinsen.

Ich lächele. *Vielleicht gar keine so schlechte Idee*, denke ich.

Leonardo zeigt auf ein ramponiertes Schild an der Fassade des Gebäudes. »Das hier war mal eine Keksfabrik«, erklärt er. »Ist aber schon seit Jahren geschlossen.« Mit einer energischen Bewegung drückt er die Eisentür auf und geht mir voraus.

Drinnen ist es sehr stickig. Wir treten in eine riesige Lagerhalle mit jeder Menge Staub und Spinnennetze. Sie ist beinahe leer, bis auf ein paar Maschinen, deren Funktionsweise sich mir nicht recht erschließt, sowie ein Förderband in der Mitte. Ganz hinten befindet sich eine riesige Fensterfront mit schmiedeeisernen Rahmen, durch die man direkt auf den Fluss schaut, was dem Ganzen einen leicht morbiden und dekadenten Touch gibt.

»Und, wie findest du es?«, fragt mich Leonardo.

»Kommt drauf an, was du hier machen willst. Außer mich zu vergewaltigen natürlich«, erwidere ich keck.

Leonardo legt mir einen Arm um die Schultern. »Ich will die Halle zusammen mit einem Kumpel kaufen«, erklärt er stolz. »Wir wollen hier ein Restaurant aufmachen.«

»Aber das ist eine fantastische Idee!«

»Freut mich, dass es dir gefällt.« Leonardo schaut mich an, macht dann ein paar Schritte in die Mitte der Fabrikhalle und lässt seinen Blick schweifen. »Ich spüre, dass dieser Ort hier eine Seele hat. Stell dir all die Menschen vor, die hier gearbeitet haben, all die Geschichten, die hier passiert sind. Ich will ihnen ein zweites Leben geben.«

Immer wenn er von seiner Arbeit und seiner Passion fürs Kochen spricht, lässt Leonardo eine ganz andere Seite von sich durchblitzen. Er ist und bleibt ein lebenshungriger Mensch, der sich von seinen Instinkten leiten lässt, zeigt dabei jedoch auch großes Feingefühl.

Plötzlich dreht er sich wieder zu mir um und streicht mir eine Haarlocke aus dem Gesicht. »Ach, wenn ich doch auch ein anderes Leben hätte, dann …«, sagt er mit einem Hauch von Melancholie, doch statt seinen Satz zu beenden, kostet er meine Lippen.

»Und was würdest du in einem anderen Leben machen?«, hake ich nach und unterbreche seinen Kuss, was mich unglaubliche Überwindung kostet.

Er lächelt, streichelt mir über die Hüften, lässt dann die Hände zu meinem Gesäß gleiten und hebt mein Kleid hoch.

»Was auch immer ich machen müsste – irgendwann würde ich dich holen, ganz gleich, wo du bist, würde dich hierherbringen und mit dir vögeln.«

Leonardo packt meinen Hintern und zieht mich an sich, sodass sein Schwanz sich in meinen Bauch bohrt. In seinen Augen steht die lodernde Gewissheit eines Mannes, der gleich das bekommen wird, was er will. Und er weiß, ich will es auch.

Ich hätte große Lust, ihn gleich in mir zu spüren, beschließe jedoch, das noch ein wenig aufzuschieben und zuerst ihn zu verwöhnen. Ich gehe auf die Knie und öffne seine Hose. Behutsam lasse ich sie zusammen mit den Boxershorts zu Boden gleiten. Dann nehme ich seinen steifen Schwanz in die Hände und schaue ihn an. Prall und hart reckt er sich mir entgegen, mehr als bereit, Lust zu schenken. Schon sein Anblick jagt mir einen Schauder der Begierde über den Rücken. Ich kann nicht mehr widerstehen und beginne ihn zu lecken, während Leonardo mich an den Haaren packt und instinktiv immer tiefer in meinen Mund stoßen will. Doch ich darf ihn nur ein paar Momente kosten, dann zieht er sich mit einer beinahe brutalen Bewegung zwischen meinen Lippen hervor und reißt mich zu sich empor.

Leonardo geht leicht in die Knie, packt mich an den Beinen und hebt mich hoch, birgt sein Gesicht zwischen meinen Brüsten. Er knabbert gierig an ihnen, durch den Stoff hindurch, und trägt mich dabei zu dem Transportband, setzt mich darauf.

Ich schaue mich ein wenig unsicher um, während er mein Kleid hochschiebt. Ehe ich mich's versehe, hat er mit beiden Händen meinen Slip gepackt und reißt ihn mit einer einzigen schnellen Bewegung entzwei. Mir entfährt ein kleiner Seufzer der Überraschung, als ich plötzlich seine Zunge an meiner Möse spüre, und eine Welle der Lust schwappt über mich hinweg. Während er mich vernascht, streichelt Leonardo mir die Brüste, kitzelt mein herzförmiges Muttermal. Seine Zunge ist überall, von den Schenkeln bis zur Klitoris, während er mit den Händen meinen BH hochschiebt und meine Brustwarzen daraus befreit.

Hände und Lippen wechseln sich ab, mich zu verwöhnen, und ich schließe unwillkürlich die Augen, drücke seinen Kopf an meine Brust und spüre, wie seine Finger in mich eindringen. Auf einmal macht sich Leonardo los und hebt mit einer ruckartigen Bewegung meine Beine an, sodass ich auf dem Rücken liege.

Ich bin atemlos. Eine dunkle, schleichende Lust läuft träge durch meine Adern, mein Körper wird von Zuckungen geschüttelt. *Ich muss ihn haben. Ich will ihn in mir haben.* Etwas anderes kann ich nicht mehr denken.

Jetzt stürzt sich Leonardo auf mich, packt den Gürtel meines Kleides und reißt ihn aus den Schlaufen. Dass dabei der Seidenstoff zerreißt, stört uns beide nicht.

Er steht auf, geht im Halbkreis um die Maschine herum, packt mich an den Armen und hebt sie über meinen Kopf. Auch wenn ich wollte, könnte ich mich jetzt nicht gegen ihn wehren: Er ist mein Gebieter. Er bindet meine Handgelenke mit dem Gürtel des Kleides zusammen und hängt dessen Ende mittels eines Metallhakens unten am Förderband ein. Dann schaut er mich an. »Vielleicht war das ja wirklich keine so schlechte Idee, dich zu vergewaltigen«, scherzt er mit einem gierigen Lächeln. »Ich könnte dich hier gefangen halten und dich jedes Mal, wenn ich Lust habe, einfach nehmen.«

Und da ist er wieder, stark, dominant, ganz Herr der Szene. Instinktiv versuche ich mich aus seiner Fesselung herauszuwinden, doch dadurch zieht sich der Knoten an meinen Handgelenken nur noch fester zu. Leonardo legt mir seine Hand aufs Gesicht, lässt sie dann den Hals entlanggleiten und packt schließlich, gemeinsam mit der anderen, meine Brüste, öffnet mein Kleid, gibt sie endgültig frei. Er knabbert an den Brustwarzen, nimmt sie zwischen Daumen und Zeigefinger. Funken der Lust regnen auf mich herab, und ich muss mir auf die Lippen beißen, um nicht zu schreien.

Leonardo beugt sich über mich, gibt mir einen kurzen

Kuss und fährt sich mit der Zunge über die Lippen, als wollte er mich noch einmal schmecken. Dann richtet er sich auf, zieht sein T-Shirt aus, packt mich an den Schenkeln und spreizt sie, indem er mich an sich heranzieht. Der Rock des Kleides rutscht auf dem Band nach oben und blockiert mich. Ich kann mich nicht mehr bewegen und bin ihm vollkommen ausgeliefert.

Ich zucke zusammen, als sein steinharter Schwanz auf meine Möse trifft. Lust brennt in mir, und ich krümme den Rücken. Jetzt bin ich bereit für ihn, ich will ihn in mir haben. Das ist der Moment.

Doch Leonardo weiß das ganz genau, er kennt mich in- und auswendig – und lässt auf sich warten. Noch. Er dringt nicht gleich in mich ein, sondern reibt sich erst genüsslich an mir, überall, in einer einzigen trägen, quälenden Bewegung. Er packt seinen Schwanz mit einer Hand, stupst mit ihm ganz leicht an meine Schamlippen, öffnet sie, erkundet sie, liebkost sie, dringt aber nie ganz in mich ein. Es macht mich wahnsinnig, und ich stoße ein fast verzweifeltes Stöhnen aus. Als wollte ich aufbegehren, bewege ich die Beine, doch er lächelt mich nur überlegen an.

»Sei nicht so ungeduldig, Elena.«

Während er das sagt, ist er mit einem plötzlichen Stoß dann doch in mir, aber nur einen Moment lang, gerade lange genug, um mir zu zeigen, was er mir dann doch verweigert. Dann zieht er seinen Schwanz wieder aus mir heraus und lässt mich benommen und unbefriedigt zurück.

Leonardo setzt seine Qual noch ein paar weitere Mal fort, indem er kurz in mich eindringt und sich dann wieder zurückzieht. Ich stoße ein wütendes Stöhnen aus, und er lacht. Laut. Herrisch.

Dann dringt er wieder in mich ein, noch heftiger als das Mal zuvor. Noch einmal und noch einmal, immer tiefer und tiefer. Ich kann nicht anders und schreie, von der Lust überwältigt, nach der ich mich so verzweifelt gesehnt hatte. Genau das wollte er: mich außer Kontrolle bringen.

Jetzt lacht Leonardo nicht mehr. In seinen Augen lodert ein Feuer, sein Mund ist gerade so weit geöffnet, dass ich seine weißen, scharfen Zähne sehen kann, an seinem Hals pulsiert eine Ader, und sein Körper ist ein einziges Muskelpaket, das bis zum Zerreißen angespannt ist. Ich spüre, wie er vibriert, auf mir, in mir, und wie sein Verlangen und mein Verlangen eins werden.

Die Intensität unserer Lust überwältigt uns beide gleichermaßen.

Ich komme zuerst: Während die Lust über mich hereinbricht wie ein gewaltiger Sturm, stoße ich einen erstickten Schrei aus.

Wenige Augenblicke später folgt er mir und bricht danach kraftlos über mir zusammen, bettet sein Gesicht an meiner Brust und durchtränkt das, was von meinem Kleid übrig ist, mit seinem Schweiß und seinem Samen.

Endlose Minuten. Minuten, die das Gewicht einer Ewigkeit haben. Und Minuten, die – das weiß ich jetzt schon – die nächsten Stunden, die nächsten Tage mit neuer Begierde durchziehen werden.

Als Leonardo mich losgebunden hat, setze ich mich auf das Band, streiche mir über die Handgelenke und versuche, mein malträtiertes Kleid wieder zu richten, so gut es eben geht. Mein Slip ist, wie befürchtet, ruiniert.

Leonardo lehnt an der Maschine neben mir. Er sieht glücklich und erschöpft aus. Ich lege den Kopf an seine Schulter, durchdrungen von einer Befriedigung, die dem puren, reinen Glück gefährlich nahekommt. Doch ich weiß, es ist ein prekäres Glück, das nur wenige Minuten andauert und dann einem Meer aus Zweifeln weichen wird. Und einer dunklen Flut aus Gewissensbissen.

»Ich weiß nie, was ich von dir erwarten soll«, durchbreche ich die Stille. »Du gehst, du kommst, du verschwindest, tauchst wieder auf.«

Leonardo nimmt vor mir Platz und legt die Hände in meinen Nacken. Vielleicht spürt er, dass es für mich wichtig ist, darüber zu reden. Und heute scheint er sogar dazu bereit zu sein.

»Und es nervt dich, du leidest darunter, ja?«, fragt er.

»Nicht ganz.« Ich senke den Blick. »Das mit dir und mir bringt mich aus dem Gleichgewicht, weil ich es nicht verstehe. Jedes Mal muss ich mich danach von Neuem an den Gedanken gewöhnen, dich nie wiederzusehen. Weil genau das doch immer im Raum steht.«

Ich weiß zwar ganz sicher, dass Leonardo mich will – denn das erkenne ich an der Art, wie er auf mich zugeht und wie er mit mir schläft –, doch ich weiß nicht, *wie sehr* er mich will. Genau das ist aber mein Problem. Weil er mich immer noch nicht teilhaben lässt an seinen tiefsten Gedanken und weil er seine Gefühle vor mir verbirgt. Auf einmal kommt mir wieder das Tattoo auf seinem Rücken in den Sinn, dieses seltsame Symbol, dessen Bedeutung ich nicht kenne. Doch ich sage nichts. Ich habe ihn bereits danach gefragt und als Antwort wütendes Schweigen geerntet, daran erinnere ich mich noch sehr gut. Deshalb wähle ich jetzt eine andere Taktik, um dem Mann, den ich so sehr begehre, sein Geheimnis zu entlocken, das er so sorgsam vor mir zu verbergen sucht.

»Ich möchte einfach nur kapieren, was in deinem Kopf vorgeht, Leo. Ich möchte wissen, wohin uns das alles bringen wird und wie wir weitermachen können. Damit wir eine Zukunft haben.«

Ich beiße mir auf die Zunge, verstumme. Jetzt habe ich mich selber in eine Sackgasse manövriert, es aber zu spät bemerkt. Was tue ich da eigentlich? Ich bitte einen Mann um Erklärungen, der sich diesen von Natur aus immer entziehen wird. Dieses Gespräch wird nirgendwohin führen, so viel ist mir bereits klar.

»Was morgen geschieht, in einem Monat oder in einem Jahr, das interessiert mich nicht, Elena«, antwortet Leonardo mir ernst. Wenigstens weicht er meinem Blick aber nicht aus, wie sonst. »Ich folge keinem Programm, nur meinem Instinkt. Wir sind hier, weil wir es beide wollten. Das sollte dir genügen. Weil du nicht mehr von mir erwarten kannst. Und das weißt du ganz genau.«

Mit diesen Worten löst er sich von mir und tritt einen kleinen Schritt zurück.

»Ich bin derselbe Mann, den du in Venedig kennengelernt hast, mit allen Einschränkungen, die du kennst, und ich kann dir weder etwas versprechen, noch will ich etwas vortäuschen. Ich habe nicht das Recht, etwas von dir zu verlangen, Elena, denn es gibt nichts, was ich dir dafür geben könnte.«

»Vielleicht ist das aber auch die Version der Geschichte, die du dir selber gerne einredest«, murmele ich und muss schlucken. Ich habe beschlossen, ihn zu provozieren. »Deine Worte sprechen eine Sprache, deine Taten aber eine ganz andere. Damit, was du tust, beweist du mir das genaue Gegenteil. Vor allem mit deinem Körper.« Jetzt wird es ernst.

Vehement schüttelt Leonardo den Kopf, möchte alles verneinen, doch ich packe ihn mit beiden Händen und schaue ihm in die Augen. Tief in seinem Blick lodert ein Feuer, das sehe ich, und dieses Feuer brennt für mich.

»Es ist nicht nur Sex, Leonardo, was uns beide verbindet. Und das wissen wir beide.« Diese Feststellung ist mir einfach so herausgerutscht, und ich frage mich, woher ich den Mut dazu genommen habe. Doch die Worte steigen auch weiter einfach in mir hoch, von irgendeinem Ort in meinem Inneren, ohne dass ich es verhindern könnte.

Leonardo packt mich an den Schultern, hält meinem Blick stand. Ich bringe ihn tatsächlich langsam aus der Fassung. »Was willst du denn hören, Elena? Dass ich dich begehre? Ja, ich begehre dich, und wie. Oder dass das zwischen uns echt ist, intensiv und einzigartig? Das ist es. So echt und so einzigartig, dass ich die Kontrolle darüber verliere, die ich glaubte zu haben. Aber das ist nicht wichtig, Elena. Es spielt keine Rolle. Denn unterm Strich zählt nur das: Ich kann dir nicht das geben, was du willst. Ich werde dich nie bitten, deinen Freund zu verlassen und dein Leben für mich zu ändern. Einfach deshalb, weil wir beide nicht dafür gemacht sind, zusammen zu sein.«

Am liebsten würde ich Leonardo anbrüllen, dass man das doch gar nicht wissen kann, wenigstens nicht, solange man es nicht probiert hat. Doch leider habe ich nicht die Kraft dazu; ich bin nicht in der Lage, zu kontern und gegen seinen betonten Willen und die dunkle Seite anzukämpfen, die ihn vor meinem Blick verbirgt. Hinter dem Leonardo, den ich sehe, gibt es noch einen anderen, da bin ich mir sicher, und der macht mir langsam Angst. Doch seine Worte, ob sie nun ehrlich gemeint waren oder geheuchelt, kränken mich, und ich muss mich irgendwie gegen diesen Schmerz wappnen.

»Na gut. Wie du willst«, sage ich kleinlaut und hüpfe von dem Fließband. »Und jetzt bring mich bitte heim.«

Leonardo senkt den Blick, schaut noch einmal kurz zu mir hoch. Er möchte etwas sagen, hält es jedoch zurück. Und mir ist nicht mehr danach, noch weiter in ihn zu dringen. So gehen wir in Richtung Ausgang, in bedrücktem Schweigen.

Auf einmal bin ich enttäuscht und erschöpft. Vor meinem inneren Auge sehe ich mich, wie ich in diesem Moment wohl wirke: übel zugerichtet, mit roten Striemen vom Band an den Beinen, das Kleid zerrissen, das Make-up verschmiert, das Haar zerzaust. Wie eine besiegte Kriegerin. Und wofür steht dieses schiefe Bild? Ganz einfach: für eine Leidenschaft, die unmöglich ist. Für einen Krieg, den ich niemals werde gewinnen können. Das muss ich mir endlich eingestehen. Egal, wie sehr es schmerzt.

Draußen steht die Sonne zwar noch hoch am Himmel, aber sie wärmt nicht mehr. Während sich das Motorrad durch die Straßen Roms schlängelt, macht sich in mir eine neue Gewissheit breit: Wenn ich nicht bald eine Entscheidung gegen ihn treffe, wird mir Leonardo wieder wehtun. Denn seine Vergangenheit ist eine Wunde, die immer noch blutet. Und wahrscheinlich gibt es auch niemanden, der sie heilen könnte.

• 6 •

Heute Abend habe ich beschlossen, für uns beide zu kochen. Ich habe Filippo einen Kartoffelauflauf mit gegrillter Hühnerbrust gemacht, das einzige Gericht, das mir halbwegs gut gelingt, und ihm scheint es zu schmecken, was ich aus dem Tempo schließe, mit dem er seinen Teller leer geputzt hat. »Köstlich«, sagt er, nachdem er die Gabel weggelegt und sich die Lippen geleckt hat. Dieses Urteil gibt mir zu denken: Womöglich bin ich ja doch keine so schlechte Köchin, wie ich immer dachte.

Jetzt räumen wir gemeinsam die Küche auf. Ich spüle, Filippo trocknet ab. Da wir morgen endlich in unser Toskana-Wochenende aufbrechen, möchte ich das Geschirr nicht drei Tage in der Maschine stehen lassen. Filippo hat sich meine blaue Mafalda-Schürze angezogen – weil er weiß, dass ich mich immer kaputtlache, wenn ich ihn in diesem Aufzug sehe – und schwingt das Geschirrtuch mit solchem Engagement, als hinge das Schicksal der Menschheit von trockenen Tellern ab. Manchmal ist er so drollig! Und vielleicht ist es genau das, was ich an ihm am meisten liebe.

Leonardo ist seit Tagen abgetaucht – wie schon so oft nach unseren Treffen. Er hat sich nicht mehr gemeldet, und ich habe es nicht bei ihm probiert, auch wenn die Versuchung manchmal so groß war, dass es mir beinahe den Atem nahm.

Leonardos beharrliches Schweigen hat mir aber zu einer Entscheidung verholfen – auch wenn ich sie vielleicht nur mit dem Verstand getroffen habe: Es ist aus zwischen uns. Dass seine letzten Worte mich genau in dem Moment so grob aus meinen Träumen gerissen haben, als ich gerade wieder begonnen hatte, mir Illusionen zu machen, ist beinahe ein Glück. *Wir sind einfach nicht dafür gemacht, zusammen zu sein.* Deutlicher kann man nicht werden. Über diese Worte habe ich in den letzten Tagen wieder und wieder nachgedacht und musste Leonardo am Ende recht geben: Ich will keinen Mann, der mich nimmt und wieder fallen lässt, wie und wann es ihm beliebt. Ich will keinen Mann, der mich mal begehrt und mal nicht, der mich mit seiner Geheimniskrämerei und seinem ständigen Abtauchen verunsichert. Und vor allem will ich keinen Mann, der mir nur die Krumen seiner Zeit überlässt, die von seinem Tisch abfallen. Leonardo ist ein aufregendes Abenteuer gewesen, doch jetzt ist es höchste Zeit, ins wahre Leben zurückzukehren. Zu dem Leben, das ich mittlerweile mit Filippo teile.

Und so bin ich, mit angeschlagenem Gewissen zwar und der Erinnerung an meine Vergehen, die sich mir nur allzu gut eingeprägt haben, zu Filippo zurückgekehrt und habe mich mit doppeltem Elan neu unserer Liebe verschworen. Ich habe Lust, so viel Zeit wie möglich mit ihm zu verbringen, habe ihn gebeten, mich zur Arbeit oder zum Einkaufen zu begleiten, habe jeden Tag vor seinem Büro auf ihn gewartet, um die Mittagspause mit ihm zu verbringen. Ja, mehr noch: Ich habe unsere Abendessen geplant und mich in kulinarische Experimente mit zweifelhaften Ergebnissen gestürzt, habe mich schließlich sogar dazu breitschlagen lassen, mit ihm ins Fitnessstudio zu gehen. Ich habe Körperkontakt zu Filippo herzustellen versucht, nachts in unserem Schlafzimmer und tagsüber mit kleinen, vertrauten Gesten, auch und vor allem in der Öffentlichkeit, um zu demonstrieren: Wir gehören zusammen. Ich habe ihm wieder und wieder versichert, dass ich ihn liebe. Und ich habe mich bemüht, es ernst zu meinen, indem ich mich auf die tiefere Bedeutung des Wortes »lieben« konzentriert habe. Und so sind mir mittlerweile Begriffe wie Verantwortung, Gemeinsamkeit und Ergebenheit zu Leitlinien geworden.

Ich kann es schaffen, meine Liebe wieder ganz auf Filippo zu konzentrieren, da bin ich mir sicher. Vielleicht wird es mir nie ganz gelingen, die Erinnerung an meinen Verrat zu tilgen, doch bald wird alles wieder irgendwie normal werden – oder wenigstens so, wie es vor meinem Geburtstag war. Ich kann es kaum erwarten, dass wir morgen endlich in den Zug nach Siena steigen, um ein paar friedliche und entspannte Tage im Hügelland der Toskana zu verbringen. Nur wir beide. Filippo und ich.

Daran denke ich, während ich mit beiden Händen im Spülwasser stecke. Und mir wird bewusst, wie glücklich ich mich eigentlich schätzen kann, hier zu sein. Ich habe meinen kleinen Seitensprung gehabt, habe einen kurzen Urlaub von unserer Beziehung genommen, doch jetzt bin ich wieder daheim. Und genau hier will ich auch sein.

»Hast du schon deine drei Schrankkoffer gepackt?«, foppt mich Filippo grinsend. Er kennt mich nur allzu gut und weiß, dass ich immer viel zu viel mitnehme.

»Noch nicht. Ich hatte noch keine Zeit.«

»Wir fahren in die Toskana, Bibi, und nicht mit dem Zelt in die Wüste!« Er schaut mich nachsichtig an, so, als könne er durchaus ermessen, in welche Ängste mich das Reisen versetzt. »Wenn dir was fehlt, kannst du es immer noch vor Ort kaufen, vergiss das nicht!«

»Ich tue mein Bestes, aber versprechen kann ich dir nichts.« Jedes Mal wieder nehme mir vor einer Reise vor, nur noch halb so viel mitzunehmen, aber meine guten Vorsätze bleiben genau das: gute Vorsätze. Ganz einfach deshalb, weil die letzten leeren Eckchen im Koffer so verführerisch sind und ich einfach nicht anders kann, als sie auszufüllen. Und zwar mit Dingen, die mir in diesem Moment von lebenswichtiger Bedeutung zu sein scheinen.

»Spar dir doch wenigstens die Bücher!«

»Okay, Fil. Ich lass sie hier, wenn du dafür dein iPad hierlässt«, schlage ich ihm vor.

»Einverstanden«, lächelt er, kommt von hinten auf mich zu und zwickt mich in die Hüfte. »Wir werden was Besseres vorhaben als Lesen.«

Er gibt mir ein Küsschen auf den Nacken und schmiegt seine Nase und die Lippen an meinen Hals. Ich biege den Kopf nach hinten und genieße diese vertraute Zärtlichkeit.

»Du meinst Ausflüge und Museumsbesuche, stimmt's?«, nehme ich ihn auf den Arm und spüre seinen heißen Atem auf meiner Haut, als Filippo in Gelächter ausbricht.

»Darüber reden wir noch«, flüstert er mir zu und drückt meine Brüste von hinten.

Ganz ohne Eile ziehe ich den Stöpsel aus der Spüle, lasse das Wasser ab, trockne mir die Hände und drehe mich zu ihm um, entschlossen, diese Frage jetzt gleich zu klären. In diesem Moment jedoch höre ich das leise *Pling* meines Handys, das in der Tasche auf dem Sofa liegt. Schweren Herzens winde ich mich aus Filippos Umarmung und laufe schnell rüber, um den Anruf anzunehmen, bevor sich die Voicemail einschaltet. Ich habe keine Ahnung, wer mich um diese Uhrzeit noch anrufen könnte, und da ich vor dem Abendessen sowohl mit Gaia als auch mit meiner Mutter gesprochen habe, bezweifle ich, dass es noch einmal eine der beiden sein könnte. Vielmehr habe ich einen ganz anderen Verdacht … Hektisch zerre ich das iPhone aus der Tasche. Als ich *seine* Nummer auf dem Display sehe, fängt mein Herz zu rasen an, und ein Rinnsal aus Schweiß läuft mir über den Rücken.

Leonardo. *Was will der jetzt?*, denke ich. Und merke: Ich will es eigentlich gar nicht wissen. Ich habe auch nicht die Absicht, wie auch immer auf sein Lebenszeichen zu reagieren.

»Gehst du nicht dran?«, ruft Filippo verwundert aus der Küche.

Ich drücke den Anruf schnell weg. »Keine Lust. Es ist Paola«, erkläre ich und räuspere mich. »Ich schicke ihr eine SMS.«

Arme Paola! Immer musst du für meine ehebrecherischen Lügen herhalten! Du weißt es nicht, aber gerade rettest du mir das Leben. Und etwas sagt mir, dass ich dir das irgendwann einmal danken werde.

Mit flinken Fingern tippe ich eine schnörkellose Nachricht, die doch von ganzem Herzen kommt.

Ich habe eine Entscheidung getroffen. Gegen dich. Wenn dir auch nur ein bisschen an mir liegt, dann lass mich in Ruhe.

Bevor ich bereuen kann, was ich da geschrieben habe, drücke ich den Button für SENDEN. Ich weiß, diesmal gibt es kein Zurück. Diesmal ist es wirklich zu Ende, *weil ich es will.*

Ich gehe zu Filippo in die Küche, und damit er mein rotes Gesicht nicht sieht, fange ich an, die Marmorarbeitsfläche um den Herd zu schrubben und die Teller in die Anrichte zu stellen, als hätte mich auf einmal die Putzwut gepackt.

Filippo kommt erneut auf mich zu und hält meine hyperaktiven Hände fest.

»Du …« Er dreht mich wieder zu sich um und legt die Arme um meine Taille. »Hatten wir nicht noch etwas auszudiskutieren?«

Statt einer Antwort lege ich den Kopf an seine Brust und klammere mich in seine Arme, als wolle ich ihn nie mehr wieder loslassen. Filippo drückt mich, küsst mich. Er will mit mir schlafen, und auch ich habe jetzt Lust auf ihn.

Am Samstagnachmittag um fünf befinden wir uns bereits mitten in unserer Postkartenidylle und genießen die Ruhe der toskanischen Landschaft: Olivenbäume, Weinstöcke, Weizenfelder und Sonnenblumen, so weit das Auge reicht.

Das Taxi, mit dem wir fahren, hat gerade ein Tor aus weißem Schmiedeeisen durchquert und fährt im Schritttempo den zypressengesäumten Privatweg entlang, der zu unserem Hotel führt. Ich bin sehr gespannt. Jedes Molekül meines Körpers besteht aus reinem Glück. Ich halte Händchen mit Filippo, während ich aus dem Fenster schaue und mir jeden Winkel dieses magischen Ortes einzuprägen versuche. Unvermittelt flüstere ich ihm ein »Danke« ins Ohr, das nach Küssen und Zärtlichkeit schmeckt.

Das Ferienhotel, ein altes, restauriertes Bauernhaus, ist atemberaubend – angefangen von den Rosen, die sich um den Eingang ranken, bis zu den Terrakottakrügen, die, mit leuchtend roten Geranien bepflanzt, unter dem Portikus stehen.

Nachdem er den Taxifahrer bezahlt hat, betreten wir die Halle. Filippo hat sich seinen Seesack über die Schulter gelegt und zieht mit zwei Fingern meinen tonnenschweren Trolley hinter sich her, der – natürlich – wieder bis zum Platzen gefüllt ist. Genau wie Filippo prophezeit hat, ist es mir auch diesmal nicht gelungen, mit einem normalen Koffer statt mit einem kleinen Güterwaggon zu reisen.

Auch das Innere des Hotels ist sehr einladend. Es hat sich den sauberen und schlichten Zauber eines alten Palazzos erhalten, ohne auf eine gewisse Eleganz zu verzichten: der

Boden aus toskanischen Tonfliesen, der mit handgewebten Teppichen ausgelegt ist; die antiken Lampen und Möbel; die echten Radierungen an der Wand; die Auswahl von alten Schmökern in einer Vitrine aus Edelholz. Und dann all die frischen Blumensträuße in verschiedenen Weiß-Schattierungen, die in feinsten Porzellanvasen stecken und dekorativ im Raum verteilt sind.

»Ich bin sprachlos«, rufe ich begeistert aus und bewundere den riesigen Kamin aus Stein und Marmor. »Das hier ist ja wie im Märchen.«

Filippo zeigt etwas freudlos auf meinen Koffer. »Dein Prinzessinnengepäck muss sich ja auch irgendwie lohnen.«

»Und wo wäre dann mein Märchenprinz?«, frage ich und tue überrascht. Lachend packt Filippo mich im Nacken wie ein Kätzchen und gibt mir zur Strafe einen Kuss auf die Lippen. Ich schaue ihn an und bin stolz auf ihn. Heute sieht er ein bisschen wie die männlichen Models aus der Hugo-Boss-Reklame aus: gestreiftes Polo, khakifarbene Bermudas, dazu Ledermokassins.

Wir gehen zur Rezeption, wo uns eine Brünette mit großzügigem Dekolleté willkommen heißt. Das Namensschild auf ihrer Brust verkündet, dass sie auf den schönen Namen Vanessa hört.

»Haben Sie reserviert?«, fragt Vanessa in tiefem toskanischem Akzent.

Filippo schaut sie an und verwandelt sich im selben Moment vom braven jungen Mann in das Alphatier, das bis dato noch in irgendeinem Winkel seines Gehirns versteckt gewesen sein muss und mir bislang immer entgangen ist. »Ja, haben wir«, erwidert er und versenkt kurz den Blick in den wogenden Massen von Vanessas Ausschnitt.

»Auf welchen Namen?«, fragt sie und klimpert mit den dichten Wimpern.

»De Nardi«, antworte ich für uns beide, wobei ich mich um eine besonders deutliche Aussprache bemühe und näher zu Filippo hintrete. Es ist mir ein Bedürfnis, meine Duftmarke zu setzen und damit die Welle von Eifersucht zu dämpfen, die urplötzlich in mir aufgestiegen ist. Erst jetzt wird mir bewusst, dass es eines der ersten Male ist, dass ich eifersüchtig bin. In der Eile kann ich aber nicht so recht sagen, ob das ein besorgniserregendes oder beruhigendes Zeichen ist.

Jedenfalls scheint meine stillschweigende Ansage bei Vanessa zu fruchten, jedenfalls lächelt sie dezent, nickt und tippt eifrig auf ihrer Tastatur. Erneutes Nicken, dann verkündet Vanessa mit professioneller Begeisterung: »Ja, da sind Sie. Zwei Nächte im Doppelzimmer.«

Das Check-in geht schnell, und nachdem wir die üblichen Informationen über das Resort mitgeteilt bekommen haben, überreicht sie Filippo schließlich die Zimmerschlüssel und wünscht uns einen wunderschönen Aufenthalt.

Wir bedanken uns artig und sind nur wenige Minuten später in unserer stilvollen Suite angelangt, die ganz in Amaranthrosa gehalten ist und einen herrlichen Blick auf die Sieneser Hügel bietet. Die Räumlichkeiten strahlen Wärme und Gemütlichkeit aus und sind geschmackvoll und zweifellos kostspielig eingerichtet. Auch hier gibt es einen gemauerten Kamin – genau wie im Entree. *Schade, dass man kein Feuer machen kann,* denke ich spontan und schaue aus dem Fenster. Draußen sind es gut dreißig Grad im Schatten.

An der Wand, auf einem Sockel aus edlem Marmor, hängt ein funkelnagelneuer Fernseher von Bang & Olufsen, zu dem ein antiker Sekretär mitsamt Tintenfass auf der anderen Seite des Zimmers das Gegengewicht bildet. Das Tüpfelchen auf dem i aber ist eine Nische in der Wand: Hier stehen zwei Kristallkelche, eine Schale mit Erdbeeren, die so frisch sind, dass noch Wassertröpfchen darauf glitzern, sowie, *dulcis in fundo*, ein Sektkübel mit einer Flasche eisgekühltem Frizzante aus den Sieneser Hügeln. *Genau das brauchen wir jetzt!*

Filippo nimmt die beiden Sektgläser zwischen die Finger. »Wie wär's mit einem kleinen Aperitif, Signorina?«, fragt er höflich, als wäre er Kellner in einem Luxusrestaurant.

Ich spiele mit. »Sehr gerne, Monsieur«, antworte ich mit einem angedeuteten Nicken und dezentem Lächeln.

Mein Wunsch wird sogleich erfüllt.

»Was für ein Ausblick!«, rufe ich, kaum, dass ich mein Glas in der Hand halte, mache das Fenster auf und bewundere die Landschaft.

»Alles für uns, Bibi«, erklärt Filippo stolz und tritt neben mich, um die klare, duftende Luft einzuatmen. Dann legt er mir einen Arm um die Schulter und flüstert mir ins Ohr: »Du kannst deinem bescheuerten Märchenprinzen ausrichten, dass er gegen mich keine Chance hat.« Mit diesen Worten steckt er mir die Zunge ins Ohr und kitzelt mich zärtlich.

Ich entziehe mich mit einem Kichern, während er in die Mitte des Zimmers zurückkehrt und seinen Seesack öffnet.

»Gehen wir vor dem Essen noch in den Pool?«, fragt Filippo und sucht nach seiner Badehose. Dann beginnt er sich auszuziehen und gibt dabei eine bewegende Darbietung von Battistis *La collina dei ciliegi* zum Besten.

Ich mache meinen Trolley auf und entblättere mich ebenfalls. Ich weiß nicht, warum, aber während ich mir das T-Shirt über den Kopf ziehe und im Spiegel meinen blassen Busen betrachte, kommt mir wieder der verführerische Körper von Vanessa in den Sinn.

»Hübsch, das Mädchen an der Rezeption«, sage ich nonchalant und schließe mein Bikinioberteil am Rücken.

»Ja, sehr.« Filippo fällt prompt drauf rein.

»Dann gestehst du also?« Ich nagele ihn mit meinem Blick fest und stemme die Hände in die Hüften, wie damals meine Mutter, wenn sie mich ausschimpfte.

»Was soll ich gestehen?«, fragt Filippo mit Unschuldsmiene.

»Dass du sie förmlich mit Blicken ausgezogen hast, du Lustmolch«, erwidere ich, trete zu ihm und trommele mit den Fäusten auf seine Arme, halb spielerisch, halb ernst.

Filippo geht leicht in Deckung und lässt mich amüsiert weitertrommeln. Schließlich packt er mich an den Händen und hält sie fest.

»Bist du jetzt fertig?«, sagt er ganz ruhig.

»Du Schwein!«, schreie ich ihn an und versuche, mich loszumachen.

»Na gut, ich gestehe, dass ich wirklich ein Schwein bin«, sagt er mit zärtlicher und sinnlicher Stimme und küsst mich auf den Hals.

»Aber nur bei meiner Freundin, das schwöre ich dir.«

Ich senke den Blick auf Filippos muskulöse Brust, die so unbehaart ist wie bei einem Teenager, und spüre, wie eine unwiderstehliche Anziehungskraft unsere Körper zusammenschweißt. Filippos grüne Augen haben zu leuchten begonnen, als hätte das Verlangen ein neues Licht in ihnen entzündet. Er beugt sich herab und schmiegt seine Nase an meine Schultern und in die Halsbeuge, zerwühlt mir das Haar mit den Fingern.

»Wollten wir nicht in den Pool?«, murmele ich.

»Später …« Er beginnt mich unter dem Ohrläppchen zu küssen, packt meine Haare fester. Sanft zieht er meinen Kopf zurück und gibt meinen Hals für seine Lippen frei, die rasch zu meinem Gesicht hochwandern.

Einen Augenblick lang denke ich daran, dass viele Frauen

beklagen, ihre Männer würden das Vorspiel auslassen. Filippo nicht. Er vergisst nie, mich zu küssen.

Jetzt stellt er sich hinter mich und betrachtet uns im Spiegel, der die ganze Wand einnimmt, während er mir behutsam das Bikinioberteil auszieht. Kleine Schauder der Lust überziehen meine Haut wie ein feines Netz, und meine Brustwarzen werden hart, wie kleine dunkle Früchte. Als Nächstes öffnet Filippo den obersten Knopf meiner Shorts und zieht den Reißverschluss herunter. Während er weiter meinen Hals küsst, schiebt er die Daumen in die Taschen meiner Shorts und zieht sie zusammen mit dem Slip in einer einzigen Bewegung herunter.

Jetzt stehe ich nackt vor dem Spiegel, während er sich hinter mich kniet, die Arme um meine Knie legt. Ganz langsam tastet sich seine Zunge an meinen Beinen entlang nach oben; seine Zähne knabbern an meinem Hintern, und ich erschaudere vor Begierde. Dann steht er auf, hält sein Gesicht neben das meine, und legt, während wir uns im Spiegel betrachten, seine warme Hand auf meinen Bauch.

»Du bist wunderschön«, murmelt Filippo und leckt meine Schulter.

»Du auch.« *Und du bist es viel mehr als ich,* denke ich.

Filippo nimmt meine Hände und bedeckt sie mit den seinen, Handrücken an Handfläche, legt sie mir dann auf den Bauch und fährt ganz langsam hoch in Richtung meiner Brust. Wie eine doppelte Massage: meine Haut auf meiner Haut, beschützt von seiner. Es fühlt sich so geil an, dass ich mit halb geschlossenen Lippen zu stöhnen beginne. Mein Seufzen wird lauter, als er mir ein Bein zwischen die Beine schiebt und mich zwingt, sie breiter zu machen. Mit unseren vereinten Händen streicht er über meine Möse, die vor Verlangen klatschnass ist. Ich spüre seinen steifen Schwanz, der sich in meinen Rücken drückt, während die Lust in mir größer wird.

Rasch zieht sich Filippo die Boxershorts aus und schiebt mich zum Bett. Wir begehren uns mit der gleichen Lust wie immer, doch heute durchströmt unsere Körper eine andere Energie: Der Sex fühlt sich an, als wäre alles ganz neu, nur weil wir uns hier an diesem Ort befinden. Filippo küsst mich, dringt in mich ein, und mein heißes Geschlecht ist bereit für ihn. Ich will ihn in mich aufnehmen, will mich von ihm ausfüllen lassen. Sein Körper riecht so vertraut; und sein Atem, sein Herzschlag, sein Fleisch sind wie Festungen, die mir Sicherheit geben. Der Sex mit Filippo ist wie ein Ritual, mit dem wir unsere Liebe feiern. Er dringt noch tiefer in mich ein, wird immer schneller, bis unser Stöhnen lauter und unwillkürlich zu Lustschreien wird und unsere Körper in einem gemeinsamen, gewaltigen Orgasmus explodieren.

»Ich liebe dich.« Filippos Stimme ist nur ein Hauch. Er hält mich fest in den Armen, so wie ich es mag.

»Ich dich auch.« *Ich liebe dich auch, Fil.* Am liebsten würde ich es noch einmal sagen und für immer hierbleiben, in seinen ehrlichen und starken Armen, und mich in seinen grünen Augen verlieren.

Es war der reinste und gewaltigste Orgasmus, den wir je miteinander erlebt haben, seit wir zusammen sind. Doch jetzt sind wir nur noch zwei Körper ohne Kraft. Zwei Herzen, die gemeinsam schlagen. Zwei Menschen, die atmen und den Atem des anderen trinken.

Filippo erhebt sich und geht ins Bad, um den Wasserhahn des Jacuzzi aufzudrehen. Ich gehe zu ihm. Langsam füllt sich die kreisrunde Wanne. Der Dampf, der aus dem Schaum aufsteigt, färbt sich in allen möglichen Schattierungen, von Rot bis Blau. Plötzlich liegt der aphrodisierende Duft von Rose und Vanille in der Luft. Heute Abend wird es keinen Pool mehr für uns geben, nur noch unsere Zweisamkeit und Leidenschaft in unserem kleinen Liebesnest.

Ich fasse mit einer Spange meine Haare im Nacken zusammen, und gemeinsam steigen wir in die Fluten, tauchen in den Schaum ein. Filippo nimmt mein Gesicht in beide Hände und küsst mich gierig. Ich drücke ihn an mich, erwidere seinen Kuss voller Leidenschaft. Ich liebe ihn, so sicher war ich mir dessen noch nie, und in diesem Moment bin ich so glücklich wie lange nicht mehr. Ich weiß, er ist der richtige Mann für mich, der, den ich lieben und von dem ich geliebt werden kann. Er ist mein Fels in der Brandung, mein sicherer Hafen – während Leonardo nur ein gefährliches und quälendes Abenteuer war. Ein Abenteuer, das nun definitiv zu Ende ist. Jetzt ist von diesem Feuer nichts mehr übrig als Asche.

Am Tag danach stehen wir ziemlich früh auf. Das romantische Candlelight-Dinner mit Spezialiäten aus dem Val d'Orcia und einer Weinbegleitung mit Brunello hat uns Appetit auf den neuen Tag gemacht, und so stürzen Filippo und ich uns begeistert auf das Frühstücksbüfett und kosten hausgemachtes Mandelgebäck, Karamellmüsli, frisches Brot und eine reiche Auswahl an Marmeladen.

Den Vormittag verbringen wir mit einem Reitlehrer auf Pferderücken und machen die unasphaltierten Sträßchen unsicher, die sich zwischen den Hügeln hindurchschlängeln. Der Kontakt mit der wunderbar unverdorbenen toskanischen Natur erfüllt mich mit neuer Energie. Ich bin vorher noch nie geritten und muss sagen, dass es ein weitaus weniger traumatisches Erlebnis ist als die Fahrt auf einem Motorrad. Von den technischen Erklärungen, die der Reitlehrer uns gibt, begreife ich zwar nur etwa die Hälfte, aber immerhin gelingt es mir, nicht vom Pferd zu fallen (womit ich, ehrlich gesagt, gerechnet hatte). Filippo, der bereits reiten kann, lässt keine Gelegenheit aus, mich aufzuziehen, doch ich genieße den wunderschönen Morgen trotzdem aus vollen Zügen. Ich liebe es, wenn er mich so zum Lachen bringt, dass mir der Bauch wehtut.

Am Nachmittag finden wir endlich Zeit, uns in den Pool des Resorts zu stürzen. Wir sind umgeben von einem Blumengarten, der nach Lavendel und Rosmarin duftet. Nach einigen Bahnen Schwimmen und ein paar Metern Tauchen beschließe ich, dass ich genug habe: Ich lege mich in die Sonne, auf eine der eleganten, mit weißem Stoff bezogenen Liegen.

Wir sind hier draußen ganz allein – offenbar haben die anderen Gäste des Resorts kein Interesse am Schwimmbad. Selber schuld, denn die Aussicht auf die Olivenhaine und das liebliche Ciliano-Tal ist wahrlich spektakulär. Man kommt sich vor wie in einer kleinen Oase, und ich spüre, wie ich in dieser regenerierenden Stille endlich wieder durchatmen kann, wie ich das Chaos in Rom und in meinem Herzen nach und nach vergesse und zur Ruhe komme.

Nach einer Weile steigt auch Filippo aus den Fluten und kommt zu mir. Er ist wunderschön mit seinem schmalen, wohlproportionierten Körperbau – wie Michelangelos David in Fleisch und Blut. Er setzt sich auf die Nachbarliege, beginnt, hektisch in seiner Strandtasche zu wühlen, und zieht dann das unverzichtbare iPad hervor (das er genauso wenig zu Hause lassen konnte wie ich meine Bücher). Wohlig seufzend lässt er sich zurücksinken und streckt die Beine aus. Ich als Anhängerin des bedruckten Papiers blättere in einer Zeitschrift, die ich in der Halle gefunden habe. Ab und zu werfen wir uns einen verschwörerischen Blick zu und strecken den Arm nach den Weingläsern aus, in denen man uns einen köstlichen Sauvignon aus Bolgheri serviert hat.

Es wird wohl auch an der entspannten Stimmung, den

glücklichen Gedanken und dem traumhaften Ort, an dem wir uns befinden, liegen, dass ich mich auf einmal bereit dafür fühle, das Thema anzuschneiden, das mir schon seit Tagen im Kopf herumgeht.

Und so wage ich es. »Du, ich hab noch mal über die Idee nachgedacht, nach Venedig zurückzukehren … und über diese Wohnung, die du mir gezeigt hast.«

Filippo dreht sich ruckartig zu mir um. Von einer Sekunde auf die andere habe ich seine volle Aufmerksamkeit.

Und ich enttäusche ihn nicht: »Ich bin einverstanden, Fil.« Ich versuche mich an einem Lächeln. »Aber lass es dir nicht zu Kopf steigen, ja? Ich will es nur, weil mir Venedig langsam fehlt«, versuche ich abzuwiegeln.

»Wirklich?«, fragt Filippo mich. Er klingt fast ein bisschen misstrauisch. Offenbar ist er gerade nicht zu Scherzen aufgelegt.

»Ja, wirklich«, antworte ich ihm und nehme seine Überraschung mit hochgezogenen Augenbrauen zur Kenntnis.

Filippo springt auf, hält mir beide Hände hin und zieht mich mit einem Ruck hoch. Als wir uns gegenüberstehen, legt er die Hände um meine Taille und schaut mir tief in die Augen.

»Hör mal, Bibi«, beginnt er ganz geduldig, als wollte er einem Kind etwas äußerst Kompliziertes erklären. »Du weißt, was das bedeutet, oder?«

Ich nicke mit einem Lächeln. Er seufzt und schaut sich um, immer noch nicht ganz überzeugt von seinem Glück.

»Es bedeutet, dass wir zusammenziehen, dass wir unser Leben teilen. Dass wir unsere Zukunft miteinander planen. Und ich weiß nicht, ob dir das klar ist …« Er richtet seine großen, klaren Augen auf mich und streicht mir mit den Fingern zärtlich über die Träger meines Bikinis. »Bist du wirklich bereit dazu, diesen Schritt zu tun?«

»Und wie ich das bin!«, antworte ich im Brustton der Überzeugung und halte Filippos Blick tapfer stand.

»Dann lass es uns tun!«, ruft er begeistert und drängt mich ein wenig zurück. Noch bevor ich merke, dass er mich überrumpelt hat, und ich das Gleichgewicht verliere, sehe ich das schelmische Lächeln, das sich auf Filippos Gesicht ausbreitet. Ich schaffe es nicht einmal mehr zu schreien, dann falle ich ins Wasser und tauche erst nach ein paar Augenblicken wieder auf. Filippo springt mir nach und schwimmt auf mich zu.

»Das war gemein!«, knurre ich und schlinge Arme und Beine um ihn, versuche, nach ihm zu schnappen.

»Keine Sorge«, flüstert er. »Ich bin gekommen, um dich zu retten.«

Wir küssen uns leidenschaftlich, aneinandergeklammert wie zwei Ertrinkende, dann drückt mich Filippo an den Rand des Beckens und hält mich fest.

»Wenn du willst, können wir sie uns auch mal anschauen, die Wohnung. Ich schicke dem Makler eine Mail, und wir machen irgendeinen Wochenendtermin aus. Was meinst du?«

Ich weiß nicht, warum, aber in genau diesem Moment geht mir ein Gedanke durch den Kopf und beginnt mir den Spaß zu verderben wie ein unwillkommener Gast bei einem Fest. Welche Rolle spielt eigentlich Leonardo bei meinem Vorsatz, mit Filippo glücklich zu werden? Was hat er mit unseren Zukunftsplänen zu tun?

Nichts, absolut nichts!

Rasch versuche ich, den Gedanken zu verscheuchen.

Während Filippo auf meine Antwort wartet, rede ich mir ein, dass es nicht wichtig ist, welche Entscheidung wir bezüglich dieser Wohnung treffen oder ob wir überhaupt nach Venedig ziehen. Wichtig ist nur dies: Mein Leben wird in jedem Fall ohne Leonardo weitergehen. Und deshalb muss ich die Rechnung ab jetzt ohne ihn machen. Und so packe ich mein strahlendstes Lächeln aus und sage: »Na gut, dann schauen wir uns diese Wohnung mal an.«

»Bist du sicher, Bibi?«, fragt mich Filippo zärtlich.

Hat er mein Zögern vielleicht bemerkt?

Ich lege eine Hand auf mein Herz und verkünde klar und deutlich – als würde ich vor Gericht einen Eid ablegen –: »Natürlich bin ich mir sicher.«

Filippo sieht mich feierlich an, und plötzlich schwant mir, dass er diesen Satz vollkommen überinterpretieren könnte. Denn im Grunde habe ich doch nur über die Besichtigung gesprochen: Ich gebe meinem Freund einzig und allein mein Einverständnis, umzuziehen und sich dafür eine Immobilie in Venedig anzuschauen. Doch in Wirklichkeit bedeutet es natürlich viel mehr, wenn ich Filippo gegenüber feste Zusagen mache. Für mich bahnt sich eine Umwälzung, eine Neuorientierung an. Ich zeige ihm meine Liebe. Ich bin bereit, unsere Beziehung zu schützen. Ich habe mich für Filippo entschieden.

»Ich bin so glücklich, Bibi«, flüstert er mir zu und legt seine Stirn an meine.

»Ich auch.«

Wir küssen uns wieder und wieder, während sich der Himmel leuchtend rot verfärbt.

Morgen werden wir nach Rom zurückkehren, in unseren Alltag. Noch möchte ich mich aber in der Vorstellung wiegen, dass sich etwas verändert hat, dass genau in diesem Moment etwas Neues beginnt – meine gemeinsame Zukunft mit dem Mann, für den ich mich entschieden habe.

Ich gebe Filippo und mir selbst ein Versprechen und werde alles daransetzen, es auch zu halten.

• 7 •

Als wir von unserem Wochenende in der Toskana zurückkehren, sieht alles noch rosiger aus als vorher: die Liebe, die Arbeit, all die kleinen Dinge des Alltags.

Was ich mit Filippo vorhabe, nimmt jeden Tag deutlicher Gestalt an. Seit ich ihm gesagt habe, dass ich mit ihm nach Venedig zurückkehren will, leben wir in perfekter Harmonie und in vertrauensvoller Erwartung der Zukunft, die zu teilen wir beschlossen haben. Seite an Seite. Einträchtig. Innig.

Auch meine Rückkehr in die Kirche San Luigi dei Francesi gestaltet sich weitaus weniger traumatisch als erwartet. Sei es, dass die drei freien Tage mich entspannt und mir neue Energie gegeben haben, oder sei es, dass der Sommer begonnen hat (eine Jahreszeit, die ich liebe) – jedenfalls fällt mir die Arbeit so leicht wie schon lange nicht mehr, und ich bringe mich mit Leib und Seele in das ein, was ich tue. Ich fühle mich lebendig und konzentriert, was auch Paola bemerkt, die mich dazu beglückwünscht, wie ich die Probleme mit einer heiklen Zone des Freskos gelöst habe, die total verschimmelt gewesen war. Und es ist alles andere als selbstverständlich, dass sie jemandem ihre Wertschätzung zeigt.

Ich habe mir gerade eine Viertelstunde Pause gegönnt und warte auf Martino. Gestern ist er zum ersten Mal wieder aufgetaucht, und ich habe ihm in meiner Wiedersehensfreude spontan vorgeschlagen, heute einen Kaffee auf der Piazza Sant' Eustachio trinken zu gehen. In Erinnerung an unser erstes Gespräch, das den Grundstein für unsere Freundschaft legte. Ich bin mir nicht sicher, was genau Martino von mir will, habe aber eins begriffen: Ich mag ihn und bedaure es aufrichtig, dass er sich, nachdem er mich vor der Kirche an Leonardos Seite getroffen hatte, zurückgezogen hat. Er ist der einzige Mensch, mit dem ich über Kunst reden kann, ohne mich wie ein Langweiler oder wie in einer Prüfung zu fühlen. Martino ist blitzgescheit und kreativ, wirkt aber nie großspurig. Vielleicht weil er noch so jung ist oder von etwas zurückhaltendem Charakter, tendiert er dazu, sich selber nicht allzu ernst zu nehmen, was die Gespräche mit ihm besonders unterhaltsam macht.

Es ist elf Uhr vormittags und bereits sehr heiß. Rom erstrahlt in seiner ganzen Schönheit, und es liegt ein Hauch von Meer in der Luft, was ich mir gewiss nicht bloß einbilde: In einer Welt wie dieser kann man einfach nichts anderes sein als glücklich.

Und da ist Martino. Er kommt aus einer Ecke der Piazza mit seinem unverkennbar schlenkernden und ein wenig unbeholfenen Gang, in Jeans, weißem T-Shirt und den unverzichtbaren karierten All Stars. In der Hand hält er eine überdimensionale Plastikmappe, wie sie Künstler oder Studenten oft benutzen, um extragroße Blätter darin aufzubewahren. Seine Haartolle, bemerke ich, wird immer länger.

»Wie geht's?« Ich gebe ihm zur Begrüßung zwei Küsschen auf die Wangen.

»Gut … und dir?«, fragt Martino automatisch und ohne auf eine Antwort von mir zu warten, zurück und schaut mich dabei mit einem fast melancholischen Gesichtsausdruck an. Schließlich lässt er sich auf den Stuhl neben mir plumpsen und lehnt seine Mappe an ein Tischbein. »Momentan habe ich wirklich alle Hände voll zu tun. Die haben mir auf der Akademie noch zwei weitere Zeichenkurse aufs Auge gedrückt«, erläutert er und rollt mit den Augen.

»Ach, deshalb bist du so lange nicht mehr vorbeigekommen«, sage ich und lasse durchblicken, dass er mir tatsächlich ein wenig gefehlt hat.

»Na ja, mit dem Matthäus-Zyklus wäre ich dann jedenfalls fertig. Es reicht mit dem Münzeneinschmeißen!« Martino grinst fröhlich. »Jetzt hab ich mich auf ein anderes Werk von Caravaggio gestürzt.«

Wir unterbrechen kurz unser Gespräch, um bei dem Kellner, der uns mittlerweile offenbar kennt, zwei Kaffee zu bestellen, dann wende ich meine Aufmerksamkeit wieder Martino zu.

»Und welches ist das?« Ich bin sehr neugierig. Seine Geschichten vom Büffeln für die Uni erinnern mich an so viele eigene glückliche Momente, so wie damals, als ich noch selber an der Uni war und auf der Suche nach neuen Anregungen von einem Museum zum anderen streifte.

»Die *Madonna mit der Schlange* in der Galleria Borghese.«

»Aber das ist ein tolles Bild!«, erwidere ich begeistert. »Ich sehe es genau vor mir, aber in echt habe ich es noch nie angeschaut.«

»Nein? Das kann ich gar nicht glauben …« Martino macht große Augen, klappt den Mund auf und wieder zu, als wollte er mir etwas sagen, doch ihm fehlt offenbar der Mut dazu.

Vielleicht weiß ich ja, was er meint, und komme ihm zu Hilfe. »Genau, und dagegen müsste man schleunigst was tun, stimmt's?«

»Klar. Du könntest mal mit mir mitkommen«, beeilt er sich zu sagen. So gefällt er mir, wenn er seine Schüchternheit sausen lässt und einfach drauflosredet, wie ihm der Schnabel gewachsen ist.

»Okay. Aber dann will ich von dir auch eine Auslegung hören, die eines erstklassigen Kritikers würdig ist.«

»Ich werd mein Bestes geben … aber erwarte dir nicht zu viel!«, sagt er lächelnd und streicht über sein Brauenpiercing.

»Doch, doch. Und bitte mit Fliege und Einstecktuch …«, lege ich grinsend nach. So tritt Philippe Daverio, einer der bedeutendsten Kunstkritiker Italiens, immer auf, und wir brechen beide in Gelächter aus. Es ist ein verschwörerisches, ehrliches Lachen.

Nachdem ich mich von Martino verabschiedet habe und gerade wieder auf dem Weg in die Kirche bin, erhalte ich eine SMS von Leonardo.

Wo bist du? Warum antwortest du nicht?

Auf dem Display sehe ich, dass er bereits dreimal vergeblich bei mir angerufen hat, was ich nicht gehört habe, weil ich mein Handy irgendwann auf stumm geschaltet hatte, ohne den Klingelton hinterher wieder zu aktivieren.

Dreimal allein heute. Seit einigen Tagen versucht Leonardo hartnäckig, mit SMS und Anrufen wieder Kontakt zu mir aufzunehmen, doch ich habe der Versuchung widerstanden und nie geantwortet. Weil ich Ernst mache mit dem Vorsatz, ihm komplett aus dem Weg zu gehen. Doch jeder erneute Versuch von Leonardo stellt mein emotionales Gleichgewicht wieder auf eine harte Probe. Mittlerweile bin ich mir auch gar nicht mehr sicher, ob das Nicht-Antworten wirklich die richtige Strategie ist. Offenbar bedarf es einer klareren Ansage, um dieser Qual ein Ende zu bereiten.

Es hat keinen Sinn mehr, dass wir uns sehen. Ich habe mich entschieden, bei Filippo zu bleiben. Ich bitte dich, lass mich in Ruhe.

Ganz einfach, schnell, klar. Vielleicht genügt es ja, um Leonardo mit diesen wenigen Worten zum Schweigen zu bringen. Ob sie auch mein Herz zum Schweigen bringen, bezweifle ich allerdings ernsthaft.

Es herrscht mittlerweile tatsächlich Funkstille zwischen uns. Seit meiner SMS hat Leonardo nichts mehr von sich hören lassen, doch ich bin immer noch in permanentem Alarmzustand: Ja, ich haben einen Teilsieg davongetragen, doch den Krieg – so scheint es mir – habe ich noch lange nicht gewonnen. Doch zunächst einmal hat es offenbar genügt, Leonardo in aller Entschlossenheit und mit deutlichen Worten entgegenzutreten, um ihn zu entmutigen und dazu zu bringen, dass er klein beigibt. Das hätte ich nie gedacht: dass es wirklich nur eines Eimers Wasser bedarf, um ein Feuer wie das von Leonardo zu löschen – einen Brand, der mittlerweile auch bis in die kleinsten Winkel meines Lebens vorgedrungen ist. Ich werde ihn niemals wiedersehen noch von ihm hören, und die absurde wie boshafte Vorsehung, die uns an meinem Geburtstag wieder zusammengeführt hat, wird mir nicht noch einmal ins Handwerk pfuschen! Außerdem bin ich mir ganz sicher, dass allmählich Gras über die Sache wächst und die Zeit alle Wunden heilt. *Leb wohl, Leonardo: Bald wirst du nur noch eine Erinnerung sein …*

Es ist fast eins, und ich habe immer noch den Geruch der Temperafarben und der Lösungsmittel in der Nase. Ein Spaziergang ist jetzt genau das Richtige, um ein bisschen frische Luft zu schnappen und die Augen wieder an natürliches Licht zu gewöhnen. Auch wenn heute nur eine bleiche Sonne am römischen Himmel steht, die zur Hälfte hinter einer bedrohlich dunklen Wolke versteckt ist, weigere ich mich doch zu glauben, dass ich einen Schirm brauchen könnte (denn ich habe auch gar keinen dabei).

Ich habe mir schon heute Morgen vorgenommen, Filippo in seinem Büro in der Via Giulia abzuholen und mit ihm mittagessen zu gehen. Dafür habe ich mich sogar umgezogen und meine Arbeitskluft mit einem ärmellosen weißen Fummel mit Spitzeneinsätzen getauscht, weil ich das Gefühl habe, dass ich mir das mit meiner leichten Sonnenbräune durchaus leisten kann. Was die Schuhe angeht, so bin ich immer noch keine Freundin von hohen Absätzen (Gaia, verzeih!), doch die flachen Gladiatorensandalen, die diesen Sommer ein absolutes Muss sind, kommen mir diesbezüglich sehr entgegen.

Das Büro an der Via Giulia heißt mich mit seinen bunt gestrichenen Wänden und dem Geruch nach Farbkopierer willkommen. Es ist der Duft der Kreativität, und ich rieche ihn gern. Mit ein wenig Fantasie fühlt man sich hier fast wie bei der NASA, mit all den riesigen Plasmabildschirmen an den Wänden, den gigantischen Macs, den Scannern, den Pantografen und anderem hypertechnischen Schnickschnack, von dem ich nicht einmal ahne, wie er funktioniert. Überall herrscht kreatives Chaos: in den Bücherregalen, auf dem Boden mit dem geometrischen Muster. Zwei Wanduhren, die symmetrisch an der hinteren Wand hängen, zeigen die Uhrzeit von Rom und New York an. Jedes Mal, wenn ich einen Fuß hier hereinsetze, durchströmt mich ein Schub positiver Energie.

»Hallo, Elena.« Das ist Alessios Stimme. Er erhebt sich

hinter seinem Schreibtisch und kommt mir entgegen, tropengebräunt und mit einem neuen Tattoo auf dem linken Arm. »Wie geht's?«, fragt er mit diesem Lächeln, das aussieht wie aus der Reklame für ein Feriendorf.

»Alles bestens, danke«, antworte ich schnell. »Ich suche Filippo.«

»Der ist da drüben mit einem Kunden.« Alessio zeigt mit dem Kinn auf die geschlossene Tür zum Konferenzzimmer. »Aber geh nur rein. Ich glaube, er ist fertig.«

»Okay. Danke.«

»Ach, fast hätte ich's vergessen!« Alessio hält mich auf. »Flavia bedankt sich noch mal für die Creme, die du ihr aus der Toskana mitgebracht hast.«

Ach du meine Güte, jetzt kommt das wieder!

»Hab ich doch gern gemacht«, sage ich mit einem etwas gezwungenen Lächeln.

Seit meinem Geburtstag ist diese Creme zu einem leidigen Thema geworden. Als Flavia von unserem Wochenendtrip in die Toskana erfuhr, begann sie prompt, mich mit SMS und Telefonanrufen davon zu überzeugen, dass ich unter allen Umständen das weltberühmte Zentrum für Kräuterkosmetik besuchen müsse, das nur wenige Kilometer von unserem Resort entfernt liege. Ganz uneigennützig waren ihre Bekehrungsversuche allerdings nicht, wie sich schnell herausstellte: Flavia wollte nämlich, dass wir ihr einige nur schwer erhältliche Produkte zur Faltenbekämpfung mitbringen, strikt biologisch und – gelinde gesagt – nicht gerade billig. Eine Mission, die ich nur aus Liebe zu Filippo und um der Freundschaft willen, die ihn mit Alessio verbindet, ausgeführt habe. Zu allem Überfluss hätten wir wegen dieses außerplanmäßigen Stopps fast den Zug verpasst.

»Flavia ist total verrückt nach dem Zeug«, fährt Alessio fort und schüttelt betrübt den Kopf.

Ich schenke ihm ein mitleidiges Lächeln.

»Weißt du eigentlich, dass sie ihr die Moderation der Abendnachrichten angeboten haben?«

Natürlich kann ich mir Flavia lebhaft vorstellen, wie sie mit ihrer platinblonden Mähne und den Schlauchbootlippen auf Telenorba zur besten Sendezeit die Nachrichten an den Mann bringt!

»Aber das ist ja wunderbar! Das schaue ich mir bestimmt an!«, beeile ich mich zu sagen. Dann schlüpfe ich hinaus, bevor Alessio noch zu einer Zusammenfassung der fantastischen TV-Karriere seiner Angetrauten ausholt.

Ich klopfe leise an die Tür zum Konferenzraum und öffne die Schiebetür vorsichtig. Weiter hinten steht Filippo und strahlt mich begeistert an. Aber neben ihm steht noch eine Person, die ich erst nach wenigen Augenblicken erkennen kann: ein Mann mit breitem Rücken in einer Jacke aus grauem Leinen. Welliges Haar, ausladende Schultern, pralle Armmuskeln. Nein, das ist kein Traum. Nein, ich bin nicht verrückt. Es ist alles wahr. Und ich kenne ihn nur allzu gut, diesen Körper, doch mit dieser Umgebung kann ich ihn einfach nicht in Verbindung bringen. Mein Verstand rastet vollkommen aus: *Was zum Henker macht Leonardo hier?*

»Entschuldigung … Ich dachte, du wärst allein.« Ich weiß nicht, wie ich es schaffe, selbst unter Schock noch die Regeln des Knigge einzuhalten, doch die sind momentan das Einzige, an dem ich mich festhalten kann.

»Komm ruhig rein, Bibi, wir waren praktisch fertig.« Filippo bittet mich mit einem Nicken ins Zimmer. Da ein Rückzieher nicht mehr möglich ist, gehe ich ein paar Schritte auf die beiden zu, wie in Trance. Zuerst sehe ich Leonardo von der Seite, dann von vorne, und in diesem Moment habe ich das Gefühl, dass der Boden unter meinen Füßen wackelt. Ich versuche mit allen Mitteln, mir meine Überraschung nicht anmerken zu lassen, halte den Blick fest auf Filippo gerichtet und hauche: »Ciao.« In Wirklichkeit würde ich mich lieber aus dem Fenster stürzen. Und zwar gleich.

»Das ist meine Verlobte«, erklärt Filippo mit einer gewissen Vertraulichkeit, während ich mich wie ferngesteuert dem Teufel in Menschengestalt nähere. »Elena, Leonardo Ferrante.« Filippo schaut Leonardo voller Bewunderung an, und es fehlt nicht viel, dass er ihm kumpelhaft auf die Schulter haut. »Er ist der Küchenchef des Restaurants, in dem wir an deinem Geburtstag gegessen haben, erinnerst du dich?«

»Ach ja?«, frage ich, als müsste ich zuerst noch in meinem Gehirnkasten kramen. »Das *Cenacolo*?«

»Genau. Und seit heute ist er Kunde unseres Büros«, beschließt Filippo.

Ich höre wohl nicht recht.

»Freut mich.« Ich drücke Leonardo die Hand und mache gute Miene zum bösen Spiel. Vermutlich könnte man auf meinen Wangen Spiegeleier braten, während mir eisige Schauder über den Rücken laufen. Schauspielerei war noch nie meine Stärke. Vor allem nicht, wenn in meinem Kopf gerade ein Schnelldurchlauf unserer Schäferstündchen abgespult wird.

»Freut mich auch sehr.« Leonardo packt sein schönstes Lächeln aus. Einen Moment lang steigt eine schier unbändige Wut in mir auf, doch ich zwinge mich dazu, sie herunterzuschlucken.

»Leonardo und sein Kompagnon haben eine großartige Idee«, erzählt mir Filippo. »Stell dir vor, sie wollen eine ehemalige Fabrik am Aniene umbauen und daraus ein Restaurant machen.«

»Macht ihr denn auch Umbauten?«, frage ich lahm und schaue Filippo mit flatterndem Blick an. Ich weiß, dass ich gerade nicht die allerbeste Figur mache, aber innerlich weigere ich mich einfach, der Wahrheit ins Auge zu schauen: dass mein Liebhaber gerade meinen Freund dazu engagiert hat, den Umbau einer Räumlichkeit zu planen, in der wir es kürzlich getrieben haben.

Leonardo nickt zufrieden, als könne er kein Wässerchen trüben. Er ist vollkommen Herr der Lage – wie immer. Nein, mehr noch: Meine missliche Situation scheint ihn geradezu zu amüsieren.

»Wir haben uns die Location bereits angeschaut«, plaudert Filippo weiter und sucht Leonardos Blick. »Es ist wirklich ein schönes Objekt.«

»Ich habe es schon richtig liebgewonnen«, kommentiert Leonardo und wirft mir einen verstohlenen Blick zu. »Und kann es kaum erwarten, dort richtig loszulegen.«

»Wir schaffen das alles in Rekordzeit. Unsere Handwerker stehen bereit«, versichert ihm Filippo eifrig. »Und dafür, dass nichts schiefgeht, sorge ich höchstpersönlich, indem ich die gesamten Baumaßnahmen selbst verfolge. Als Chefsache sozusagen«, schließt er feierlich, faltet eine Karte des Katasteramts zusammen und legt sie zur Akte »Leonardo Ferrante« auf den Tisch.

Am liebsten würde ich vor Verzweiflung laut losbrüllen, doch stattdessen muss ich unter allen Umständen die Fassung bewahren und lächeln. Dabei habe ich das Gefühl, mein Verrat stünde mir in großen Lettern auf die Stirn tätowiert.

Tätowiert. Tätowiert. Tätowiert. Bei diesem Stichwort fällt mir natürlich auch wieder Leonardos Tattoo ein. Und all die Male, als ich es sehen konnte. Doch diese Gedanken muss ich schnell wieder verbannen.

Leonardo wirft einen Blick auf die Uhr. »Na gut. Es ist spät geworden. Ich lasse euch jetzt in die Mittagspause gehen.« Er drückt Filippo die Hand. »Wir sehen uns in ein paar Tagen.« Dann dreht er sich zu mir und schüttelt mir die Hand. »Elena, es war mir ein Vergnügen.« Er schaut mir direkt in die Augen und fügt dann, mit beinahe bedrohlichem Unterton, hinzu: »Ich hoffe, man sieht sich wieder.«

Ich beschränke mich auf ein stummes Nicken.

Filippo bekommt von alledem nichts mit. Als Leonardo den Konferenzraum verlassen hat, schlingt Filippo die Arme um mich und gibt mir einen Kuss auf den Mund. »Also, wohin gehen wir essen? Wie wär's mit Stockfisch? Oder lieber was Exotischeres?«, fragt er noch enthusiastischer als sonst.

»Was du willst.« Mehr bringe ich nicht heraus. Was ich heute zu Mittag essen will, ist momentan meine geringste Sorge.

»Hast du gehört, was das für ein tolles Projekt ist? Das wird eine schöne Herausforderung.« Filippo lächelt zufrieden und schaltet den Computerbildschirm aus.

»Ja, klingt wirklich nach einer guten Idee.« Ich versuche, überzeugend zu klingen, doch langsam bin ich mit meinen Schauspielkünsten am Ende.

Zum Glück scheint Filippo nichts von meiner Verwirrung zu bemerken, sondern nimmt mich ganz einfach wie immer am Arm und erklärt: »Weißt du was?«

»Was denn?«

»Gehen wir zum Ligurer. Ich habe einen Mordshunger.«

Mir geht es gerade ganz anders: Allein die Vorstellung, nach diesem Zwischenfall etwas essen zu müssen, bereitet mir spontane Übelkeit, doch ich versuche, mir nichts anmerken zu lassen, und sage ergeben: »Okay.«

»Super – und es liegt auch noch auf dem Weg ...« Filippo strahlt.

Wir gehen zu Fuß bis zum Vicolo dell' Oro, wo sich eines

unserer Stammlokale befindet. Hier gibt es ausgezeichnete ligurische Gerichte, und die hausgemachten Nachspeisen sind göttlich. Drinnen ist die Warteschlange länger als erwartet, doch wie durch ein Wunder ergattern wir einen kleinen Zweiertisch am Fenster. Wir werden gleich bedient, zur großen Freude von Filippo, der seine Fischsuppe mit einer Geschwindigkeit verputzt, als hätte er seit einer Woche nichts gegessen. Mich hingegen kostet der Verzehr meiner hausgemachten Nudeln mit Pesto geradezu übermenschliche Anstrengung, weil ich mich viel zu sehr darauf konzentrieren muss, ein gekünsteltes Dauerlächeln zur Schau zu stellen und mit gespielter Aufmerksamkeit Filippos angeregtem Gespräch zu lauschen.

In Wirklichkeit bin ich mit dem Kopf ganz woanders und kann, während ich meinen Freund anschaue, der mir gegenübersitzt und begeistert auf mich einredet, doch nicht anders, als an Leonardo zu denken. Wie konnte er sich nur etwas so Perfides ausdenken? Und vor allem: Warum hat Leonardo das getan? Ich verstehe nicht, was er damit bezwecken will. Ganz sicher hat er wieder eines seiner perversen Spielchen im Sinn, bei denen ich als hilflose Spielfigur seinen Launen ausgeliefert bin. Doch diesmal hat er den Bogen wirklich überspannt, und das werde ich ihm nicht durchgehen lassen!

Als wir das Restaurant verlassen, hat sich der nachmittägliche Himmel schlagartig verdunkelt. Stahlgraue Wolken ziehen auf und künden von einem bevorstehenden Wolkenbruch. Einen Schirm haben wir nicht dabei, aber das ist in diesem Moment ein irrelevantes Detail: Ich würde mich jetzt nur allzu gern so richtig durchnässen lassen – vielleicht würde mir das ja helfen, wieder einen klaren Kopf zu bekommen.

»Schaffst du es allein bis zu San Luigi?«, fragt Filippo an der Ecke.

»Ja, ja, keine Sorge.«

»Bist du sicher?« In Filippos Stimme liegt ein Hauch von Sarkasmus. Ich weiß genau, was er meint. Dass ich mich ständig in Rom verlaufe, ist ihm ebenso Anlass zur Erheiterung wie zur Sorge.

»Klar«, erwidere ich mit einem Lächeln. »Mittlerweile kenne ich den Weg. Alle Wege führen zurück zu meiner Arbeit.«

»Ich glaube zwar nicht, dass es in den nächsten Minuten anfangen wird zu regnen«, sagt Filippo mit einem kritischen Blick gen Himmel, »aber vielleicht legst du doch besser einen kleinen Sprint ein.«

»Alles klar, wird gemacht, Papa!«

»Dann bis heute Abend, Bibi!«, sagt mein Freund beinahe sehnsüchtig und gibt mir zum Abschied einen zärtlichen Kuss auf die Lippen.

»Bis heute Abend.«

Mit schnellen Schritten laufe ich den Block entlang in Richtung San Luigi, doch sobald ich außer Sicht von Filippo bin, mache ich einen kleinen Umweg und überquere den Tiber auf dem Ponte Mazzini. Ich muss unbedingt zu ihm, und zwar jetzt gleich. Die Sache duldet keinen Aufschub. Und das Risiko, dass ich mich verlaufe, besteht nicht, denn ich bin zu Leonardo unterwegs. Leonardo würde ich überall auf der Welt finden, das ist die traurige Wahrheit.

Während ich den Lungotevere entlangeile, öffne ich meine Tasche wie ferngesteuert und kontrolliere in dem kleinen Spiegel meiner Puderdose rasch noch mein Aussehen. Meine Wimperntusche ist verschmiert, doch eigentlich muss mir das in diesem Moment egal sein, und so widerstehe ich der Versuchung, mein Make-up aufzufrischen und mir die Haare zu kämmen. Schließlich bin ich ja nicht zu einem Verführungsbesuch unterwegs.

Jetzt schlägt mir meine Wut erst recht auf den Magen, und ich stecke die Puderdose ein und hole mein Handy heraus. Um 14.11 Uhr, also vor fünf Minuten, habe ich eine SMS von Paola bekommen.

Wo steckst du?

Ich schreibe ihr hektisch, dass ich aufgehalten worden, aber in einer guten halben Stunde wieder zurück bei der Arbeit sei. Vermutlich ist sie nicht begeistert von meiner Antwort, aber irgendwie werde ich es schon schaffen, sie zu beschwichtigen.

Indessen kann ich bereits die Fenster von Leonardos Wohnung erkennen. *Wie lange ist das jetzt her, dass ich hier war – nach jenem Morgen am Meer? Einen Tag oder eine halbe Ewigkeit?* Auf einmal leben alle Erinnerungen an jenen sonnendurchglühten Tag in mir auf, ich spüre wieder die verzehrende Begierde und die Lust, die mir damals schier den Atem raubte; doch heute frage ich mich, wie es überhaupt so weit kommen konnte.

Ich hoffe nur, dass Leonardo auch daheim ist. Mein Anliegen duldet nämlich keinen Aufschub. Ein schneller Blick auf meine Armbanduhr. Mist, um diese Zeit könnte er genauso gut auch bei der Arbeit oder irgendwo unterwegs sein.

Meine Besorgnis erweist sich jedoch als unbegründet: Als ich vor dem Haus stehe und nach oben blicke, sehe ich ihn auf der Terrasse stehen. Barfüßig, in einer Jeans und einem offen stehenden weißen Hemd (er muss sich umgezogen haben, denn vorher war es noch rot, stelle ich natürlich sogleich fest). Leonardo blickt mit zusammengekniffenen Augen in Richtung Himmel, vielleicht weil er wissen will, ob es gleich regnen wird. Ich bleibe kurz stehen und beobachte ihn. Mir gefällt diese Machtposition – denn beobachtet zu werden, ohne es zu wissen, macht uns alle, selbst Leonardo, menschlicher und wehrloser. In diesem Moment ist er ein Mann wie jeder andere, und ich habe keinerlei Grund, ihn zu fürchten. Im Gegensatz zu sonst klopft mir das Herz auch nicht bis zum Hals, noch fühle ich mich irgendwie von ihm getrieben. Ich bin vollkommen ruhig, entschlossen und bestimmt, während ich mich dafür wappne, ihm gleich gegenüberzutreten.

Auf einmal dreht sich Leonardo um, als hätte er meinen Blick gespürt, und sieht mir direkt in die Augen. Er scheint nicht im Geringsten verwundert, mich zu sehen, sondern hebt einfach nur den Arm zum Gruß und lächelt. Es scheint beinahe so, als hätte er mit meinem Besuch gerechnet. Ich halte seinem Blick stand, ohne den Gruß zu erwidern, und gehe einen Schritt auf die Haustür zu. Noch bevor ich klingeln kann, höre ich, wie die Tür von oben geöffnet wird. Ganz bestimmt würde Leonardo mich nicht so zuvorkommend begrüßen, wenn er wüsste, wie sauer ich bin, überlege ich, während ich gemessenen Schrittes die Treppe hochsteige, mit ruhigen Nerven und angespannten Muskeln. Ich fühle mich stark, wie eine Amazone in ihrer besten Rüstung. In diesem Moment habe ich keinerlei Angst, denn ich weiß: Wenn der richtige Augenblick gekommen ist, werde ich zum Angriff bereit sein. *Ruhig Blut, Elena.*

Die Tür zum Loft steht offen. Es empfängt mich klassische Musik, eine sanfte Weise, gesungen von einer betörenden Frauenstimme. Leonardo steht am Tresen seiner Küche und hat die Hemdsärmel aufgerollt. Vor ihm steht ein Korb mit

Sommerobst, das er mit einem Keramikmesser und in atemberaubender Geschwindigkeit kleinschneidet. Gerade versinkt die Klinge blitzschnell im saftigen Fruchtfleisch eines Pfirsichs. Das Messer liegt dabei fast schwerelos in seiner Hand und verursacht ein rhythmisches Klacken auf dem Schneidebrett.

»Komm nur rein.« Leonardo wirft mir einen kurzen Blick zu und winkt mich dann herein. »Als ich gesagt habe, ich hoffe, man sieht sich, dachte ich nicht, dass das schon so bald sein würde«, fügt er gelassen hinzu und schnippelt in Seelenruhe weiter.

Ich schließe die Wohnungstür hinter mir und gehe ein paar Schritte auf ihn zu. Sofort kitzelt mich ein vertrauter Duft in der Nase: Es ist Leonardos Parfüm, vermischt mit dem Aroma des Pfirsichs. Als ich mich umschaue, werde ich einen Moment lang buchstäblich von einer Lawine der Erinnerungen überrollt, von Momenten, die mir *damals* so schön erschienen, die jetzt aber vor allem einen bitteren Beigeschmack haben. Die Intensität dieser Gefühle haut mich beinahe um, doch ich werde mich von meinem Vorhaben nicht abbringen lassen, beschließe ich und kämpfe gegen das Aufgeben an. Auf einmal steigt eine gewaltige Kraft in mir auf.

»Nett, dein *Freund*«, sagt Leonardo und grinst mich provokant an.

»Erspar mir diesen Scheiß«, unterbreche ich ihn mit ungeduldiger Miene und verschränke die Arme vor der Brust. »Ich dachte, ich hätte mich in meiner letzten SMS klar ausgedrückt.« Meine Stimme klingt kalt und schneidend, wie die Klinge seines Messers.

»Durchaus. Du warst mehr als deutlich«, bestätigt Leonardo und streicht sich lächelnd über den Bart. »Fast schon kategorisch, würde ich beinahe sagen.«

»Aber dir ist das schnurzegal, richtig?« Ich lasse meine

Tasche auf den Boden fallen, gehe zum Tresen und baue mich drohend vor ihm auf. Dabei suche ich seinen Blick. »Was fällt dir eigentlich ein? Was erhoffst du dir von diesem Schachzug? Kann man das mal erfahren?« Doch als Leonardo antworten will, unterbreche ich ihn wutschnaubend: »Ach was, sag nichts. Ich weiß genau, was du mir antworten wirst: ›Ich will mich einfach nur ein bisschen amüsieren.‹ Stimmt's?«

»Hilfe … Was hab ich nur angestellt?«, sagt Leonardo mit leisem Spott in der Stimme und hebt lächelnd die Hände. »War ich ein böser Junge? So aufgebracht habe ich dich ja noch nie gesehen.« Jetzt hebt er die Augen von seinem Schneidebrett und betrachtet mich wie ein seltenes Tier im Zoo, das vom Aussterben bedroht ist. Was mich natürlich erst recht rasend macht.

»Natürlich bin ich aufgebracht!«, brülle ich, hole tief Luft und stelle mich noch etwas breitbeiniger hin, um besseren Bodenkontakt zu haben. »Jetzt erzähl mir doch nicht, dass das mit Filippo alles nur ein dummer Zufall war! Dass allein die Vorsehung dich in dieses Büro verschlagen hat!«

»Nein, nein, die Vorsehung war es nicht«, erklärt Leonardo ganz ruhig und zerstößt derweil das Obst mit zerstoßenem Eis in zwei Gläsern. Sein Ton hat sich nicht im Geringsten verändert. »Ich habe für mein Vorhaben schlicht und ergreifend das beste Architekturbüro der Stadt beauftragt. Mir scheint das kein so riesiges Problem zu sein, dass zufällig auch dein *Filippo* da arbeitet.« Den Namen Filippo zieht er absichtlich und mit spöttischem Unterton in die Länge. Dabei gießt er irgendwelche undefinierbaren Flüssigkeiten in die Gläser und verrührt sie mit energischen Bewegungen.

»Leonardo.« Ich nenne ihn fast nie bei seinem ganzen Namen. Nur, wenn ich wütend bin oder außer mir, so wie jetzt. Doch ich reiße mich zusammen. »Hör endlich auf, mich zu verarschen«, sage ich so scharf wie möglich, atme einmal tief durch – und haue dann mit der Faust auf die Arbeitsfläche. »Das ist eine Sache zwischen dir und mir, und sie ist schon aberwitzig genug. Was musstest du denn auch noch Filippo mit reinziehen?«

»Elena, jetzt entspann dich doch endlich«, sagt Leonardo ruhig. »Wenn du glaubst, ich erzähle ihm von uns, dann bist du auf dem Holzweg, das kann ich dir versichern.« Jetzt kommt er mit zwei schmalen, hohen Gläsern in den Händen und Unschuldsmiene im Gesicht auf mich zu, und ich rudere sofort zurück. Er besitzt die ungute Gabe, mich immer aufs Neue ins Unrecht zu setzen, wenn ich meine Rechte einfordere. So, wie er mich ansieht, fühle ich mich, als hätte ich mir gerade eine abstruse Geschichte ausgedacht und sie ihm ungerechterweise in die Schuhe geschoben. Er drückt mir den Cocktail in die Hand, wie einem Kind die Tasse mit Kakao, und zwinkert mir gönnerhaft zu.

»Trink«, fordert Leonardo mich auf und stößt mit mir an.

Seine unverschämte Selbstsicherheit fuchst mich. Außerdem weicht er mir aus und versucht ziemlich erfolgreich, das Thema zu umgehen. Ich merke, dass mir gleich der Kragen platzt.

»Es reicht jetzt, Leonardo. Antworte mir«, fordere ich ihn mit dem finstersten Gesichtsausdruck auf, den ich zustande bringe, und stelle das Glas auf der Arbeitsfläche ab. »Du erklärst mir jetzt auf der Stelle, warum du zu Filippo gegangen bist.«

Meine düstere Miene scheint Leonardo nicht besonders zu beeindrucken. Er nimmt einen Schluck von seinem Cocktail und behält ihn einen Moment lang genießerisch im Mund. Dann dreht er sich zu mir.

»Dann beantworte du mir zuallererst mal eine Frage.« Leonardos Augen werden schmal, als wollte er bis in mein tiefstes Inneres schauen. Mit seinen Knitterfältchen sieht er aus wie ein Detektiv. »Wieso bist du hier?«

Mit diesem Konter habe ich nicht gerechnet, doch meine Antwort kommt prompt: »Um dir zu sagen, dass du dich von mir und meinem Verlobten fernhalten sollst.«

Leonardo schüttelt den Kopf und nimmt noch einen Schluck aus seinem Glas. »Das ist nicht der Grund. Und das weißt du selber am besten.«

Er steht jetzt ganz nah vor mir; sein weißes Hemd nimmt mein ganzes Gesichtsfeld ein, während sein Geruch immer unerträglicher wird.

»Damit eines klar ist«, flüstert er mir ins Ohr. »Ich bin glücklich, dass du gekommen bist.« Und dann küsst er mich auf den Hals.

Ich zucke zurück, schütte ihm mit einer einzigen schnellen Bewegung den Drink ins Gesicht und schleudere das Glas auf den Boden. Einen Moment lang ist Leonardo wie versteinert. Aus dem Augenwinkel sehe ich Glasscherben und Fruchtfleisch auf dem Boden, und Leonardo, der sich Cocktailtropfen aus dem Bart und den Brusthaaren streicht. So etwas Impulsives habe ich noch nie getan. Eine Extraportion Adrenalin schießt mir durch die Adern.

Er stellt sein Glas ab und fährt sich langsam mit der Hand übers Gesicht. Diese stoische Art macht mich wahnsinnig. Ich stürze mich keuchend vor Wut auf Leonardo, reiße ihn am Hemd, trommele ihm mit den Fäusten auf die Brust.

»Halt dich aus meinem Leben raus, kapiert? Lass mich in Frieden, und hör auf, mir das Leben zu versauen ... Oh, und wage ja nicht, *warum* zu fragen. Denn die Antwort lautet: weil *ich* das jetzt beschlossen habe und *du* wenigstens ein Mal machen wirst, was ich sage.« Das sollte eine Drohung sein, klingt aber wie eine flehentliche Bitte. Wie die pure Verzweiflung.

Ich tobe noch ein bisschen weiter, ohne eine Reaktion von Leonardo zu bekommen, bis er mich plötzlich mit einer blitzschnellen Bewegung an den Handgelenken packt und um die eigene Achse dreht. Er schlingt von hinten die Arme um mich, presst meinen Rücken gegen seine Brust und legt mir eine Hand auf den Mund. Ich versuche, mich ihm zu entwinden wie ein Aal, doch Leonardo ist stärker als ich und hält mich mühelos gefangen. »Schhhh. Es reicht, Elena. Hör mir zu.«

Es hat keinen Sinn. Schwer atmend muss ich mich ergeben. Mein Herz klopft wie wild in meiner Brust.

»Ich sage dir, warum du hier bist«, erklärt er mir in aller Ruhe und drückt sein Gesicht in meine Haare. Mit einer freien Hand streicht er über meine Hüfte, die andere hält immer noch meine Handgelenke im Schraubstock. Dann hat er den Saum meines Kleides erreicht und hebt es hoch. Seine Finger wandern an meinem Schenkel hoch, über den jetzt lauter kleine Schauder laufen. »Auch wenn du es nicht zugeben willst – du schaffst es einfach nicht, dich von mir fernzuhalten.« Seine Stimme ist tief und kehlig, und er riecht nach Alkohol und Früchten.

Bei diesen vertrauten Berührungen beginnt sich alles um mich zu drehen. Vor Begierde zieht sich mein Unterleib zusammen, während mich Leonardo langsam zwischen den Beinen streichelt. Dann schlüpfen seine Finger in meinen Slip und tasten sich zu meinem feuchten Fleisch vor.

»*Deshalb* bist du hier, Elena. Weil du mir nicht widerstehen kannst. Dein Körper lügt nicht«, sagt er, während seine Finger sich an meinen nassen Schamlippen zu schaffen machen.

Das darf nicht sein, schießt es mir durch den Kopf, doch im selben Augenblick steigt eine heiße Welle der Lust in mir hoch und bäumt sich mit aller Macht gegen meinen

Verstand und meinen guten Willen auf. Diesen Händen zu widerstehen ist unmöglich, weil sie so warm und so kundig sind. Nur ein Augenblick genügt, um der Versuchung erneut zu erliegen. Es kostet mich eine gewaltige Willensanstrengung, mich nicht vollkommen hinzugeben und das bisschen Würde, das mir geblieben ist, zu wahren. Mit aller Energie, die ich aufbringen kann, befreie ich mich aus seinem Griff und schiebe seine Hände von mir. Als ich versuche, ihm eine Ohrfeige zu verpassen, packt Leonardo sie jedoch erneut.

»Sag mir, dass es nicht wahr ist«, fordert er mich mit einem Blick aus seinen dunklen Augen auf und kommt mir erneut gefährlich nahe.

Es ist nicht wahr. Oder vielleicht doch. Aber es hat keine Bedeutung. Wichtig ist nur, dass er nicht das Recht hat, mir das hier anzutun.

Ich raffe in mir all die negativen Gedanken, meine Wut, meine Enttäuschung und den Zorn zusammen, die dieser Mann in mir entfacht hat. »Leck mich am Arsch, Leonardo!«, schreie ich ihm ins Gesicht und befreie mich ruckartig aus seinem Schwitzkasten.

Ich trete einen Schritt zurück, schaue ihm in die Augen, gequält, aber entschlossen und in gewisser Weise auch befreit. Ich lasse die Arme sinken und wiederhole noch einmal für mich die Worte, die ich gerade gesagt habe. *Leck mich am Arsch, Leonardo.* Jetzt reicht's, jetzt bin ich am Ruder. Es ist nicht wichtig, dass ich noch etwas für ihn empfinde, sei es nun Wehmut, körperliche Anziehungskraft oder verzehrende Begierde. Es ist einfach nicht mehr wichtig.

Ich muss an Filippo denken. An Filippo, und nur an ihn. Ich muss herausfinden, ob ich ihn wirklich liebe – und die Antwort lautet: Ja! Schon seit langem, da bin ich mir sicher. Vielleicht muss eine Liebe fürs Leben ja gar nicht dieser auslaugende Kampf sein, dieser Sturz von einem Abgrund in den nächsten, diese Faust in der Magengrube. Die Liebe ist eine Entscheidung, die man trifft und nach der man Tag für Tag gemeinsam auf ein Ziel hinarbeitet. Und ich habe diese Form der Liebe gewählt, weil es mir damit gut geht, weil sie genau das ist, was ich brauche.

»Es ist aus. Für immer«, sage ich feierlich.

Dann kehre ich Leonardo den Rücken und gehe.

Ich fühle mich ganz und gar nicht wie eine Siegerin, doch ich weiß: Ich tue das Richtige. Die wenigen Meter, die mich von der Wohnungstür trennen, kommen mir ewig lang vor, und während ich sie hinter mich bringe, flehe ich alle Götter an, dass Leonardo keinen Versuch unternimmt, mich aufzuhalten. Ich weiß erst, dass ich es geschafft habe, als ich auf dem Treppenabsatz stehe und beginne, die Treppe hinunterzugehen. Jetzt laufe ich sogar. Leonardo ist geblieben, wo er war, und ich spüre, wie sich die Erleichterung in mir breitmacht, auch wenn ich immer noch einen Kloß im Hals habe und am liebsten weinen würde.

Kaum trete ich auf die Straße, sehe ich in der Ferne ein Taxi, das näher kommt. Das ist ein Zeichen: Ich muss weg von hier, und zwar so schnell wie möglich. Ich gehe zwischen zwei geparkten Autos hindurch und bleibe am Rande des Gehsteigs stehen, winke. Vielleicht beobachtet mich Leonardo ja von der Terrasse aus. *Und selbst wenn*, sage ich mir, *ich darf jetzt auf keinen Fall den Kopf verlieren*. Es ist ein Akt des Mutes, eine Frage des Respekts vor mir selbst.

Wundersamerweise hält das Taxi vor mir an. Unendlich dankbar öffne ich die Tür und steige auf die Rückbank. Um mir Mut zu machen, nicke ich dem Taxifahrer zu, doch plötzlich verschwimmt alles vor mir, und ich muss gegen die Tränen ankämpfen, blinzelnd und schluckend.

»San Luigi dei Francesi, bitte«, sage ich mit dem letzten Restchen Stimme, das mir geblieben ist.

Ich lasse mich in den Sitz zurücksinken und tue das, was ich nicht hätte tun sollen: Ich drehe mich um. Leonardo steht wieder da, auf seiner Terrasse, die Augen zu mir nach unten auf die Straße gerichtet. Ich schaue ihn durchs Autofenster an, während die ersten Regentropfen über das Glas gleiten. Sie sehen aus wie Tränen.

Langsam setzt sich der Wagen in die richtige Richtung in Bewegung – in die Richtung, in die ich eigentlich gar nicht fahren will. Ich kehre in mein Leben zurück, und so leer ich mich auch fühle, diesmal drehe ich mich nicht mehr um. Leonardo ist jetzt wahrscheinlich nur noch ein Pünktchen in der Ferne. Und bald werde ich ihn auch in meiner Erinnerung nicht mehr sehen.

• 8 •

Filippo und ich sind gerade aufgestanden und sitzen beim Frühstück. Die Julisonne scheint durch die offenen Fenster und überflutet die Küche mit Licht und Wärme. Wir geben das Bild eines ganz normalen Paares ab, wie wir da einträchtig am Tisch sitzen. Das Bild eines Paares, das den Beginn eines ganz normalen Tages miteinander verbringt. Filippo trinkt seinen gewohnt bitteren, kochend heißen Espresso, während ich meinem ayurvedischen Kräutertee treu geblieben bin. Er klickt sich auf seinem iPad durch *Architonic.com*, während ich im *Corriere della Sera* blättere, der den halben Küchentisch einnimmt. Filippo sieht bereits aus wie aus dem Ei gepellt, bereit, auf die Baustelle zu gehen, ich bin noch in Shorts und Unterhemd, mit ungekämmtem Haar und dicken Augen.

Alles ganz normal, keine Risse in der Fassade. Ein Moment häuslicher Normalität.

Zumindest äußerlich.

Mittlerweile sind mehrere Wochen vergangen, seit ich bei Leonardo zu Hause war und ihm gesagt habe, dass es zwischen uns endgültig aus sei. Und endlich, endlich habe ich das Gefühl, als würde ich langsam von meiner Leonardo-Krankheit genesen. Äußerlich sehe ich zwar gesund und munter aus, doch tief drinnen fühle ich mich noch schwach und muss mich vor dem Risiko schützen, wieder in seinen Armen zu landen. Oft lasse ich jeden einzelnen Moment jenes Nachmittages Revue passieren, von dem zerbrochenen

Glas auf dem Boden bis zu meiner Flucht im Taxi, und das alles scheint mir eine Ewigkeit her zu sein. Leonardo ist weit weg, er existiert nicht mehr, er gehört nicht mehr zu meinem Leben. Er wird keinen Kontakt mehr zu mir aufnehmen, wird mir nie mehr in San Luigi oder sonst wo auflauern. Das habe ich sichergestellt.

Das eigentliche Problem ist jetzt Filippo. Er sorgt dafür, dass ich ständig wieder an Leonardo denken muss, indem er mir tagaus, tagein von ihm erzählt. In seiner Begeisterung lässt er kein Detail aus, wenn er mir von seinem neuen Projekt berichtet. Und damit raubt er mir den letzten Nerv. Ich bin jedes Mal erneut ungehalten, ja, es schüttelt mich, wenn ich nur diesen Namen höre. Am liebsten würde ich Filippo mit rüden Worten zum Schweigen bringen, ihm verbieten, von diesem verdammten Restaurantumbau zu reden, den er mit solcher Leidenschaft betreibt. Stattdessen muss ich aber so tun, als würde ich ihm mit Interesse zuhören und könnte es kaum erwarten, jedes noch so winzige Detail zu erfahren.

So wie jetzt. »Ich muss heute bei der ehemaligen Fabrik vorbei, um zu schauen, wie die Arbeiten vorangehen«, sagt Filippo und taucht einen Teelöffel in den Honig. »Wenn alles so gut weitergeht, wie es sich angelassen hat, dann schaffen wir es in Rekordzeit …«

»Toll.« Ich hebe den Blick nicht von meiner Zeitung.

»Es wird richtig schön«, fährt Filippo fort. Sein Gesicht leuchtet – wie immer, wenn er von einer Arbeit spricht, die ihm gefällt. »Habe ich dir eigentlich schon erzählt, dass wir die Förderbänder aufbewahrt haben und sie als Stilelement benutzen?«

Du meine Güte – die Förderbänder! Mir wird schon bei dem Gedanken an sie schlecht. Was ich auf einem dieser Dinger getrieben habe! Ich muss das Bild sofort verdrängen und kämpfe gegen die Röte an, die in mein Gesicht schießt.

Filippo redet weiter, den Blick schwärmerisch in die Ferne gerichtet, ohne darauf zu achten, ob ich ihm nun zuhöre oder nicht. »Aber das Allerschönste an der Location ist das Licht!«

»Genau. Die Fensterfront zum Fluss«, sage ich gedankenlos und könnte mir im nächsten Moment auf die Zunge beißen. Zum Glück ist Filippo in Gedanken so weit weg, dass ihm der Lapsus entgangen ist … Ich seufze erleichtert. *Gerade noch mal gut gegangen,* denke ich und beschließe, in Zukunft wachsamer zu sein.

»Die Bronzerahmen behalten wir bei, aber ich würde gerne noch mehr mit der Geometrie des Fensterglases spielen.« Filippo kratzt sich am Kopf und zieht eine zufriedene Miene.

Jetzt reicht's, Filippo, ich kann nicht mehr, möchte ich ihn am liebsten anschreien. Irgendwann rede ich mich nämlich noch um Kopf und Kragen, wenn das so weitergeht.

Während Filippo weiterspricht, fällt mein Blick auf die Sportseiten der Zeitung, und ich entdecke eine Nachricht, die meine Rettung sein könnte. Hektisch versuche ich, unser Gespräch auf andere Themen abzulenken.

»Schau doch mal!«, rufe ich mit Nachdruck. »Dann hatte Gaia mit ihren Prognosen also tatsächlich recht!«

Filippo schüttelt den Kopf und sieht mich irritiert an. »In welcher Hinsicht?«

»Belotti hat die Tour de France gewonnen.« Ich halte die Zeitung hoch und zeige ihm den Artikel mit dem Siegerfoto von Belotti vor den Champs-Élysées. Ich muss meiner Freundin recht geben. Auch wenn ich nie kapiert habe, welche Augenfarbe dieser Belotti hat – dieser Mann ist wirklich ein Sahneschnittchen. Er verfügt über einen diskreten Charme und strahlt ein irres Charisma aus, wie er so dasteht, die Faust vor der Brust, den Arm zum Siegeszeichen gereckt: ganz der Champion.

»Ist das der berühmte Schürzenjäger auf Rädern?«, fragt Filippo.

»Ja, aber Gaia meint nach wie vor, dass sie ihn sich schon noch zurechtbiegt.«

»Dann sind sie also zusammen?«

»Na ja, kommt drauf an, was man unter ›zusammen sein‹ versteht.« Ich verdrehe die Augen. »Er ist immer auf Achse, und sie hockt zu Hause, wartet auf ihn und schmachtet sein Foto an, als wäre er ein Soldat, der in den Krieg gezogen ist.«

»Komm, das glaub ich nicht!« Filippo bricht in Gelächter aus.

»Ich schwör's dir, Fil. Dieser Belotti lässt sie richtig leiden. So ergeben habe ich Gaia noch nie erlebt«, erzähle ich ihm. »Belotti will sie im Prinzip wohl schon – laut Gaia sogar sehr –, aber er hält sie eben dauernd auf Distanz.« Ich lächele in Gedanken an die Erzählungen meiner besten Freundin. »Du weißt doch, wie das ist«, füge ich mit einem boshaften Zwinkern hinzu. »Es reicht eine wilde Liebesnacht, und das Training von einem Monat ist zunichte.«

»Dann lebt Gaia jetzt also keusch?«, fragt Filippo ungläubig und macht große Augen. Offenbar amüsiert ihn diese Vorstellung.

»Durchaus. Ich habe sie noch nie so lange ohne Sex erlebt«, erkläre ich, während Filippo sich neben mich setzt und den Artikel überfliegt. »Es scheint, als hätte ihr Belotti das Blaue vom Himmel versprochen …«, plaudere ich ganz unschuldig weiter. »Na ja, wenigstens hat er gewonnen. Denk doch, wie bescheuert, wenn er auch noch verloren hätte.«

Statt einer Antwort streichelt Filippo mir die Schulter und fährt ganz leicht mit den Fingern über meine nackte Haut. Dann küsst er mich auf den Hals und lässt die Zunge über meinen Nacken wandern – dort, wo ich besonders empfindlich bin. Der Sommer macht ihn offenbar besonders heiß. In letzter Zeit kommt es oft vor, dass wir schon morgens beim Aufwachen miteinander schlafen.

»Was hast du denn vor?«, frage ich und unterdrücke ein Stöhnen. Wenn Filippo mich weiter an der Stelle küsst, kann ich für nichts mehr garantieren.

»Nichts, Bibi. Ich komme in friedlicher Absicht«, flüstert er mir ins Ohr. Er steht auf und schaut mich in gespielter Bedrohlichkeit an. »Aber du bleibst nur deshalb verschont, weil ich schon so spät dran bin.« Er seufzt. »Wenn ich heimkomme, können wir noch mal darüber reden.«

»Ich bin hier«, sage ich mit gespielter Gleichgültigkeit und schiebe den Träger meines Hemdchens an seinen Platz zurück.

Er geht zum Sofa, auf dem die Tasche mit seinem Notebook steht, nimmt sie und hängt sie sich über die Schulter. Nach zwei Schritten bleibt Filippo mitten im Wohnzimmer stehen. »Ach, fast hätte ich's vergessen«, sagt er. »Morgen sind wir zu einem Abendessen in den Castelli eingeladen. Es kommt das ganze Büro.«

»In den Castelli?« Das ist irgendwo außerhalb von Rom, so viel weiß ich, aber genau könnte ich es nicht sagen.

»Ja. In die Sommerresidenz der Rinaldis«, antwortet er, etwas geziert und so voller Ehrfucht, als handelte es sich um den Papst höchstpersönlich. »Er hat eine Villa am Bracciano-See. Soll traumhaft schön sein.«

Ettore Rinaldi ist der Inhaber des Architekturbüros, in dem Filippo arbeitet. Ich habe ihn nur einmal gesehen. Auf mich wirkte er wie ein Magnat, der überall mitmischt und immer am Networken ist. Wenn ich mich recht erinnere, hat er zwar nicht gerade die ideale Physiognomie, um in der Gesellschaft zu reüssieren – er wiegt bestimmt einen Zentner und hat sogar leicht gichtige Finger –, aber die Tatsache, dass er nicht gerade ein Hingucker ist, scheint ihn nicht im

Geringsten zu stören. Wie auch immer – die Aussicht auf ein Abendessen am See finde ich toll. Sicher ist das ein herrliches Fleckchen Erde.

»Das klingt super. Ich freue mich!«, rufe ich begeistert aus.

Filippo kommt zu mir und gibt mir einen Kuss. Ich erwidere ihn und lasse meine Lippen ein paar Sekunden länger als sonst auf seinen verweilen.

»Alles klar?«, fragt er und löst sich leicht irritiert von mir.

»Ja«, erwidere ich mit einem Lächeln.

Das ist das Schöne an Filippo: Wenigstens geht alles gut, wenn ich mit ihm zusammen bin.

Einen Tag später holt uns Alessio zu dem angekündigten Abendessen ab. Als braver Venezianer kann Filippo zwar mit dem Boot herumschippern, besitzt jedoch keinen Autoführerschein. Ich habe ihn damals gemacht, weil mein Vater mich dazu gedrängt hat und mir am Tag nach meinem Abitur das Theoriebuch der Fahrschule mit den Worten hinknallte: »Du hast zwei Monate, um das zu schaffen. Und gib dir Mühe! Irgendwann bist du froh, dass du ihn hast, den Führerschein.« In Momenten wie diesem tut es mir leid, dass ich damals wegen der Fahrprüfung nicht an unserem Abiausflug nach Ibiza teilgenommen habe. Danke, Papa. Ja, den Führerschein habe ich gemacht, in jenem tropisch heißen Sommer, doch bis jetzt hat er mir nicht viel genützt, denke ich, als ich es mir auf dem Rücksitz von Alessios Mercedes SLK bequem mache.

»Hallo, meine Liebe! Schön, dich wiederzusehen!«, flötet Flavia, wie immer so laut, dass ich Angst habe, mir könnte gleich das Trommelfell platzen, und rutscht ein Stück zur Seite, um mir Platz zu machen. Sie hat den Beifahrersitz großzügig Filippo überlassen, der bereits in ein lebhaftes Gespräch mit Alessio über Domotik und Einrichtungselemente vertieft ist.

»Hallo, Flavia«, grüße ich zurück und ringe mir ein Lächeln ab. Wir küssen uns auf die Wangen und heucheln Begeisterung darüber, dass wir uns wiedersehen. Offenbar kommt sie gerade aus dem Studio von Telenorba, was ich aus ihrem Profi-Make-up, der aufgeplusterten Frisur und dem hautengen Kostüm schließe, das sie heute trägt. Ihr gegenüber fühle ich mich – in Jeans, Bluse und Leder-Flipflops – wie eine Pennerin. Dabei hat Filippo die Kleiderordnung für die Party als »informell« bezeichnet, als wir uns für den Abend fertig gemacht haben.

»Du siehst toll aus«, sage ich zu ihr.

»Oh, danke.« Flavia lächelt und bleckt ihre schneeweißen Beißerchen zwischen den tiefrot geschminkten Lippen. »Aber du übertreibst.«

»Vorgestern habe ich dich im Fernsehen gesehen«, sage ich und strahle sie an. Genauer gesagt war ich am Zappen und bin zufällig bei ihrem Brustbild gelandet, das so künstlich aussah wie eine Gummipuppe.

»Ach, geh.« Flavia winkt geziert ab. »Weißt du, bis jetzt war ich an Talkshows und Diskussionsrunden zu gesellschaftlich relevanten Themen gewöhnt – das war mein Metier. Dort war ich in meinem Element. Die Nachrichten sind etwas ganz Neues für mich.«

»Aber du machst das super!«, sage ich mit Nachdruck. Und das finde ich wirklich. Angesichts des wenigen, was ich gesehen habe, musste ich ihr innerlich Abbitte leisten. Flavia ist fotogen und eloquent. Wenn man mir eine Fernsehkamera vors Gesicht halten würde, bekäme ich auf der Stelle kalte Schweißanfälle und würde mich schon beim zweiten Satz verhaspeln.

»Ich weiß nie, was für ein Gesicht ich machen soll, wenn ich Nachrichten verlese, bei denen es um Mord und Totschlag geht«, lamentiert Flavia und schüttelt ungehalten den Kopf. »Zumal ich kurz darauf dann vielleicht einen Bericht über das Spanferkelfestival ankündigen muss.«

Wir lachen. Als ich aus dem Fenster schaue, sehe ich, dass wir bereits am See entlangfahren. Vor meinen Augen erstreckt sich eine schier endlose blaugrüne Fläche, die im abendlichen Dämmerlicht bläulich gerahmt scheint.

»Fla, weißt du noch, wie die Straße heißt?«, fragt Alessio aufgeregt von vorne und schaut in den Rückspiegel. Seine Halsschlagader tritt deutlich hervor, und mit seiner tiefen Sonnenbräune sieht er ein bisschen aus wie ein Stier.

»Via dei Salici, glaube ich«, maunzt sie.

»Ah ja. Via dei Salici hatte ich auch in Erinnerung.« Alessio zeigt mit dem Finger auf das Display des Navis. »Aber die findet er nicht.«

»Warte mal, fahr langsam«, bedeutet ihm Filippo, der den Weg mit Google Maps auf seinem iPhone verfolgt. »Ich glaube, wir sind gleich da. Noch hundert Meter geradeaus. Genau. Und hier rechts.«

»O ja, das ist es!«, ruft Alessio und reckt die Faust in Richtung Armaturenbrett. »Ich muss für dieses Scheiß-Navi wirklich ein Update fahren.« Er haut Filippo auf die Schulter. »Danke jedenfalls«, brummt er und stellt den Wagen zu all den anderen Luxusautos, die am Straßenrand stehen.

Nachdem Alessio den Knopf der Sprechanlage gedrückt hat, heißt uns Rinaldi persönlich willkommen. Mit seinem typisch gemächlichen Gang, in Bermudas und kurzärmeligem Hemd, holt er uns am Zaun ab. Er hat einen riesigen Bauch, und ein paar Schweißperlen kullern ihm über die Stirn.

Bei seinem Anblick fühle ich mich gleich besser: Wenigstens gibt es hier jemanden, der noch uneleganter aussieht als ich.

»Herzlich willkommen«, begrüßt er uns mit dröhnender Stimme. An seinen roten Pausbacken sieht man, dass er bereits leicht angeheitert ist.

Filippo hält ihm die Weinflasche hin, einen Bardolino Superiore, den uns mein Onkel Bruno vor einiger Zeit geschenkt hat.

»Guter Junge!«, ruft Rinaldi aus. »Der wird gerne genommen.« Er studiert mit zufriedenem Lächeln das Etikett.

Wir folgen ihm durch den riesigen Garten, der mit Fackeln geschmückt ist, und kommen zu der säulenbestandenen Veranda mit Blick auf den See, unter der sich bereits die anderen Gäste versammelt haben. Filippo und ich werfen uns einen kumpelhaften Blick zu, weil wir uns beide freuen, an einem so wunderbar verwunschenen Ort sein zu dürfen. Die Rasenfläche des Gartens reicht bis ans Wasser – von hier aus sieht es beinahe so aus, als verschmelze sie mit dem See. Die Natur, die uns umgibt, ist atemberaubend.

Am anderen Ufer des Sees glitzern die Lichter eines Dorfes, und der Mond, der erst kürzlich aufgegangen ist, malt eine silberne Lichtspur auf die Wasseroberfläche und beleuchtet die Anlegestelle, an der zwei Boote vertäut sind. Ein Schwanenpaar gleitet still auf das Ufer zu, um nach Futter zu suchen. Alles wirkt wie verzaubert und so entrückt von der Zeit, dass mir vor Staunen fast der Mund offen stehen bleibt. So geht es mir oft angesichts eines Kunstwerkes, das ich zum ersten Mal sehe.

Inmitten der Gäste entdecke ich Giovanni und Isabella. Ich gehe zu ihnen, um sie zu begrüßen, und lasse Filippo bei Rinaldi zurück, der ihn bereits seit unserer Ankunft in Beschlag nimmt. Im künstlichen Licht des Gartens wirkt

Giovanni noch magerer als sonst, Isabella hingegen sieht wie immer toll aus; auch sie trägt heute legere Jeans und ein ärmelloses T-Shirt. Sie hat Socrate dabei, ihren goldigen Mopswelpen, der es gleich auf Flavias Knöchel abgesehen hat und begeistert danach schnappt. Weiter hinten erkenne ich noch Riccardo, den eingefleischten Junggesellen aus gutem römischem Hause, der auch heute wieder in Begleitung irgendeiner namenlosen Barbie gekommen ist.

Ich beuge mich zu Socrate hinab, um ihn zu streicheln. Er ist einfach unwiderstehlich mit seinem schwarzen Knautschgesicht und weiß nur allzu gut, wie er sich seine Streicheleinheiten ertrotzen kann. Plötzlich vernehme ich hinter mir, in der Ferne, eine vertraute Stimme. Ich richte mich auf, drehe mich um, und schlagartig ist mein Puls auf 180. Leonardo ist hier, zusammen mit dem Typen, der vermutlich sein Kompagnon ist. Ich wende mich rasch wieder um und schicke ein Stoßgebet zum Himmel, dass er mich nicht gesehen hat. *Was zum Teufel macht der hier?* Ich dachte, das sei ein Essen für die Mitarbeiter des Büros, nicht für ihre Kunden. Am liebsten würde ich jetzt spontan irgendeine Unpässlichkeit vorschützen – was mir an diesem Punkt vermutlich nicht schwerfallen dürfte – und mich sofort davonschleichen, aber ich fürchte, das wäre sinnlos.

Und tatsächlich lässt Leonardo seinen Freund einfach stehen und kommt auf mich zu.

»Guten Abend, Elena«, begrüßt er mich. Er ist ein wahrer Meister der Verstellung. Ein Lächeln leuchtet auf seinem gebräunten Gesicht, seine dunklen Augen funkeln. Und da sind auch diese kleinen Knitterfältchen wieder, die mich immer wahnsinnig machen. Seine Augen sind so unendlich groß – zu groß. Und dann die dichten Augenbrauen, dieser fleischige Mund. Er ist so verdammt sexy. Aber ich hasse es, das zuzugeben.

»Guten Abend.« Ich werfe Leonardo einen finsteren Blick zu. »Sie auch hier?« Heute würde mir ein Drink nicht reichen, um ihm meine Wut zu demonstrieren: Am liebsten würde ich den ganzen Tisch voller Champagnergläser nach ihm schleudern.

»Genau.« Leonardo zuckt mit den Achseln und packt sein dreistestes Lächeln aus. »Wie zu erwarten sieht man sich dann doch irgendwann wieder«, fügt er im Flüsterton verschwörerisch hinzu.

»Also, ich habe das ganz gewiss nicht gewollt«, zische ich zurück. Heiße Wut kocht in mir hoch und steigt mir bis in die Wangen. Allein Filippos Ankunft hält mich davon ab, laut zu werden und meinem Zorn freien Lauf zu lassen. Er begrüßt Leonardo mit einem blitzenden Lächeln. »Herr Küchenchef«, sagt er mit einem Nicken.

»Herr Architekt«, antwortet der andere.

»Warst du heute auf der Baustelle?«, fragt Filippo mit einem Anflug von Stolz. Es ist unvermeidlich, dass sie dieses Thema anschneiden, aber langsam geht mir diese Keksfabrik am Aniene wirklich auf den Keks!

»Ja, schien alles perfekt zu laufen«, schleimt sich Leonardo bei Filippo ein. *Als ob du das nötig hättest, du Idiot,* denke ich. »Habt ihr Hunger?«, fragt Leonardo jetzt und wechselt das Thema. Vielleicht hat er bemerkt, wie ich die Augen verdreht habe. »Rinaldi hat mich schon fürs Grillen eingespannt. Es gibt wunderbaren Wolfsbarsch«, verkündet er selbstgefällig und einen Hauch resigniert.

»Ich kann es kaum erwarten, die Fischlein zu probieren«, ruft Filippo aus und klatscht voller Begeisterung in die Hände. *Für ihn ist alles so normal …*

»Na gut. Dann gehe ich jetzt mal.« Leonardo dreht sich um und schaut in Richtung Travertinkamin, wo Riccardo etwas unbeholfen mit dem Schürhaken hantiert. »Ich gehe dem Armen mal helfen«, sagt er, zwinkert uns zu und geht seiner Wege.

Wir schauen ihm hinterher, wie er sich in seinen zerfetzten Jeans entfernt, die sich perfekt um seinen Hintern schließen. Zumindest ich schaue in diesem Moment dorthin. Filippo wendet sich mir zu, und ich reiße mich schnell von Leonardos Hintern los.

Während sich die Gäste im Garten verteilen – manche im Pavillon, andere auf den weißen Liege- und Gartenstühlen, die überall herumstehen –, macht sich Leonardo an der glühenden Kohle zu schaffen und bestreicht mit kundigen Pinselstrichen die Grillroste mit Rosmarinöl. Er hat bereits einige Knöpfe seines Hemdes geöffnet und die Ärmel hochgekrempelt. Dort drüben herrscht vermutlich eine höllische Hitze, und da er bestimmt ordentlich ins Schwitzen kommt, hat er sich sein übliches weißes Stirntuch um den Kopf gebunden. Ich beobachte ihn von meinem Platz auf einer Sonnenliege aus, wo ich es mir neben Isabella bequem gemacht habe. Socrate hockt schwanzwedelnd zwischen meinen Beinen und zieht alle Register als Charmeur.

Ich sehe Leonardo, wie er mit sicheren Händen die Scampi und den Tintenfisch auf dem Rost dreht, sie schließlich formvollendet auf die Teller gibt und mit seinen Geheimrezepturen würzt. Wieder einmal staune ich darüber, mit welch zarten und doch genauen Gesten ein so männlicher und wuchtiger Körper sich zu bewegen versteht.

Dabei ist er so verdammt schön, dass ich ihn umbringen könnte. Ja, ich hasse ihn, und begehre ihn doch auch mit meinem ganzen Wesen – ob ich es nun will oder nicht.

»Was für ein herrlicher Abend«, sagt Isabella. »Ich war noch nie hier. Das ist ein echtes Paradies. Rinaldi hat seine Schäfchen offenbar alle im Trockenen, wenn er sich so was leisten kann.«

»Das kann man wohl sagen. Und dafür lässt er unsere Männer schuften …« Wir tauschen ein verschwörerisches Lächeln, während Socrate das Plastikbein der Liege zum Kauknochen umfunktioniert.

»Frechdachs!«, schimpft Isabella ihr Möpschen aus und packt Socrate am Halsband. »Das macht man nicht. Du Böser, Böser!«

Ich lächele. »Er wird Hunger haben.«

»Ganz bestimmt.«

Ich fasse den Mops um die Schnauze und flüstere ihm zu: »Socrate, geh zu dem Herrchen da drüben, das gibt dir zu essen.« Ich schiebe ihn in Leonardos Richtung. *Und beiß ihm gleich noch ins Bein*, denke ich. Vielleicht können Hunde ja Gedanken lesen.

»Oh, außer seinen Leckerchen aus der Packung frisst der nichts«, klärt mich Isabella leicht resigniert auf.

»Dann kann unser großer Meisterkoch leider nichts für ihn tun.« Meine Stimme trieft nur so vor Sarkasmus.

Tatsächlich macht der Mops mitten in seiner Runde um den Rasen kehrt und widmet sich erneut den Waden von Flavia zu, die mittlerweile deutlich genervt wirkt.

Leonardo hat indessen den Grill verlassen und steht an der Marmorarbeitsfläche weiter hinten. Er schneidet Auberginen zum Grillen auf, und wie immer gleitet sein Messer mit mörderischer Präzision ins Fruchtfleisch. Schließlich füllt er den Wolfsbarsch mit aromatischen Kräutern, indem er sie mit dem Zeige- und Mittelfinger in den aufgeschlitzten Bauch des Fisches drückt. Mir wird ganz anders, als ich das sehe; schließlich kenne ich sie gut, diese Finger, und ich weiß, wie sie sich anfühlen, wenn sie sich an mir zu schaffen machen …

Eine superdünne Brünette, die irgendwie aussieht wie eine Rocksängerin, mit einem asymmetrischen Haarschnitt und tonnenweise Klunkern an den Armen, kommt mit wiegendem Schritt auf ihn zu. Ich kann nicht genau hören, was die beiden miteinander sprechen, aber dass sie miteinander flirten, entgeht mir nicht. Und allem Anschein nach macht Leonardo das Spiel natürlich mit. Ich kann den Blick nicht von ihnen wenden, während sich in mir alles zusammenzieht, jede Faser meines Körpers.

Auf einmal hebt Leonardo die Augen und schaut mir direkt ins Gesicht, scheint mich mit seinem arroganten und hinterhältigen Blick regelrecht herauszufordern. *Zum Kotzen ist das!* Am liebsten würde ich aufstehen und verschwinden, vielleicht in dem See vor unseren Füßen, doch ich schaffe nicht mehr, als mich in die andere Richtung zu drehen und Leonardo zu ignorieren. In meinem Herzen wälzt sich eine gewaltige Welle aus Gefühlen, heiß wie Magma, während Wut und Begierde in mir eine gefährliche Verbindung eingehen und zum Ausbruch drängen.

Beim Essen sind alle Gäste voll des Lobes für den »Küchenchef«; Trinksprüche wechseln sich mit Lobeshymnen und schmeichelnden Komplimenten für ihn ab. Mittlerweile stehen überall geleerte Weinflaschen herum, und die Stimmung ist deutlich angeheitert. Selbst Filippo, der sonst nie über den Durst trinkt, hat einen verdächtigen Glanz in den Augen und ein etwas dümmliches Lächeln auf den Lippen. Alle sind besoffen, außer mir. Auch wenn ich guten Grund dazu hätte, habe ich nicht die geringste Lust, mich zu betrinken.

Als Riccardo den DJ – ja, sogar den gibt es – bittet, *Another Brick in the Wall* von Pink Floyd aufzulegen, stürmen die Frauen die Tanzfläche, und auch die Männer schwingen torkelnd auf dem Rasen das Tanzbein. Alle sind jetzt im Garten versammelt und verschmelzen zu einer einzigen

Menschenmenge, die sich im Takt mit der Musik bewegt. Rinaldi, der vollkommen knülle ist, zieht mich auf die Tanzfläche und gibt unbeholfen den Tanzbären. Dabei sieht er wie ein Wackelpudding aus, und ich kann mir ein Grinsen kaum verkneifen, während ich versuche, mit ein paar angedeuteten Tanzschritten mitzuhalten. Weiter hinten bemerke ich Leonardo, der mit der Brünetten tanzt, doch als sich unsere Blicke einmal kurz begegnen, habe ich nur noch das Bedürfnis, mich hinter Rinaldi zu verschanzen und mir – allerdings eher halbherzig – einzureden, dass ich doch gar keine so schlechte Tänzerin bin.

Es herrscht eine so ausgelassene Stimmung, dass Riccardos Barbie sie zu einer kleinen Striptease-Einlage nutzt und sich zur großen Freude der männlichen Gäste das durchgeschwitzte T-Shirt ohne jegliche Scham von den Silikonbrüsten reißt.

Flavia tut es ihr sogleich nach – schließlich ist sie die Silikonkönigin des Abends. Einer nach dem anderen entledigen sich jetzt die Gäse ihrer T-Shirts oder Hemden.

Längst sind die Partygäste außer Rand und Band, und ich mache mir allmählich Gedanken, wohin das noch alles führen soll. Je lauter die Musik aus den Boxen dröhnt, desto entfesselter zucken die halbnackten Körper rings um uns her. Die Tänzer stampfen mit bloßen Füßen auf dem Rasen, recken die Arme zum Mond und gebärden sich, als würden sie ein heidnisches Ritual zelebrieren und der Vereinigung mit der Natur huldigen. Plötzlich hat Riccardo die Idee, im See schwimmen zu gehen. »Ausziehen, alle ausziehen!«, schreit er, reißt sich selber die Klamotten vom Leib, rennt zum Ufer und stürzt sich in die Fluten. Alle bis auf Rinaldi, der vollkommen entkräftet auf dem Schaukelstuhl zusammenbricht und mit Socrates Gesellschaft vorliebnimmt, folgen ihm. Eigentlich würde ich es ihm gerne nachtun, doch da kommt Filippo auf mich zu, nimmt mich an der Hand, zieht mich vom Stuhl hoch und zerrt mich trotz meines Protests in Richtung Ufer.

»Du hast fünf Sekunden Zeit, um dich auszuziehen, sonst schmeiß ich dich so rein, wie du bist«, droht er lachend.

Am Ende füge ich mich, ziehe mir Jeans und T-Shirt aus und trage jetzt nur noch meine Unterwäsche. Wenigstens hatte ich heute den genialen Einfall, Slip und BH passend zueinander auszusuchen. Der Gedanke, dass Leonardo und Filippo mich gleichzeitig so sehen, jagt mir einen seltsamen Schauder über den Rücken. Eifrig nimmt Filippo mich an der Hand, und wir laufen zu den anderen, die schon im Wasser plantschen.

Es heißt, der See sei immer ruhig, doch das stimmt nicht. Das Wasser hier ist überhaupt nicht ruhig, und glasklar ist es auch nicht, denn mir kommt es in diesem Moment vor wie ein trüber Sündenpfuhl. Filippo spritzt mich scherzhaft nass, umschlingt mich dann von hinten und hebt mich hoch, küsst mich auf den Hals. Eine Welle der Lust läuft mir vom Nacken den Rücken herunter und nistet sich zwischen meinen Beinen ein. Nur einen Meter von uns entfernt ist Leonardo, beunruhigend und gefährlich wie ein Hai. Wieder begegnen sich unsere Blicke – nur einen winzigen Moment lang –, und schon vereint eine unterirdische Strömung unsere Körper.

Ich spüre, wie mich eine schier unerträgliche sexuelle Energie durchläuft wie ein Stromschlag. Auf einmal hält mich nichts mehr in diesem lüsternen Gewässer.

»Ich geh raus und trockne mich ab«, sage ich hektisch und winde mich aus Filippos Armen. »Entschuldige, aber ich friere ein bisschen«, füge ich noch hinzu, als ich seinen erstaunten Gesichtsausdruck bemerke. Dann stürze ich, ohne auf Leonardos Blick zu achten, ans Ufer.

Es ist dunkel. Ein tiefes Dunkel, in dem man sich gerne versteckt. Die anderen sind noch im Wasser, einige hocken am Strand, um ein Feuer zu machen.

Draußen ist es ziemlich kalt geworden. Auf bloßen Füßen laufe ich den Weg entlang, der zu einem Außengebäude der Villa führt. Die kleinen gelben Lichter, die in den Lavastein eingelassen sind, weisen mir den Weg. Am Haus angekommen drücke ich gegen die Holztür und schlüpfe hinein. Es herrscht heimelige Wärme in dem Raum. In seiner Mitte, in unmittelbarer Nähe eines alten Sofas aus Leder, wirft eine edle Lampe ein warmes orangerotes Licht an die Wände, während in einer Ecke ein Dampfbrunnen leise vor sich hin plätschert und die Luft im Raum angenehm mit Pinienaroma durchsetzt.

Ich lege meine Kleider auf einen Designerstuhl – Filippo wüsste zweifelsohne, wer ihn entworfen hat – und gehe auf den Spiegel zu, der die gesamte Wand bedeckt. Ich ziehe mir die nasse Unterwäsche aus und verknote mein Badetuch über der Brust, sodass eine Art Minikleid entsteht. Als ich mein Gesicht genauer anschaue, sehe ich, dass sich mein Make-up im Wasser fast vollständig aufgelöst hat und die Mascara als dunkle Flecken unter den Augen hängt. Ich versuche, die schwarze Farbe mit den Händen abzuwischen, obwohl ich ganz genau weiß, dass dieser Versuch zwecklos ist – das Zeug ist nämlich wasserfest. *Wahrscheinlich sehe ich aus wie ein Panda,* denke ich missmutig und trete ein paar Schritte vom Spiegel zurück. Dann bücke ich mich, um meine Haare zusammenzufassen, und werfe sie dann mit Schwung über die Schulter zurück. Die sind wirklich kaum zu bändigen! Mittlerweile reichen sie mir ein ganzes Stück über die Schultern. Eine unentschlossene Länge, finde ich, die mir nicht mehr recht gefällt: Nächste Woche werde ich zum Friseur gehen, beschließe ich deshalb spontan.

Während ich ein paar feuchte und rebellische Löckchen mit den Fingern zurechtrücke, höre ich ein leises Klicken hinter mir. Jemand hat die Tür geöffnet.

Ich ziehe das Handtuch enger um mich, fahre herum, und die Erde bebt. Es ist Leonardo. Seine Augen sind trüb, Haare und Bart klatschnass, seine Brust nackt. Die Boxershorts kleben an seiner feuchten Haut.

Ich bin sprachlos, kann nicht einmal den Mund öffnen, weil ich Angst habe, mein Herz könnte herausspringen.

»Hallo, Elena.« Er lehnt sich gegen die Tür, greift mit der Hand hinter sich und dreht den Schlüssel im Schloss um.

Ich schüttele den Kopf und gehe rasch ein paar Schritte rückwärts.

»Hau ab«, befehle ich in einem Ton, der keinen Widerspruch duldet. Ich will wirklich, dass er geht, kann aber den Blick nicht von Leonardo wenden. Er ist so sexy, dass es wehtut. »Hau ab«, stoße ich noch einmal hervor. »Oder ich fange an zu schreien.«

»Na los, dann schrei doch.« Leonardo geht auf mich zu und kommt mir mit seiner beunruhigenden Präsenz deutlich zu nahe.

»Hat dir das, was ich dir letztes Mal gesagt habe, nicht gereicht?« Ich halte seinem Blick stand, schütze Gelassenheit vor. »Eigentlich hatte ich mich doch klar ausgedrückt, sollte man meinen.«

Leonardo lächelt und setzt sich einfach über meinen Protest hinweg, indem er mich an der Taille packt und meine Hand vom Handtuch hebt. Ich spüre, wie es sich über meinen Brüsten lockert, und kann nur beten, dass es sich nicht ganz öffnet.

»Ach, dann muss ich gerade eben wohl etwas missverstanden haben … Haben wir uns denn nun angeschaut oder nicht, *Bibi*?«

Ich hasse ihn. Er soll aus meinem Leben verschwinden.

»Ich hab nicht dich angeschaut, sondern die Brünette, die dir nicht von der Seite gewichen ist. Mir gefiel ihr Haarschnitt«, versuche ich, mich mit Ironie zu wappnen, doch gegen seine Selbstsicherheit komme ich nicht an. Leonardo weiß ganz genau, dass er mit mir machen kann, was er will.

»So, so«, sagt er und wiegt den Kopf. »Ich für meinen Teil habe dich dafür ganz genau angeschaut.« Er legt mir die Hände auf die Schultern. »Vielleicht irre ich mich ja, aber ich hatte den Eindruck, deine Augen wollten mir etwas sagen.« Seine Stimme klingt jetzt wie Samt und Seide.

»Ja, ich wollte dir sagen, dass du zum Teufel gehen sollst. Verschwinde aus meinem Leben und insbesondere von diesem Fest, wenn ich es schon nicht kann«, beeile ich mich zu antworten. Und ich bemühe mich darum, möglichst grob zu klingen.

Die Berührung von seiner Haut auf meiner Haut ist kaum auszuhalten, und den leichten Druck seiner kundigen und so vertrauten Hände empfinde ich in diesem Zustand der Verwirrung beinahe als gewaltsamen Übergriff. Langsam wandern seine Finger über meine Arme, gehen mir unter die Haut, erhitzen mich von innen. Ich denke an Filippo, an seine weichen, zärtlichen Hände, doch im selben Moment, als ich ihn vor mir sehe, verliert sein Bild an Klarheit, löst sich auf. Tatsache ist, dass mich noch nie jemand so berührt hat wie Leonardo. Als ich ihm in die Augen schaue, läuft mir ein unheimlicher Schauder über den Rücken. Ich weiß nicht, woher dieser Hunger nach Wärme kommt, der mir durch Mark und Bein schießt, diese köstliche und doch gefährliche Weichheit in den Knien. Vielleicht ist es ja bereits zu spät.

»Das war es also, was du im Sinn hattest, als du Filippo wegen dieses Auftrages kontaktiert hast! Du hast gehofft, dass es öfter zu Situationen wie dieser hier kommen könnte«, sage ich lächelnd und werde mir bewusst, dass ich bereits dabei bin nachzugeben. Instinktiv spähe ich in Richtung Fenster und bemerke mit Erleichterung, dass die Jalousien geschlossen sind. »Aber das war trotzdem keine gute Idee, Leonardo.«

In genau diesem Augenblick packt er mich am Kinn und presst seine Lippen auf meinen Mund. Ich möchte mich ihm entziehen, doch es ist unmöglich. Ich schaffe es einfach nicht, mir Leonardo vom Leibe zu halten. Und in diesem Moment will ich nur eines: ihn küssen.

Mit zaudernden Händen streiche ich Leonardo über die Wangen, fahre mit den Fingern über seinen feuchten, stacheligen Bart. »Was soll ich bloß mit dir machen?«, frage ich ihn erschöpft, machtlos.

Leonardo schließt die Augen, und meine Hände wandern suchend weiter zu seinem Haar.

»Gib dich einfach hin«, flüstert er. »Lass dich fallen. Ergib dich deinen Wünschen.«

Auf einmal hat die Welt draußen vor dem Fenster aufgehört zu existieren. Ich höre nicht mehr die Stimmen der anderen, die Schreie, die Partygeräusche, das Rauschen des Windes. Ich spüre nur noch Leonardo. Und unser Verlangen, das uns verzehrt, jenseits von Gut und Böse.

Unsere Zungen suchen und finden sich, sie liebkosen sich, und unser keuchendes Atmen wird eins, wird zu einem tiefen Fließen.

Leonardo hebt einen Zipfel des Handtuchs hoch und schiebt seine Hände darunter, die rasch über meine Hüften gleiten und meinen Hintern packen. Gierig umschließen sie meine Pobacken, wandern dreist den Spalt entlang, und jetzt streicheln seine Finger genüsslich über meinen Damm. Ein gefährliches Funkeln blitzt in Leonardos Augen. Er drückt mich fest an sich, damit ich es spüre: dieses drängende, quälende Verlangen, das in ihm zur Erfüllung drängt. Mit der einen Hand hält er seinen Schwanz, der prall und hart ist, mit der anderen schiebt er ganz sanft einen Finger in meine Möse. Ich spüre, wie er tiefer in mich hineindrängt, und ich mache ihm Platz, gebe dieser kundigen Hand den Weg frei. Ein Stöhnen entringt sich meiner Kehle.

»Das ist ein Fehler«, murmele ich. »Wir sollten nicht weitermachen.« Ich sage es und presse mich im selben Moment mit aller Macht an ihn und schnappe mit den Lippen nach seiner Brustwarze – ich kann einfach nicht anders. Jetzt rutscht mir das Handtuch ein Stück herunter, gibt meine Brust frei.

»Du willst mich, Elena. Das spüre ich«, flüstert Leonardo und breitet das Handtuch einladend auf dem Sofa aus. Jetzt bin ich vollkommen nackt. »Und ich will dich«, fährt er fort. Seine Stimme macht mich betrunken, übergießt mich mit einer Hitzewoge. Seine Augen lassen mich nicht mehr los.

Leonardo schiebt mich zum Sofa, zieht seine Boxershorts herunter und stellt sich zwischen meine Beine. Gierig macht sich sein Mund über meinen her, unwillkürlich reckt sich ihm mein Becken entgegen. Leonardo ist überall, auf meiner Haut, in meinem Herzen, er hat mich so sehr in seiner Gewalt, dass mir die Luft wegbleibt, er verzehrt mich mit seiner Zunge und mit den Händen, und ich schlinge meinen Körper noch fester um ihn. Ich will ihn in mir haben, so erbarmungslos und brachial, dass es beinahe schmerzt. Ich will, dass er mich mit seinem ganzen Verlangen erfüllt, dass er sich in mir ergießt.

Und genau das geschieht gerade, als uns eine Stimme von draußen innehalten lässt.

»Bibi, bist du da drinnen?« Es ist Filippo. Er klopft an die Tür. Ich erstarre. Eine Woge aus Adrenalin und Angst rast durch meine Adern.

»Ja«, antworte ich und versuche, das Zittern in meiner Stimme unter Kontrolle zu bringen. »Ich ziehe mich gerade an.«

Leonardo steht regungslos über mir, fast in mir drin und so nahe, dass unser Atem eins ist. Voller Panik stoße ich ihn von mir und springe auf. Es ist der pure Reflex, der mich zum Handtuch greifen lässt. Ich verhülle mich.

»Jetzt gibt's Nachtisch«, fährt Filippo fort. »Kommst du?«

»Ich bin gleich da, Liebling. Nur einen Augenblick noch.« Diesmal höre ich deutlich einen schrillen und nervösen Unterton in meiner Stimme.

Alles dreht sich um mich, und auf einmal sind meine Schuldgefühle so übermächtig, dass mir schwindelig wird und meine ganze unbefriedigte Lust wie weggeblasen ist. Rasch ziehe ich mir den Slip an, schließe den BH auf meinem Rücken und schlüpfe in meine Kleider.

Leonardo hat sich indessen auf das Sofa geworfen, als könnte er kein Wässerchen trüben. Er verschränkt die Arme hinter dem Kopf und hebt spöttisch eine Augenbraue. *»Bibi«*, sagt er respektlos.

Am liebsten würde ich ihm eine Ohrfeige verpassen, doch mindestens genauso gern würde ich ihn mit meinen Küssen verschlingen.

Ich schüttele mein Haar vor dem Spiegel aus und spüre, wie Leonardos Blick auf mir ruht. Kurz will ich zu ihm herumfahren und etwas sagen, verkneife es mir aber, denn in diesem Moment macht sich eine einzige, unleugbare Gewissheit in mir breit: *Ich habe immer noch Lust auf ihn*. Stünde Filippo jetzt nicht da draußen, würde ich Leonardo an mich drücken, würde ihn lecken und schmecken und genau dort mit ihm weitermachen, wo wir unterbrochen wurden. Kurz: Wäre Filippo nicht, würde ich mir mit Leonardo diese verdammte Lust hemmungslos aus dem Leibe vögeln.

»Beweg dich nicht von der Stelle«, sage ich stattdessen leise und gehe auf die Tür zu.

Leonardo macht es sich auf dem Sofa bequem und hebt resignierend die Hände. Schließlich verzieht er das Gesicht zu einer beruhigenden Miene, als wolle er sagen: *Geh nur, es ist alles in Ordnung.*

Ich mache die Tür auf und hinter mir gleich wieder zu. Filippo sitzt mit verschränkten Armen auf einem Mäuerchen neben dem Gartenweg. Dabei schiebt er gelangweilt den Fuß hin und her über das LED-Lämpchen, das in den Boden eingelassen ist, lässt es aufscheinen und wieder verschwinden.

»Ah.« Er steht auf und kommt mir entgegen. »Du kamst gar nicht mehr zurück. Ich hab mir schon Sorgen gemacht!« Er legt seine zarten Hände um meine Taille und zieht mich an sich. Nach dem, was gerade passiert ist, kostet es mich einige Kraft, mich wieder an den Körperkontakt mit Filippo zu gewöhnen.

»Du weißt doch, wie ich bin.« Ich senke den Blick zu Boden. Ihn zu belügen und dabei anzuschauen wäre dann doch zu viel. »Ich brauche immer eine Ewigkeit, um mich umzuziehen.«

Ich fühle mich so schlecht in diesem Moment. Mein Verstand sagt mir, dass Filippo der Mann ist, den ich liebe, und dass es das Beste wäre, wenn genau jetzt ein Meteorit auf die Erde stürzte und die Erinnerung an das auslöschen würde, was gerade geschehen ist – aber dieser Gedanke an Leonardo ist das Köstlichste, was ich gerade habe. Seine Berührungen haben sich wie Fingerabdrücke auf meine Haut gelegt, auf meine Seele, auf mein Herz.

Arm in Arm schlendern Filippo und ich zum Strand und setzen uns zu den anderen ans Lagerfeuer. Sie essen die

Amarettocreme, die Leonardo gemacht hat. Eine seiner Kreationen. Ich zwinge mich, sie zu probieren, bekomme jedoch nichts hinunter. Da ist etwas daran, das mich im Hals kratzt, und dieses Gefühl verstärkt sich noch, als der Meisterkoch kurze Zeit darauf pfeifend zu uns tritt, als hätte er gerade eine entspannende Massage genossen. Er hat ein wenig gewartet, bevor er aus dem Nebengebäude kam.

Das Mädchen mit dem sonderbaren Haarschnitt schwänzelt gleich auf ihn zu.

»Dieser Nachtisch ist großartig«, lobt ihn Flavia. »Ich möchte unbedingt das Rezept.«

»Tut mir leid, aber das ist mein Geheimnis. Und Geheimnisse werden bekanntlich nicht verraten, sonst wären es ja keine mehr«, antwortet Leonardo nonchalant und schaut dabei in meine Richtung.

Ich lehne mich in meinem Liegestuhl zurück – erschöpft, kraftlos. Langsam spüre ich, wie die Feuchtigkeit des Sees mir durch Mark und Bein geht und mich eine große Müdigkeit überkommt. Ich möchte nur noch fort von hier.

Als hätte ihn mein Stoßgebet erreicht, richtet sich Alessio auf, reckt die müden Glieder und sagt: »Was machen wir? Es ist fast fünf. Zeit zu gehen, was meint ihr?«

»Klar, gehen wir!« Ich mobilisiere meine letzten Kräfte und rappele mich hoch. Der Mond ist untergegangen, und jenseits des Horizonts wartet bereits ein neuer Tag auf uns.

Rom ist bereits von den ersten Sonnenstrahlen beschienen, als wir die Stadtgrenze erreichen. Ich möchte dieses Licht am liebsten ausschalten, möchte die Vögel zum Schweigen bringen und es wieder Nacht werden lassen.

Und ich will Stille. Für einen neuen Tag bin ich nicht bereit.

Jetzt will ich nur noch schlafen.

• 9 •

Vor mir liegt noch eine Haltestelle bis zur Arbeit. Heute Morgen sind weniger Leute in der U-Bahn, und ich habe sogar einen Sitzplatz ergattern können. Seit einigen Minuten schaue ich mir eine Reklame auf den Bildschirmen im Inneren des Wagens an, die Werbung für die neuesten von der Stadt organisierten Events und Aufführungen macht. Nach der Reklame kommt Meeresrauschen und, in großen Lettern, ein literarisches Zitat von Ennio Flaiano: »Keine Jahreszeit ist so wie der Sommer. So schön, dass alle anderen sich immer auf ihn zu beziehen scheinen. Der Herbst erinnert an ihn, der Winter wünscht ihn sich zurück, der Frühling ist neidisch und versucht ihn zu verderben.«

Wie wahr, denke ich. *Im Sommer nicht glücklich zu sein ist ein unverzeihliches Verbrechen.*

Heute ist der erste Samstag im August, und ich bin auf dem Weg zur Arbeit. Manchmal frage ich mich, woher ich eigentlich noch die Kraft nehme, mich an einem Wochenendmorgen um sieben in der Frühe aus dem Bett zu wälzen. Vielleicht ist das ja meine Methode, in der Wirklichkeit verankert zu bleiben und mir wenigstens ein Minimum an seelischem Gleichgewicht zu erhalten: Solange ich weiß, dass es ein Kunstwerk gibt, das zu Ende restauriert werden muss, scheint mein Leben wenigstens noch ein Ziel zu haben.

Am vergangenen Wochenende, nach dem Fest am See, bin ich mit Filippo in Venedig gewesen. Ich hatte es ihm versprochen und habe es nicht bereut. Wir haben uns seine Traumwohnung angeschaut, die wir beide wundervoll fanden, viel schöner noch als auf dem Foto. Wir sind in den leeren Räumen herumspaziert, haben unserer Fantasie freien Lauf gelassen und uns ein Leben in diesen heimeligen und lichtdurchfluteten vier Wänden vorgestellt; doch grünes Licht haben wir dem Makler bislang noch nicht gegeben. Schließlich ist es ein wichtiger Schritt, den zu gehen ich mir noch nicht sicher bin.

Und das alles ist nicht nur eine Frage des Geldes.

Nach dem, was auf der Party geschehen ist, herrscht in mir das absolute Chaos. Mal liebe ich Filippo wie verrückt, dann gehen mir seine ständige Aufmerksamkeit und seine fordernde Art jedoch plötzlich so sehr auf die Nerven, dass ich ihn unweigerlich mit dem *anderen* vergleiche – und schon sind meine Gedanken wieder bei *ihm*: Egal, wie sehr ich versuche, ihn aus meinem Leben auszuschließen – Leonardo ist wie eine Krankheit, von der ich mich einfach nicht erholen kann. Vielleicht ist meine Besessenheit, ist mein Verlangen nach ihm letztendlich doch größer als meine Willenskraft.

In Venedig habe ich auch meine Familie wiedergesehen, die mir während der Zeit in Rom sehr gefehlt hat: Mir kamen meine Eltern wie verjüngt vor, vor allem mein Vater, der mit seinem Leben im Ruhestand wesentlich besser zurechtkommt als erhofft. Lorenzo Volpe, der ehemalige Offizier zur See, hat sogar wieder mit dem Theaterspielen, seinem alten Steckenpferd, begonnen. Offenbar hat er durchaus Talent, und ich habe von meiner Mutter (natürlich unter dem Siegel der Verschwiegenheit) erfahren, dass er sich sogar als Statist für den Film beworben hat.

Der einzige Wermutstropfen an meinem venezianischen Wochenende war, dass ich Gaia nicht wiedergesehen habe;

doch ihre Abwesenheit war begründet: Ihr geliebter Samuel hat sie nach seinem triumphalen Sieg bei der Tour de France zu einem Urlaub auf die Malediven eingeladen und ihr heiße Tage und Nächte versprochen. Offenbar hat er endlich beschlossen, eine feste Bindung mit ihr einzugehen, und soweit ich aus den Schilderungen von Gaia weiß, hat er auch durchaus das Zeug dazu, zum Ritter ihres Herzens zu werden.

Kaum bin ich aus den Tiefen der U-Bahn-Schächte an die Oberfläche gelangt und lasse das Kolosseum hinter mir, höre ich mein Handy in der Tasche klingeln. Auf dem Display steht: NUMMER UNBEKANNT. Wer kann das sein? Mir bricht der Schweiß aus, weil ich mir sicher bin, dass es sich bei dem Anrufer nur um Leonardo handeln kann. Blitzschnell wappne ich mich für ein Streitgespräch und bin überraschenderweise nur allzu bereit dranzugehen.

»Elena?« Eine Frauenstimme, begleitet von einem leisen Rauschen.

»Ja ...«, hauche ich erleichtert. Gefahr gebannt.

»Hallo, ich bin's, Gabriella.« Auf einmal bekommt dieser ruhige und entspannte Ton ein Gesicht. Das ist die Borraccini! Was will die denn um halb neun am Samstagmorgen?

»Guten Morgen, Frau Professor Borraccini!«, rufe ich aus und versuche, so wach wie möglich zu klingen.

»Hör mal, ich sitze gerade im Zug. Ich komme nach Rom«, verkündet sie. »Heute Nachmittag leite ich eine Konferenz an der Sommeruni für Restaurierung, aber im Verlauf des Vormittags würde ich gerne bei euch vorbeischauen und sehen, wie die Arbeiten vorangehen.«

Mir läuft vor Schreck ein Schauder über den Rücken. »Sie wollen zu San Luigi kommen?«, frage ich, als bedürfe ihre bereits glasklare Ansage noch einer Bestätigung.

»Ja. Sobald ich am Bahnhof angekommen bin, mache ich mich direkt auf den Weg. So gegen elf könnte ich da sein.«

»Sehr gut! Das freut mich sehr. Übrigens bin ich gerade auch unterwegs dorthin.« Ich schütze eine Begeisterung vor, die nur wenig glaubhaft ist, während ich rasch überlege, was ich am Fresko alles noch nicht gemacht habe. *Panik*.

»Sag du der Ceccarelli Bescheid, bitte«, wirft die Borraccini rasch ein, als hätte sie es eilig, den Anruf zu beenden. »Und seid gegen elf in der Kirche. Ich bin schon sehr gespannt, was es zu sehen gibt.«

»Ist gut, Frau Professor.« Ich versuche, meine Aufregung hinter einem professionellen Ton zu verbergen. »Dann also bis später.«

Ich mache größere Schritte, lasse rote Ampeln und Zebrastreifen außer Acht und schaffe es so, eine Minute vor neun an der Kirche zu sein. Mittlerweile bin ich schweißgebadet und habe einen so trockenen Mund, als wäre ich gerade zehn Kilometer gejoggt, mein Herz hämmert, und mein Atem geht schwer – doch kaum habe ich die Schwelle zur Kirche überschritten, üben das Fresko und die Ruhe in der Kirche sofort eine beruhigende Wirkung auf mich aus.

Paola hockt bereits auf dem Gerüst, in Arbeitskluft und mit hochgesteckten Haaren. »Du bist heute Morgen zur Abwechslung ja mal pünktlich!«

»Tja, öfter mal was Neues«, lautet meine ironisch gemeinte Antwort. Im Allgemeinen schaffe ich es nämlich trotz wahnwitzigster Bemühungen und zehn Weckern, die im Abstand von wenigen Minuten klingeln, eigentlich nie, vor zehn bei der Arbeit aufzuschlagen. »Wir bekommen Besuch«, teile ich ihr mit und ziehe mir rasch den Overall über die halblange Hose und das T-Shirt.

»Und zwar?« Paola dreht sich, neugierig geworden, um.

»Die Borraccini kommt uns besuchen«, antworte ich und rolle mir die Ärmel auf, während ich auf das Gestell steige. »Sie hat mich gerade angerufen.«

»Aha«, lautet der etwas knappe und anscheinend leicht genervte Kommentar von Paola. »Und was will sie hier?«

»Mal einen Blick auf die Fresken werfen, hat sie mir gesagt. Und ich muss zugeben, dass mich das ein bisschen nervös macht.«

»Ich bin für diese Restaurierung verantwortlich, deshalb müsstest du mein Urteil fürchten, nicht das ihre«, erwidert Paola eingeschnappt.

»Ist doch klar«, beruhige ich meine Chefin. »Aber immerhin hat die Borraccini mir diese Arbeit besorgt, und ich möchte eine gute Figur machen.«

»Schon, aber wenn du die machst, hast du das allein dir selber zu verdanken.«

Mir bleibt der Mund offen stehen: Es ist das erste Mal, dass mir Paola ein Kompliment gemacht hat. Ich bin mir nicht einmal sicher, ob ich sie richtig verstanden habe, weil sie mit dem Rücken zu mir arbeitet, doch was ich da gerade gehört habe, möchte ich nur allzu gerne glauben.

»Ich fand Überraschungen jedenfalls noch nie gut«, brummt Paola säuerlich.

»Du hast recht …«, pflichte ich ihr bei und merke, dass ich Oberwasser bekomme. »Zum Teufel mit der Borraccini und ihrer Kontrollsucht.«

Paola wirft mir einen seltsamen Blick zu, den ich als kumpelhaft interpretiere. Anscheinend schweißt uns ein gemeinsamer Gegner besser zusammen als all die Monate unserer Zusammenarbeit.

»Jedenfalls habe ich auch eine Neuigkeit für dich«, sagt Paola kurz darauf und räuspert sich.

»Hoffentlich eine gute.« Ich drehe mich um und schaue mit erwartungsvoll aufgerissenen Augen vom Gerüst herab.

Sie nickt und deutet ein Lächeln an. »Pater Sèrge hat uns an die Académie de France empfohlen. Offenbar ziehen sie uns für die nächsten Restaurierungen in Betracht.«

»Fantastisch! Das müssen wir feiern!«, rufe ich aus und bin kurz davor, spontan vom Gerüst zu steigen und sie abzuklatschen – doch Paola scheint heute schon genug aus dem Gleichgewicht, deshalb lasse ich es kurzerhand sein.

Wir sind voll auf unsere Arbeit konzentriert, als hinter uns eine tiefe und sonore Stimme erklingt.

»Hallo, Mädels!« Das ist sie. Gabriella Borraccini, die Königin der Restaurierung. Sie steigt die Treppe hoch und bleibt mitten in der Kapelle stehen, eine Frau im besten Alter, die sich super gehalten hat. Sie sieht so makellos aus, als käme sie geradewegs aus dem Schönheitssalon: Bubikopf, knallroter Lippenstift, die Wangen mit einem Hauch Rouge bestäubt. Sie trägt eine Hose aus braunem, gefälteltem Stoff, ein T-Shirt mit weiß-blauen Streifen und eine originelle Kette aus riesigen schwarzen Perlen, die auf ein breites weißes Stoffband gefädelt sind (*die will ich haben,* denke ich spontan). An den Füßen die unvermeidbaren Tod's, die sie je nach Jahreszeit in den verschiedensten Farben trägt (heute sind sie weiß), am Tragegurt über der Schulter ein teures Köfferchen aus blauem Leder.

»Guten Tag«, antworte ich und beeile mich, vom Gerüst zu steigen. »Herzlich willkommen. Wie war die Reise?« Mir wird bewusst, dass ich trotz meiner aufrührerischen Haltung zuvor instinktiv ein unterwürfiges Verhalten an den Tag lege. Ich kann nichts dagegen tun: Diese Frau flößt mir einfach zu viel Respekt ein, als dass ich ihr schnodderig entgegentreten könnte.

»Danke, gut«, antwortet sie und tauscht mit Paola ein kühles Nicken aus. Der scheint es im Gegensatz zu mir überhaupt nicht peinlich zu sein, ihre ehemalige Professorin zu treffen, ja, sie wirkt sogar noch distanzierter und hochmütiger als sonst.

»Na, und wie geht es mit der Arbeit hier voran?« Rasch lässt die Borraccini ihren Blick über das Fresko der *Verkündigung* wandern, vor dem Paola einfach sitzen geblieben ist, ohne sich auch nur die Mühe zu machen, aus dem Weg zu gehen, und nähert sich dann der *Anbetung der Heiligen Drei Könige*, meinem Bild.

»Es ist natürlich noch nicht fertig«, rechtfertige ich mich rasch.

»Ja, das stimmt. Da ist noch einiges dran zu tun«, sagt die Borraccini mit einem Nicken. Eine Hand nachdenklich ans Kinn gelegt, betrachtet sie das Bild mit scharfem, forschendem Blick.

»Ich würde hier vielleicht ein bisschen aufhellen, dafür diesen Bereich matt lassen und dadurch die Gesichter besser hervorheben. Und das Rot hier kommt nicht besonders gut heraus, finde ich.«

Rums! Kaum fünf Minuten da, und schon hat sie was auszusetzen! Wenn die Borraccini sagt, etwas komme nicht besonders gut, dann bedeutet das im Grunde, dass man noch mal von vorne anfangen kann.

Das lasse ich so nicht auf mir sitzen. »Die Farbe entspricht aber durchaus dem Original. Außerdem ist das Gemälde als Ganzes noch nicht fertig – und erst dann hat man ja einen belastbaren Gesamteindruck«, springt Paola für mich in die Bresche. *Unglaublich!* Mir kippt fast die Kinnlade herunter vor Erstaunen. Vielleicht steckt sie aber auch nur ihr Revier ab und verweist den Eindringling in seine Schranken, überlege ich dann. Wahrscheinlich will sie der Borraccini nur begreiflich machen, wenn hier jemand kritisieren darf, dann ist sie das. Und nur sie.

»Klar, das liegt auf der Hand«, lautet die diplomatische Antwort der Borraccini. Dass sie so schnell einlenkt, hätte ich nicht für möglich gehalten. »Jedenfalls scheint ihr beide ja gut zusammenzuarbeiten«, sagt sie, als wollte sie das Thema wechseln.

»Ja«, antworte ich für uns beide, Paola und mich.

Die Professorin schaut mich an und deutet ein boshaftes Lächeln an. »Dann hat dich Paola also nicht schon am dritten Tag in die Flucht geschlagen, so wie sie es mit all deinen Vorgängerinnen gemacht hat?«

»Nein, wieso denn? Alles läuft bestens«, entgegne ich und bemerke, dass Paola knallrot geworden ist. Wie immer, wenn sie angespannt ist, frieren ihr die Gesichtszüge ein.

»Ich schlage niemanden in die Flucht, wenn er zeigt, dass er wirklich bleiben will«, erwidert sie eisig. Irgendwie klingt ihre Erwiderung so, als gälte sie gar nicht mir.

Einen Moment lang herrscht eisiges Schweigen, und die beiden Frauen wechseln einen Blick, der nichts Gutes ahnen lässt. Zwischen den beiden scheint ein ungelöstes Problem zu schweben, das ist offensichtlich. Vielleicht eine Rivalität im akademischen Bereich, überlege ich. Möglicherweise hat es aber auch mit irgendeinem Mann zu tun …

Die Borraccini versucht als Erste, die Wogen mit einem Plastiklächeln zu glätten.

»Gut, Mädels, dann stehle ich euch nicht länger eure Zeit. Ich muss zu meiner Konferenz.« Sie rückt den Gurt ihres Köfferchens zurecht. »Es war mir eine Freude, euch wiederzusehen. Frohes Schaffen weiterhin.«

Ich schaue zu Paola, die der Borraccini mit dem Blick folgt, bis sie außer Sichtweite ist. Dabei macht sie ein Gesicht, das mich davon Abstand nehmen lässt, ihr irgendeine

Frage zu stellen, ja auch nur einen Mucks zu machen. In den nächsten Stunden halte ich beim Arbeiten wohl besser den Mund, beschließe ich. Und am liebsten würde ich mich unsichtbar machen.

Als ich nach Hause komme, bin ich ziemlich erledigt. Ich mache die Tür auf, grummele ein »Hallo«, lege die Schlüssel auf die Ablage am Eingang und schlüpfe etwas unbeholfen aus meinen Sneakers, während ich den Flur entlanggehe. Ich bin bereits im Wohnzimmer, als ich den Blick hebe und bemerke, dass neben Filippo noch jemand auf dem Sofa sitzt und mich erwartet.

Gaia lächelt mich an und brüllt: »ÜberRASCHung!«

Nein, ich kann es nicht glauben! Ich freue mich so sehr, dass ich heulen könnte: Ganze fünf Monate habe ich meine Freundin nicht mehr gesehen, und da sitzt sie nun endlich vor mir, von der maledivischen Sonne gebräunt, am Ende dieses elend langen Samstags im Sommer.

»Das hast du ihm zu verdanken.« Gaia zeigt mit dem lila lackierten Zeigefinger auf Filippo. »Es war seine Idee.« Dann breitet sie die Arme aus, drückt mich an sich und knutscht mich ab, wobei ich bemerke, dass sie auf den Lippen den zu den Nägeln passenden Gloss trägt – Lila ist offenbar die Modefarbe dieses Sommers.

»Blöde Kuh! Aber warum hast du eigentlich so lange gebraucht, endlich mal hierherzukommen?« Ich drücke sie fest, schmiege mich an ihr Minikleidchen aus grüner Seide. Sie duftet herrlich, während ich nach diesem wirklich dampfend heißen Tag vollkommen verschwitzt bin. Rasch suche ich Filippos Blick und hauche ihm ein »Danke!« zu. Das ist der zigste Beweis dafür, dass er mich wirklich liebt.

Gaia verkündet, dass sie ein paar Tage bleiben werde, und ich finde es herrlich. Schon sind mein arbeitsamer

Samstag und der Stress, den der Besuch der Borraccini verursacht hat, vergessen.

Gaia ist wie immer in Topform und sogar noch schöner ohne ihre halsbrecherischen Absätze – die Gladiatorensandalen stehen ihr vorzüglich, stelle ich fest. Doch mit ihren leuchtend blonden Haaren, den supergepflegten Nägeln und der makellosen, strahlenden Haut ist sie eine viel glamourösere Gladiatorin als ich.

»Na gut, Mädels, dann lass ich euch mal allein. Ich gehe zu Alessio und Giovanni – Männerabend«, zieht sich Filippo aus der Affäre, und ich sehe an seinem Gesichtsausdruck, dass das Gespann Elena-Gaia ihm ein wenig Angst einflößt. Er schaut mich an, zwinkert mir zu und sagt: »Lästert nicht zu viel über mich!«

»Und du baggere mit deinen Kollegen nicht so viel in der Gegend rum«, erwidere ich, ebenfalls mit einem Augenzwinkern.

Nachdem Filippo gegangen ist, süffeln Gaia und ich einen Bellini auf dem Sofa. Einen Moment lang habe ich wieder das Gefühl, in Venedig, in meinem Einzimmerapartment zu sein, ein mehr oder weniger verzweifelter Single. Die Erinnerung an unsere gemeinsamen Mädelsabende, wenn wir uns bei Nüsschen und Eis gegenseitig wieder aufrichteten, weckt in mir sofort dieses Gefühl der Innigkeit und Vertrautheit, das mir in all den Monaten so gefehlt hat.

»Also: Bevor ich losgefahren bin, habe ich mich ein bisschen kundig gemacht und für die kommenden Abende ein paar Einladungen organisiert«, sagt Gaia und wedelt mit einem ganzen Stapel Flyer vor meiner Nase herum. »So wie ich dich kenne, hast du dich nämlich eingeigelt und noch nichts vom römischen Sommer erlebt. Aber nicht mit mir, meine Liebe – jetzt ist Action angesagt!«

Na ja, im Grunde hat Gaia recht, wie immer, aber … Unwillkürlich richten sich meine Gedanken auf den Abend am See, auf Leonardo und den Blödsinn, den ich beinahe mit ihm gemacht hätte. Am liebsten würde ich Gaia gleich hier und jetzt alles beichten, doch irgendwie habe ich das Gefühl, es sei nicht der richtige Moment, und so beschränke ich mich nur darauf, grinsend zu sagen: »Kaum bist du da, liest du mir schon wieder die Leviten! Es hat sich wirklich nichts geändert! Na los, reden wir doch ein bisschen über das, was du so zu erzählen hast, meine Süße ...«

Gaia macht es sich auf dem Sofa bequem, schürzt mit einstudierter Mimik die runden Lippen, zieht aus ihrer weißen Fransentasche von Balenciaga eine Ausgabe der *GQ* und legt sie mir auf die Knie.

Ich nehme die Zeitschrift zur Hand und bekomme den Mund nicht mehr zu. Auf dem Cover ist Samuel Belotti abgebildet, mit nacktem Oberkörper und zerfetzter Jeans, die messingblonden Haare ungekämmt, einen Tribal-Anhänger um den Hals. Sein Blick ist frech und selbstsicher. *Irgendwie erinnert er mich an jemanden ...*

»Was für eine Augenfarbe hat der Typ eigentlich?«, lautet die erste Frage, die mir bei seinem Anblick in den Sinn kommt. Auch auf diesem Foto kann ich es nicht recht erkennen: grün, grau oder braun?

Gaia fängt an zu lachen. »Das variiert. Je nach Laune.« Sie nimmt das Heft wieder an sich und betrachtet es verträumt. »Stell dir vor, jetzt ist er sogar unter die Schriftsteller gegangen.« Sie seufzt gedankenverloren. »In der Online-Ausgabe der Zeitschrift hat er einen Blog, in dem er über den Leistungssport schreibt. In Wirklichkeit machen den natürlich die aus der Redaktion, aber du kannst dir nicht vorstellen, wie viele Frauen da ihren Senf dazugeben.«

»Und, bist du eifersüchtig?«

Gaia nickt resigniert. »Am Anfang hat es mich ziemlich

gewurmt, wir haben uns deswegen sogar gezofft.« Sie unterbricht sich kurz und schaut mich leicht verunsichert an, als würde sie selber nicht recht glauben, was sie gleich sagen wird. »Aber er hat mir geschworen, dass er nur mich liebt. Und ich hab ihm geglaubt, Ele.« Sie lächelt mich an, fast, als würde sie dafür einen Rüffel von mir befürchten. Als keine Antwort von mir kommt, hakt sie nach. »Und? Sagst du gar nicht, dass ich ein unverbesserliches, naives Ding bin?«, fragt Gaia zaghaft.

»Nein, das bist du nicht«, antworte ich. »Nenn mir einen einzigen gravierenden Grund, warum dich ein Mann nicht lieben sollte!«, fordere ich sie auf, und als Gaia stumm bleibt, wechsle ich schnell das Thema: »Wie auch immer: Willst du mir nicht erzählen, wie es auf den Malediven war? Du bist heute ja richtig zugeknöpft!«, ermutige ich sie, weil mir die Beweihräucherung dieses Radlers doch langsam auf den Keks geht.

»Herrlich. Meinethalben hätte der Urlaub noch viel länger dauern können«, antwortet sie und beißt sich auf die Lippen. »Der einzige Wermutstropfen ist, dass er schon wieder trainiert. Diesmal zwar für die letzten Rennen der Saison – aber das hilft mir im Moment auch nicht.«

»Fehlt er dir?«

»Schrecklich. Samuel ist mein erster Gedanke, wenn ich morgens aufwache, und der letzte, bevor ich einschlafe. Ich weiß, das klingt lächerlich, manchmal macht es mir sogar selber Angst. Weißt du, Ele, irgendwie fürchte ich allmählich, dass ich mich wegen Samuel endgültig zum Narren mache.«

»Ja, ich weiß sehr gut, wie man sich da fühlt«, rutscht es mir heraus.

Gaia lächelt mich an, weil sie denkt, ich beziehe mich auf Filippo. Aber das ist leider nicht so.

»Ich hab Leonardo wiedergesehen«, flüstere ich heiser.

Jetzt habe ich es gesagt.

»Leonardo?«, ruft Gaia fassungslos aus und reißt ungläubig die Augen auf.

Seinen Namen nur laut auszusprechen bereitet mir bereits ein flaues Gefühl im Magen, und plötzlich wünsche ich mir, er würde Paolo oder Marco heißen, oder wie andere Freunde oder Bekannte. Erst jetzt fällt mir auf, dass mein Leonardo der einzige Leonardo ist, den ich kenne.

»Ich weiß«, grummele ich und versuche, Zeit zu gewinnen, indem ich einen großen Schluck Bellini nehme. »Ich hätte es dir schon viel früher erzählen sollen. Irgendwann abends hatte ich es auch vor, aber es war mir nicht recht, es dir über Skype zu gestehen. Ich wollte dir dabei in die Augen schauen.« Ich merke, dass ich stottere, suche verzweifelt nach einem anderen Ansatz, es ihr zu erzählen, finde aber keinen.

»Mensch, Ele, nach alldem, was passiert ist! Bist du etwa wieder auf ihn reingefallen?«

»Ich schwöre: Es ist nicht meine Schuld, Gaia. Es war einfach stärker als ich.«

»Na los, erzähl schon«, fordert mich meine beste Freundin mit gerunzelter Stirn auf. »Ich will alles bis ins kleinste Detail wissen.«

An diesem Punkt kann ich Gaia nichts mehr verheimlichen. Und so erzähle ich ihr alles – von unserer ersten, fatalen Begegnung, von unseren geheimen Schäferstündchen, von meinen Gewissensbissen Filippo gegenüber, von meiner Entscheidung, Leonardo nicht mehr wiederzusehen, und seinen hartnäckigen Bemühungen, doch wieder Teil meines Lebens zu werden.

»Aber das ist jetzt alles Schnee von gestern, aus und vorbei«, schließe ich voller Überzeugung. »Ich war kurz davor, einen großen Fehler zu begehen, indem ich riskiert hätte, das mit Filippo kaputtzumachen. Aber das Gute ist doch, dass ich es geschafft habe, die Vergangenheit hinter mir zu lassen. Jetzt geht es mir besser. Ich sehe klarer und weiß, dass meine Entscheidung gegen Leonardo die richtige war. Und ich werde nicht zulassen, dass irgendetwas oder irgendjemand zwischen Filippo und mir steht und unsere Beziehung zerstört.«

Nach einigen Sekunden des Schweigens, in denen sie offenbar versucht, sich auf das alles einen Reim zu machen, dreht sich Gaia mit einem Klirren ihrer Diamantohrringe plötzlich zu mir und schaut mir direkt ins Gesicht. »Bist du dir sicher, dass du Filippo wirklich liebst?«, fragt sie mich mit einer derartig brutalen Offenheit, dass es mir kurz den Atem verschlägt.

»Ja. Und ich war nie überzeugter davon als jetzt.« Die Schnelligkeit, mit der ich das sage, macht mir Angst.

Gaia betrachtet mich immer noch forschend, als würde sie sich fragen, ob sie mir glauben soll oder nicht. »Hat er einen Verdacht?«

Mit dieser einfachen Frage öffnet sie meinen Schuldgefühlen Tür und Tor.

»Ich glaube nicht.«

»Hast du denn vor, ihm etwas zu sagen?«

»Ich … vielleicht sollte ich das …«

»Nein!«, antwortet Gaia im Befehlston. »Mach bloß nicht so einen Schwachsinn. Du darfst ihm das niemals sagen! Hast du mich verstanden, Ele?«

»Bist du dir sicher?«, frage ich zweifelnd. Ehrlichkeit war immer die Grundlage unserer Freundschaft.

Gaia nickt. »Absolut sicher. Wenn die Sache mit Leonardo beendet ist, hat es außerdem auch gar keinen Sinn mehr, es Filippo zu sagen. Was vorbei ist, ist vorbei. Mach doch keine größere Sache daraus, als es das wert ist, Schätzchen!«

»Aber mich belastet es, dass ich Geheimnisse vor Filippo habe. Am liebsten würde ich ihm alles beichten und mit ihm noch einmal ganz von vorne anfangen. Leichteren Herzens und ohne Lügen, die zwischen uns stehen.«

»So einfach funktioniert das nicht, Ele! Ihr würdet doch nur streiten. Oder sogar Zweifel an eurer Beziehung bekommen. Was meinst du, was Filippo tun würde, wenn du ihm einen solchen Schock versetzt? Dir verzeihen und dich weiter lieben, als wäre nichts geschehen? Träum weiter, Elena!«

Sie hat recht. Filippo alles zu beichten würde einzig und allein dazu dienen, mein Gewissen zu erleichtern. Wenn ich will, dass unsere Liebe fortbesteht, dann muss ich diese Last wohl oder übel alleine tragen.

»Hab einfach Vertrauen in dich. Es ist besser so. Mit der Zeit wirst du dir verzeihen können. Und die Schuldgefühle lassen auch nach.« Gaia legt mir eine Hand auf den Kopf. »Aber mach jetzt keinen Blödsinn mehr. Filippo hängt so sehr an dir.«

»Ich weiß, Gaia.« Allein die Tatsache, dass meine Freundin hier ist, ist der Beweis dafür. »Und ich kann dir versichern, ich hänge auch an ihm.«

Es ist Sonntagabend, und nach einem anstrengenden Shoppingtag in der Stadt tun mir die Füße weh. Aber noch nicht weh genug, um die letzten Stunden nicht mit Gaia zu verbringen, die morgen Nachmittag wieder abreisen wird.

»Wir gehen auf eine Schwulenparty«, eröffnet sie mir, während wir uns zum Ausgehen fertig machen. »Ein Freund von mir organisiert sie, in einem Lokal am Testaccio.«

Ich kenne Gaias Philosophie zu dem Thema: Schwulenpartys sind die lustigsten, weil es dort die geilste Musik und die coolsten Leute gibt und – warum auch immer – am meisten gebaggert wird.

»Und was zum Teufel zieht man auf einer Schwulenparty an?« Ich gehe im Geiste meinen gesamten Kleiderschrank durch, habe aber den Eindruck, wieder einmal nichts Passendes zu haben.

»Was du willst, Ele!«, sagt Gaia fröhlich und zieht dabei einen schwarzen Fummel mit Pailletten aus dem Trolley. »Hauptsache nuttig.«

Während wir uns umziehen und zwischen Schlafzimmer und Bad hin- und herpendeln, um die unmöglichsten Looks auszuprobieren, hat sich Filippo im Wohnzimmer aufs Sofa gepflanzt, die Glotze eingeschaltet und sein unverzichtbares iPad zur Hand genommen. Wir haben ihn ein bisschen ausgeschlossen, aber das scheint ihn nicht besonders zu ärgern. Ab und zu linst er in unsere Richtung und schüttelt spöttisch grinsend den Kopf. Wahrscheinlich denkt er, dass wir schlimmer sind als zwei Backfische. Und ganz falsch liegt er damit ja auch nicht.

Nachdem wir uns eine geschlagene Stunde aufgebrezelt haben, sind wir endlich so weit. Wir staksen auf unseren Highheels im Wohnzimmer hin und her (heute seien hohe Absätze auch für mich obligatorisch, hat Gaia verfügt!) und machen für Filippo eine kleine Modenschau.

»Entschuldigt, ihr versperrt mir die Sicht auf den Fernseher«, kommentiert er trocken und fängt dann an zu lachen.

»Du hast doch keine Ahnung! Also, dann – ciao«, sage ich und ziehe Gaia in Richtung Tür.

»Ach, Bibi«, ruft Filippo mir hinterher.

»Ja?« Ich drehe mich um.

»Ehe ich's vergesse …« Er setzt sich auf. »Wir haben eine Einladung zur Eröffnung bekommen.«

»Was für eine Eröffnung?«

»Na was wohl? Leonardos Restaurant natürlich«, erklärt Filippo begeistert.

Mir steigt die Hitze ins Gesicht. Das hatte ich vollkommen verdrängt.

»Ja«, sage ich und versuche, meine Verwirrung abzuschütteln. Ich schaue zu Gaia, die keine Miene verzieht. Sie ist bei solchen Spielchen viel besser als ich. Ich komme mir jedes Mal aufs Neue wie eine Dilettantin vor, wenn ich ganz ehrlich bin.

»Sie ist am nächsten Samstag«, sagt Filippo.

»Perfekt!«, beeile ich mich zu antworten. Auch wenn ich offen gestanden nicht weiß, ob es eine so gute Idee ist, ihn zu begleiten. Aber all das zu überdenken hat Zeit bis morgen.

Filippo wendet sich an Gaia. »Schade, dass du schon wieder abhaust. Das hätte dir gefallen: Die Location haben wir erst kürzlich umgebaut.«

»Dann eben beim nächsten Mal!«, sagt Gaia fröhlich und zwinkert Filippo zu. »Solltet ihr mich tatsächlich noch mal einladen.«

»Aber jetzt gehen wir endlich, sonst kommen wir wirklich noch zu spät«, bestimme ich ungeduldig und schiebe Gaia aus der Tür.

»Viel Spaß … und sauber bleiben!«, schreit Filippo.

»Klar«, antworten wir im Chor und steigen in den Lift.

Während wir ins Erdgeschoss hinunterfahren, wirft mir Gaia einen fragenden Blick zu, und ich bestätige ihr, dass das fragliche Restaurant der Vorwand ist, unter dem Leonardo Kontakt zu Filippo aufgenommen hat.

»Aber ich will jetzt nicht daran denken«, flehe ich sie an. »Heute Abend will ich an nichts denken. Okay?«

Als wir zur *Ketumbar* kommen, ist es schon fast zehn. Das Innere des Lokals ist ungewöhnlich gestaltet: mehrere große Räume unter Gewölbedecken, mit einem langen, halbrunden Tresen, der sich durch mehrere Räume zieht. Das Gebäude, in dem sich das Lokal befindet, liegt direkt vor einer antiken Scherbenhalde – dem *testaceus*, der dem Viertel Testaccio seinen Namen gegeben hat. Aus mehreren Fenstern kann man die Scherben noch sehen: Schichten aus zerbrochenen Amphoren und anderen antiken Gefäßen, die sich in mehreren Jahrhunderten angesammelt haben.

»Das ist ja spektakulär!«, rufe ich aus und werfe Gaia einen anerkennenden Blick zu.

»Du weißt doch, dass ich dich immer an die besten Plätze lotse«, erwidert meine Freundin mit einem gewissen Stolz. Daran besteht kein Zweifel: Meine Königin der Nacht und der PR hat auch in Rom triumphal Einzug gehalten.

Apropos PR – Gaia wird sogleich von einem dunkelhaarigen Mädchen vom Service begrüßt, das wie ein Dandy gekleidet ist: schwarze Krawatte, Hosenträger, die auf dem weißen Hemd angebracht sind, Valentino-rote Lippen.

Mit einem strahlenden Lächeln bahnt sie uns einen Weg zu unserem Tisch. »Da ist er. Ein VIP-Platz«, sagt sie zu Gaia. »Ich hab ihn extra für dich reserviert.«

»Danke, Alessia. Ich wusste, dass ich mich auf dich verlassen kann.« Gaia zupft sie neckisch an ihrer Krawatte. Dann dreht sie sich um und begrüßt herzlich einen der Kellner. Nein, Gaia hat sich kein bisschen verändert: Überall, wo sie hingeht, ist sie Herrin der Lage. Und in jeder Stadt scheint sie die hippen Leute zu kennen.

Während wir auf unseren ersten Drink warten, schaue ich mich um und sehe, dass alle weiß gekleidet sind. »Gaia … äh … wie soll ich sagen … ich hab den Eindruck, wir haben klamottenmäßig ein bisschen das Thema verfehlt«, sage ich und schaue an mir herunter. Ich trage Blau, sie Schwarz.

»Ach du lieber Gott!«, ruft Gaia aus und schlägt sich die Hand vor die Stirn. »Heute Abend gibt's ja einen Dresscode! Das stand sogar auf der Einladung!«

Mannomann. Erst bereitet man sich stundenlang vor, und dann geht man mit Pauken und Trompeten unter …

»Na ja, dann fallen wir heute Abend wenigstens auf«, sage ich leichthin und zucke mit den Achseln.

»Zwei Kampflesben.« Gaia grinst und zwinkert mir zu.

»Genau, mein Schatz.« Ich hauche ihr einen Kuss auf die Handfläche, und wir brechen in schallendes Gelächter aus.

Nachdem unsere Cocktails gekommen sind, stürzen wir uns aufs Büfett, wo es köstliche Reisbällchen und ein fantastisches Couscous mit Pinienkernen und Rosinen gibt.

Eine Stunde später ist die Party in vollem Gange. Wie immer hatte Gaia recht: Die Atmosphäre hier ist edel und elegant, das Licht angenehm gedämpft, die Musik hat die richtige Lautstärke und ist mit Bedacht ausgewählt. Remix-Versionen von Dalida und Edith Piaf wechseln sich mit Kylie Minogue und Lady Gaga ab; dann folgen Cindy Lauper und David Bowie. Das ganze Pantheon schwuler Musik-Ikonen.

Von der Decke im Hauptsaal und auch überall sonst hängen kleine Kärtchen an weißen Satinbändern: Darauf stehen Zitate von Pasolini, Oscar Wilde, Thomas Mann, Virginia Woolf und sicher noch manch anderem illustren Mitglied der obengenannten Götterwelt.

Ich habe all meine Bedenken beiseitegelassen und amüsiere mich besser, als ich erwartet hätte, auch weil alle so gut gelaunt sind und die Stimmung ansteckend ist. Gaia stellt mir ihren Freund vor, der alles organisiert hat, einen etwa dreißigjährigen Hipster mit großem Kassengestell und kariertem Hemd, hechtet dann in Richtung Tanzfläche und befiehlt mir, ihr zu folgen. Natürlich gehorche ich.

Ich bin bereits beim vierten Cocktail des Abends, genauer gesagt einem extrastarken Gin Lemon, meinem Lieblingsdrink, als ich von unserem Tisch aus in der Ferne einen Haarschopf sehe, der mir bekannt vorkommt. Ich schaue genauer hin und erkenne eine schmale Gestalt, die mit dem Rücken zu mir sitzt. Und wenn sie nur jemandem ähnelt, den ich kenne? Mhhmmm … aber mit genau dem gleichen Haarschnitt, derselben Haarfarbe und derselben Kette aus dicken schwarzen Perlen? In diesem Moment dreht sich die Person halb um, und ich erkenne das scharfe Profil besser. Jetzt löst sich auch der letzte Zweifel in Luft auf. Es ist die Borraccini.

Ich mache Gaia auf sie aufmerksam. »Da ist meine Professorin«, flüstere ich ihr ins Ohr.

Gaia prustet los. »Quatsch, oder? Sag mal, bist du schon so besoffen, dass du Hochschuldozenten auf Schwulenpartys siehst? Du verträgst ja echt gar nichts!«

»Ich schwör's dir.« Ich packe Gaia im Nacken und drehe ihren Kopf in die richtige Richtung. »Dahinten. An dem Tischchen direkt vor der Fensterfront.«

»Bist du sicher?« Meine Freundin hat immer noch Zweifel und macht große Augen.

»Todsicher.«

»Und was macht die hier?«

»Das wüsste ich auch gern«, antworte ich. Mir geht es wie Gaia: Ich bin völlig baff. »Sie scheint auf jemanden zu warten. Schaut ständig zur Bar. Meinst du, ich soll hingehen und Hallo sagen?«

Als einen Moment später eine überaus gepflegte Blondine mit einem Drink in der Hand auf die Borraccini zukommt und ihr einen leidenschaftlichen Kuss auf den Mund gibt, fehlen mir die Worte.

»Und die, wer ist das?«, fragt Gaia, die immer mehr Spaß an der Sache hat.

O Gott, ich kann es einfach nicht glauben! Mir fällt die Klappe herunter, und ich sage mit großen Augen: »Das ist Paola, meine Kollegin.« Ich kann nicht anders und muss die beiden anstarren. Paola sieht heute Abend ganz anders aus als sonst. Sie ist geschminkt wie ein Model und trägt ein weißes supersexy Schlauchkleid, an den Füßen schwindelerregend hohe Highheels.

»Deine Kollegin …«, wiederholt Gaia.

»Genau.«

»… und die ist mit deiner Dozentin zusammen, oder was?«

»Danke, dass du das alles noch mal für mich zusammenfasst.«

»Meine Güte, was für eine abgefahrene Geschichte!« Gaia bricht in Gelächter aus.

Und es ist in der Tat absurd. Soweit ich weiß, ist die Borraccini glücklich mit einem venezianischen Unternehmer verheiratet und hat sogar eine fünfzehnjährige Tochter.

»Seltsam«, überlege ich laut. »Gestern hatte alles den Anschein, als würden die beiden sich hassen.«

»Vielleicht haben sie sich versöhnt, Ele«, schlägt Gaia vor und lässt die beiden dabei nicht aus den Augen.

Ich beschließe, mich vor der Borraccini und Paola nicht zu erkennen zu geben. Es liegt auf der Hand, dass die Beziehung zwischen den beiden heimlich ist, und ich glaube nicht, dass sie es zu schätzen wüssten, wenn ich einfach so zu ihnen hinginge und Smalltalk machte.

Gerade will ich Gaia bitten, dass wir uns einen anderen Platz suchen, als ich merke, dass es bereits zu spät ist: Paola hat mich gesehen. Unsere Blicke begegnen sich quer durch den rappelvollen Raum; einen Moment lang glaube ich, Verdruss in ihren Augen zu erkennen, und habe das Gefühl, ich müsste doch hingehen und mich für die zufällige Begegnung entschuldigen. Was nun? Vielleicht wird sie so tun, als wäre nichts, doch Paola verschwindet weder, noch wendet sie den Blick ab. *Ja,* scheint sie mir sagen zu wollen: *Ich bin's wirklich. Und jetzt kennst du unser kleines Geheimnis.*

Na gut, ich hab die Botschaft bekommen, und meine Antwort vertraue ich ihr mit einem Lächeln an, das Paola sagen soll: *Dein kleines Geheimnis ist bei mir in Sicherheit.*

Dann rückt Paola ihren Stuhl näher zu dem der Borraccini, sodass sie mir den Rücken zukehrt. Unser stummes Gespräch erklärt sie damit für beendet.

Die Party geht noch bis weit in die Nacht hinein, doch Gaia und ich beschließen, uns vorher vom Acker zu machen, da ich am nächsten Morgen in aller Herrgottsfrühe zur Arbeit muss und jetzt schon nicht weiß, woher ich die Kraft dazu nehmen soll. Als wir das Lokal verlassen, ist es fast zwei. Doch offenbar ist es mit den Überraschungen noch nicht zu Ende.

Auf der anderen Straßenseite entdecken wir Paola, die in einen heftigen Streit mit der Borraccini verwickelt ist. Sie zerrt sie an einem Arm und lässt einen Schwall von Beschimpfungen über sie ergehen, worauf die andere mit ebensolchem Eifer reagiert und die Arme demonstrativ vor der Brust verschränkt.

»Eieiei … Mir scheint, der Frieden hat nicht lange angehalten!«, kommentiert Gaia.

»Komm, gehen wir.« Ich dränge sie weiter, aus Angst, dass uns die beiden sehen könnten.

Auf einmal komme ich mir wie einer dieser Paparazzi vor, die nachts vor Lokalen auf Promis lauern, um ihre Fotos dann an Klatschmagazine zu verkaufen. Bloß dass ich meine Entdeckung bestimmt für mich behalten werde. Immerhin habe ich mit Paola eine stillschweigende Übereinkunft getroffen und sie mit einem einzigen, ehrlichen Blick besiegelt.

Am nächsten Morgen, bei der Arbeit, muss ich schwer gegen meine Müdigkeit ankämpfen. Ich kann meine Augen nur mit Mühe offen halten und habe schon jede Menge Augentropfen verbraucht. Gaia hat es da viel besser – sie darf immer noch auf meinem Gästesofa schnarchen. Sie fährt heute Nachmittag, und ich weiß, dass sie sich davon nicht aus der Ruhe bringen lässt: Sie wird erst einmal genüsslich ausschlafen und sich dann alle Zeit der Welt nehmen, um aufzustehen. Dann wird Gaia in aller Ruhe ihre morgendlichen Schönheitsrituale absolvieren, das kontinentale Frühstück verputzen, das ich ihr hergerichtet habe, und vielleicht hat sie dann sogar noch Zeit, ein paar feurige Kommentare in Belottis Blog zu stellen.

Als ich in die Kirche kam, war Paola bereits auf ihrem Platz und ließ sich, wie zu erwarten, nicht das Geringste anmerken. Hätte ich es nicht besser gewusst, hätte ich womöglich alles für eine dumme Einbildung gehalten. Gut, beschließe ich, wenn Paola das Thema nicht anschneidet, dann ist es ausgeschlossen, dass ich es tue. Und sie hat ja recht: Was sollte auch dabei herauskommen?

Heimlich mustere ich Paola. Ich kann es immer noch kaum glauben: Niemals hätte ich mir vorstellen können, dass die Borraccini fremdgehen könnte, noch dazu mit einer ehemaligen Schülerin! Doch manche Sachen passieren eben, und fertig, ohne dass es dafür Erklärungen gibt. Das müsste ich mittlerweile aus eigener Erfahrung wissen.

Ich helle gerade den unteren Bereich des Freskos auf, als ich hinter meinem Rücken leises Schluchzen höre. Als ich mich umdrehe und sehe, dass Paola seelenruhig weiterarbeitet, denke ich, ich hätte mich getäuscht, doch dann kommt erneut ein erstickter Schluchzer. Irritiert gehe ich auf sie zu und sehe, dass sie zugleich arbeitet und weint.

»He, was ist denn?«, frage ich leise und ein wenig verlegen.

Paola wischt sich das Gesicht mit dem Ärmel ihres Overalls ab. Auch sie ist unangenehm berührt. »Entschuldige«, murmelt sie. Sie weint wie ein Mensch, der das schon so lange nicht mehr getan hat, dass er beinahe vergessen hat, wie Weinen überhaupt geht. Ich weiß, dass das ein seltsamer Gedanke ist, aber genauso wirkt es auf mich.

»Wofür denn?«, frage ich, um sie zu beruhigen.

Durch die Tränen ist Paolas Brille ganz beschlagen, trotz ihrer Bemühungen, das Weinen zu unterdrücken.

»Willst du drüber reden, oder möchtest du lieber für dich sein?«, frage ich sie ganz vorsichtig. So reservierte Menschen wie sie muss man mit Samthandschuhen anfassen.

Paola lässt die Arme sinken und den Kopf hängen. So verharrt sie ein paar Sekunden, um sich zu sammeln. Dann zieht sie abrupt ihre Latexhandschuhe aus, fährt sich mit der Hand durchs Haar und atmet tief durch, als wolle sie sich von einer großen Last befreien.

»Na gut, weißt du es ja eh …« Sie schaut mich entschlossen an. »Es ist aus, Elena. Gestern haben Gabriella und ich uns getrennt.«

Und dann erzählt sie mir atemlos und ohne auch nur einmal abzusetzen ihre ganze mitreißende Liebesgeschichte mit der Borraccini, die schon an der Uni begonnen hat und heimlich andauerte, bis zu ihrem stürmischen Ende gestern Abend.

»Jahrelang habe ich mich in Geduld geübt und akzeptiert, dass sie ein Doppelleben führt. Ich habe mich stillschweigend damit abgefunden, immer in ihrem Schatten zu bleiben. So lange, bis ich es nicht mehr ausgehalten habe. Und deshalb hatte ich sie gebeten, sich endlich nach all den Jahren zu entscheiden: ich oder ihr Mann. Ich wollte, dass wir zusammenleben, dass wir ein ganz normales, ein *richtiges* Paar werden. Sie hat sich Zeit für die Entscheidung genommen. Und dann kommt sie ganz überraschend nach Rom, ohne mir vorher etwas davon zu sagen.«

Paola holt tief Luft und fährt dann fort.

»Sie hat bis gestern Abend gewartet, um es mir mitzuteilen. Sie hat sich für ihren Mann entschieden. Na ja, im Grunde habe ich es die ganze Zeit geahnt. Aber es ist trotzdem so unendlich schwer zu akzeptieren – auch wenn ich weiß, dass sie sich nicht aus Liebe so entschieden hat, sondern aus Angst.«

»Das tut mir leid«, ist alles, was ich sagen kann. Mir fehlen die Worte, wenigstens die richtigen. Für Paolas Schmerz gibt es keinen Trost. Ich nehme sie in den Arm und lösche die förmliche Distanziertheit zwischen uns mit dieser Geste einfach aus. Ich spüre, dass körperliche Nähe genau das ist, was sie jetzt braucht, und es ist auch das Einzige, was ich ihr geben kann. Paola versteift sich zunächst, und selbst als sie auf die Umarmung eingeht, bleibt sie unbeholfen – immerhin lässt sie Nähe zwischen uns aber zu. Wenigstens kurz, dann gewinnt sie ihre Fassung zurück und damit ihren Schutzschild.

»Der Fehler liegt bei mir: Ich habe mir viel zu lange Illusionen gemacht. Jetzt kann ich das Kapitel endlich abschließen und weitermachen«, sagt sie mit gezwungenem Optimismus und putzt sich mit einer Sorgfalt die Brille, die die Geste zur wichtigsten Sache der Welt macht und von ihrem Kummer ablenken soll.

»Ich bin hier, wenn du mich brauchst«, sage ich.

Auf einmal sehe ich Paola mit ganz anderen Augen. Bis gestern war sie für mich nur eine eiserne Lady, eine mürrische und abweisende Person; heute aber wirkt sie auf mich wie ein zerbrechliches, schutzloses Kind. Es rührt mich sehr, dass mir Paola diese Seite von sich gezeigt hat. Und ich habe den Eindruck, eine Kollegin verloren und eine Freundin gefunden zu haben.

Ich habe ein bisschen früher Feierabend gemacht und treffe Gaia um vier an der Stazione Termini, um mich von ihr zu verabschieden. Sie fährt auf Belottis Spuren, der diese Woche mit seinem Team bei der Sud-Italia-Rundfahrt startet, nach Neapel. Es stellt sich heraus, dass er gar nicht weiß, dass sie kommt, und ich wage nicht, daran zu denken, wie er vielleicht reagieren könnte – ein Freund von Überraschungen ist er jedenfalls nicht, so viel kann ich über ihn sagen. Erst recht nicht, wenn er mitten im Wettkampf steht – aber ich habe durchaus ein gutes Gefühl für die beiden.

Während ich Gaia zum Bahnsteig begleite, denke ich, wie gut es mir während der letzten Tage mit ihr gegangen ist und wie sehr sie mir fehlen wird. Gaia ist der einzige Mensch, der die ganze Wahrheit über Leonardo kennt, und auch der einzige, der mich vielleicht wirklich versteht.

»Und was, denkst du, soll ich machen?«, frage ich meine beste Freundin, bevor sie in den Zug steigt. »Soll ich jetzt zu der Eröffnung von Leonardos Restaurants gehen oder nicht?«

Eigentlich fühle ich mich bereit dazu. Mittlerweile habe ich meinem Leben eine klare Richtung gegeben, und Leonardo wiederzusehen wird mich davon nicht abbringen. Nicht noch einmal. Ich habe einen gewissen Grad der Bewusstheit erlangt – wenigstens hoffe ich das – und denke, ich würde mich in der Situation wacker schlagen, ohne mein Gesicht zu verlieren.

»Willst du einen Rat?« Gaia hebt eine Augenbraue.

»Ich bitte darum.«

»Es ist besser, wenn du nicht hingehst.«

»Warum?« Ich schüttele den Kopf. Das war nicht die Antwort, mit der ich gerechnet hatte.

»Hör auf mich. Du bist noch nicht bereit dafür«, sagt Gaia eindringlich.

Nach diesen Worten reißt sie mich zu einer ihrer stürmischen Umarmungen an sich und steigt in den Zug. Aus dem Fenster des Waggons schenkt sie mir ein letztes Lächeln, und ich lese in ihren grünen Augen einen einzigen Gedanken: *Sei auf der Hut, Elena. Spiel nicht mit dem Feuer.*

• 10 •

Seit heute Morgen läuft der Countdown für mich. Heute Abend findet die Eröffnung von Leonardos neuem Restaurant statt, und ich habe mich noch nicht entschieden, was ich machen soll. Filippo habe ich versprochen, ihn zu begleiten, aber seitdem Gaia weg ist, nagen Zweifel an mir, ob das tatsächlich richtig ist.

Eines ist klar: Je näher der Moment rückt, desto mehr macht mir die Vorstellung, Leonardo zu sehen, Angst. Und wenn Gaia wirklich recht hat? Wenn es wirklich in seiner Macht stünde, all meine mühsam aufgebaute Gewissheit, dass Filippo der Richtige ist, erneut zum Einsturz zu bringen?

Eigentlich läuft es zwischen mir und Filippo gut – auch im Bett, das kann ich nicht leugnen –, aber manchmal fühle ich mich trotzdem zu wenig lebendig an seiner Seite. Wenigstens nicht so lebendig, wie ich es bei Leonardo war. *O mein Gott, in meinem Kopf geht alles drunter und drüber!* Ich möchte so gerne mit Gaia sprechen, doch heute Morgen habe ich vergeblich versucht, sie anzurufen. Wer weiß, was sie gerade in Neapel mit ihrem Radler treibt!

Jetzt durchquere ich das Tor zur Villa Borghese, das der Galleria am nächsten liegt. Ich bin mit Martino verabredet, der mir für heute seine Privatvorlesung über das Werk Caravaggios versprochen hat.

Und da ist er schon. Überpünktlich (ganz im Gegensatz

zu mir) wartet er auf der Treppe am Eingang auf mich. Er trägt eine schmal geschnittene Hose, ein kurzärmeliges weißes Hemd und – ich fasse es nicht! – eine wild gemusterte Fliege!

Offenbar hat er sich ganz auf seine Rolle eingestellt: ein verknöcherter Kunstkritiker mit dem Gesicht eines Robert Pattinson. Ich gehe auf Martino zu und muss jetzt schon lachen.

»Dann hast du mich also beim Wort genommen!«, grinse ich.

»Für dich tue ich alles, das weißt du doch«, sagt er, breitet die Arme aus und schenkt mir ein strahlendes Lächeln. Dann drückt er mir zwei Küsschen auf die Wangen. »Nur für dich habe ich den Mut gefunden, ein kurzärmeliges Hemd anzuziehen.«

»Was für eine Ehre! Ich habe den elegantesten Führer der Welt!«

Martino nickt eifrig. »Ich weiß. Und ich habe mir überlegt, das hier jetzt immer zu tragen.« Er rückt in gespielter Blasiertheit seine Fliege zurecht.

»Zusammen mit der Hose und den Sneakers sieht das umwerfend aus«, bestätige ich.

»Na dann«, sagt er und holt tief Luft. »Bist du bereit, an Langeweile zu sterben?« Wie ein echter Kavalier bietet er mir den Arm.

»Ich erwarte nichts anderes.« Ich lächele, zwinkere ihm zu und hänge mich bei Martino ein.

Wir steigen die Steintreppe hoch und halten triumphalen Einzug in die Villa. Dieser Ort ist ein wahrer Tempel der Kunst, und fast schäme ich mich dafür, dass ich ganze dreißig Jahre alt werden musste, ohne jemals einen Fuß hineingesetzt zu haben. Wenigstens sorgt Martino dafür, dass ich diese Lücke endlich schließen kann.

Schon im ersten großen Saal, inmitten anderer italienischer Kunstschätze, hängt die *Madonna mit der Schlange.*

Wir bleiben vor dem Gemälde stehen, und einen Moment lang habe ich das Gefühl, gleich den Boden unter den Füßen zu verlieren: Mir zittern ein wenig die Beine, mein Herz schlägt schneller, und ich bin mit einem Mal total aufgewühlt. Ich weiß nicht, ob das die Symptome des Stendhal-Syndroms sind – dass ich also an momentaner Reizüberflutung leide –, aber ganz sicher ist beim Anblick des Kunstwerks etwas in mir in Bewegung geraten. Ich habe mir dieses Bild Dutzende Male in Büchern angeschaut – aber es in Wirklichkeit zu sehen hat eine erschütternde Wirkung auf mich, auch wenn das Sujet gar nicht so besonders ist. Das Bild zeigt die Muttergottes und das Jesuskind, die eine Schlange zertreten – das Sinnbild der Erbsünde –, und zwar in Anwesenheit der heiligen Anna.

»Schön, nicht?«, fragt Martino leise.

»Es ist außergewöhnlich«, erwidere ich wie benommen. Dieses Bild wurde vor fünfhundert Jahren gemalt, und doch kommt es mir so modern vor, so … wahr.«

»Denk nur, es war eigentlich für einen Altar in der Peterskirche bestimmt, wurde dann aber vom Auftraggeber abgelehnt«, erklärt Martino, und man merkt ihm deutlich an, wie gut er sich in der Materie auskennt.

»Und wieso das?«

»Dieses Bild löste einen Skandal aus. Man hielt es für ketzerisch.«

Ich bedeute ihm mit einem Nicken fortzufahren, weil ich gerne mehr wissen möchte.

»Schau dir Jesus an«, sagt Martino und zeigt auf die Gestalt. »Er ist ein Kind, sieht von seinem Körperbau jedoch fast erwachsen aus, oder zumindest zu alt, um noch komplett nackt abgebildet zu sein.« Und tatsächlich hat der kleine Kerl schon ausgeprägte Muskeln und ein deutlich sichtbares Geschlecht, Einzelheiten, die durch das unglaubliche Spiel von Licht und Schatten, für das der Maler berühmt ist, noch hervorgehoben werden.

»Und dann hier – die Madonna«, fährt Martino fort. »Sie sieht wie eine Frau aus dem Volk aus, mit ihrem tiefen Ausschnitt und den gut sichtbaren, üppigen Brüsten …«

»Ja, sie ist von geradezu berauschender sinnlicher Schönheit«, bemerke ich, ohne den Blick von dem Gemälde zu wenden. »Beinahe aufreizend.«

Martino nickt. »Man sagt, Caravaggio habe eine gewisse Lena Modell gestanden, die berühmte Kurtisane, die auch auf der *Pilgermadonna* abgebildet ist.«

»Wenn ich an die Biographie von Caravaggio denke, überrascht mich das gar nicht …« Beim Gedanken an den verrückten Maler, der zeit seines Lebens von Frauen umgeben war, muss ich lächeln. »Jedenfalls sind die Muttergottes und das Kind unglaublich realistisch abgebildet. Viel lebendiger und menschlicher als zum Beispiel die heilige Anna.«

»Richtig.« Martino strahlt. Ich sehe förmlich die Fußnoten der Bücher, die er studiert hat, vor seinem inneren Auge vorbeirattern. »Einige Wissenschaftler behaupten, der eigentliche Grund, der zur Ablehnung des Werkes führte, liege in der allzu großen Distanziertheit der heiligen Anna, die ja als die Personifikation der göttlichen Gnade gilt.«

»Sie sieht wie eine Bronzestatue aus, finde ich, oder? Schau nur, wie sie dasteht, mit gefalteten Händen und angewidertem Blick. Abseits, für sich – denn sie selbst macht ja keinerlei Anstalten, die Schlange zu töten«, bemerke ich, als würde sich die Szene wirklich vor uns abspielen.

»Vielleicht wollte Caravaggio mit der heiligen Anna etwas über uns alle erzählen, über unsere Menschlichkeit«, überlegt Martino laut. »Weil angesichts des Bösen niemand so bereit und entschlossen ist wie die Madonna, ihm gegenüberzutreten. Wahrscheinlich, weil man seiner Faszination oft genug erliegt. Denn ist das Böse immer hässlich und gemein?«

Ich nicke, weil ich mich in seinen Worten selbst wiedererkannt habe. Genau das ist mir mit Leonardo passiert, der in diesem Moment meine Erbsünde ist, eine kriechende Schlange, giftig und zugleich von unwiderstehlicher Anziehungskraft.

»Wie auch immer – Maria ist die eigentliche Hauptperson des Gemäldes«, fährt Martino in kompetentem Ton fort.

»Ohne jeden Zweifel, ja«, pflichte ich ihm bei.

»Schau dir nur ihr Gesicht an.« Er legt mir eine Hand auf die Schulter und weist mit dem Kinn auf die Madonna. »Sieh dir ihren Gesichtsausdruck an. Er ist unbeugsam. Sie hat das Heft in der Hand, sie weiß, was zu tun ist. Sie hält Jesus unter den Achseln fest, sie stützt ihn, leitet ihn, führt ihn. Und sie ist es auch, die seinen Fuß auf den Kopf der Schlange lenkt, um sie gemeinsam mit ihm zu zerquetschen.«

»Das Jesuskind ahmt sie nur nach, indem es seinen Fuß auf den Fuß der Mutter stellt«, vervollständige ich seine Erläuterung.

»Er lernt von ihr, wie man es macht«, präzisiert Martino. »Als würde ihm Maria sagen: Wenn man das Böse zertreten will, muss man ihm zuerst ins Gesicht schauen. Man muss es erkennen, muss es einschätzen …«

»… um sich dann endgültig von ihm zu befreien«, beschließe ich den Satz. Etwas an diesem Gespräch findet einen Widerhall tief in mir drinnen.

Auf einmal ist mir, als wüsste auch ich, was ich tun soll

und wie ich dabei vorgehen soll. Ich denke an die Einweihung an diesem Abend, und plötzlich ist mir alles klar: Ich darf nicht hingehen. Das hat Gaia gesagt, und mein Gewissen spricht mit ihrer Stimme. Diese Einladung abzulehnen ist meine einzige Chance, der Versuchung zu widerstehen. Ich habe mit dem Teufel getanzt, aber nach allem, was ich mit ihm erlebt habe, weiß ich, dass ich ihn mir vom Leibe halten muss.

Martino fährt mit seinen Erläuterungen fort. Er spricht vom Licht, vom Faltenwurf, vom Spiel der Schatten, aber ich höre ihm nicht mehr zu. Ich bin mit dem Kopf ganz woanders, denke darüber nach, wie ich es Filippo am schonendsten beibringen soll, dass ich ihn heute Abend nicht begleiten werde.

Nach dem Besuch in der Galleria gehen wir in den Park hinaus und setzen uns auf eine Bank im Schatten eines Baumes. Mir schwirrt ein wenig der Kopf, wie so oft, wenn ich aus einem Museum oder aus dem Kino komme, und die Augusthitze tut dazu ihr Übriges.

»Du bist so nachdenklich«, sagt Martino.

»Wirklich?«

»Ja.«

»Ich bin einfach nur müde«, nuschele ich. »Kunst macht irgendwann müde, findest du nicht?«

»Ich weiß nicht.« Martino schüttelt den Kopf und betrachtet mich. »Du wirkst so niedergeschlagen, Elena. Ich finde, du siehst schon eine ganze Weile so traurig aus, wie erloschen.«

Hilfe ... Dieser Junge ist so unglaublich sensibel, als könnte er mich mit seinen Antennen bis ins Innere erforschen.

»Und wie lange genau, meinst du?«, frage ich. Was nur

ein armseliger Versuch ist, das eigentliche Problem vor mir herzuschieben.

Martino hat sogleich eine Antwort: »Ich erinnere mich sehr gut an das letzte Mal, wo ich dich wirklich glücklich gesehen habe: Es war an dem Tag, als du mit diesem Mann aus der Kirche kamst.«

Ich schaue zu Boden, weil ich spüre, wie ich bis in die Haarwurzeln erröte. Das war an dem Tag, als Leonardo mich entführt hat und mit mir ans Meer gefahren ist, weiß ich noch; es war einer der schönsten Tage, die wir je miteinander verbracht haben.

»Wer war denn der Typ?«, will Martino wissen, etwas mutiger geworden. »Das war nicht dein Freund, oder?«

»Wie kommst du darauf?«

»Na ja, ich denke, wenn es dein Verlobter gewesen wäre, hättest du ihn mir doch bestimmt vorgestellt.«

»Richtig. Es war nicht mein Freund«, gestehe ich Martino. Bei ihm hat es im Grunde keinen Sinn zu lügen. Diesem klaren Blick kann ich vertrauen, das weiß ich. »Ich hatte eine schwierige Zeit, weil ich zwischen zwei Männern stand: Filippo, meinem Freund, und Leonardo, dem Mann, den du an jenem Tag gesehen hast.« Mir fehlen die rechten Worte, um die vergangenen Monate zu beschreiben. »Aber jetzt ist alles vorbei. Ich habe mich für Filippo entschieden«, erkläre ich, möglicherweise nicht allzu überzeugend, denn Martino blickt mich forschend an, beinahe als würde er mir nicht so recht glauben.

»Weißt du, an jenem Tag, als ich dich an der Seite von diesem ... *Leonardo* gesehen habe« – er spricht den Namen so aus, als wäre er ein riesiges Fragezeichen –, »da war etwas in deinen Augen, ein anderes Licht. Du warst so lebendig.«

Da spricht er eine bittere Wahrheit aus, doch ich habe mir ein so dickes Fell zugelegt, dass die Worte einfach an mir abprallen. *Bitte, Martino, fang jetzt nicht auch noch du an, die verführerische Schlange zu spielen,* flehe ich in Gedanken inständig.

»Ja, das stimmt wohl auch«, sage ich und versuche dabei, wie versöhnt zu wirken. »Aber ich habe seinetwegen auch sehr gelitten. Und ich will nicht noch mal in diese Falle gehen.«

»Verstehe. Na ja, wenn das deine Entscheidung ist ...« Martino hebt resigniert die Arme. Auf einmal legt sich Bedauern über seine Miene wie ein dunkler Schatten. »Weißt du, was mir daran leidtut?«

»Was denn?«

»Derjenige, der deine Augen so zum Leuchten bringt ... das wäre gerne ich gewesen.« Er sagt es, ohne mich dabei anzusehen, den Blick irgendwo in die Ferne gerichtet.

Ich lächele. Es ist eine Erklärung, die er einfach so abgegeben hat, ohne jegliche Erwartung, als hätte er sich bereits damit abgefunden, dass er mich nicht haben kann. Oh, Martino! Wie anders bist du als Leonardo, der immer Himmel und Erde in Bewegung gesetzt hat, um seine Wünsche und Gelüste zu befriedigen. Andererseits war es aber genau diese Dickköpfigkeit, diese Kompromisslosigkeit, die mir so gefallen haben an ihm.

Ich schaue Martino gerührt an. »Aber du bringst meine Augen doch auch immer zum Leuchten – auf deine Art eben«, sage ich und knuffe ihn in die Schulter.

»Sicher. Auf meine Art.«

Als ich nach Hause komme, bereite ich mich innerlich darauf vor, meine große Lüge in Szene zu setzen. Ich strecke mich auf dem Sofa aus, setze meine Gelmaske auf und lege mir das Leinsamenkissen auf den Bauch, um auf Filippo zu warten.

Etwa um sieben höre ich, wie die Tür aufgeht und jemand meinen Namen ruft. Filippos Stimme klingt energiegeladen, als hätte er gerade eine stimulierende Dusche genommen.

»Ich bin hier«, ächze ich, als würde ich im Sterben liegen.

»Was ist denn mit dir los?« Er schaut mich perplex an und kommt eilig auf mich zu.

»Ich hab furchtbares Kopfweh, Fil.« Ich hebe die Maske kurz ein Stück an. »Vielleicht kriege ich meine Tage, ich weiß nicht.«

»Mist. Ausgerechnet heute Abend, Bibi.« Er beugt sich über mich und streichelt mir zärtlich die Stirn. Ich klappe schnell die Augen zu, weil ich seine Zärtlichkeit mit offenen Augen nicht ertragen könnte. »Hast du was genommen?«

»Ja, eine Schmerztablette, aber sie hat nicht gewirkt«, sage ich mit winzigem Stimmchen, rede mir dabei aber ein, dass ich schließlich mit guter Absicht lüge. Ich tue es für uns – das rechtfertigt das Schwindeln.

Offenbar bin ich eine gute Schauspielerin, denn seine Reaktion deutet auf keinerlei Misstrauen hin. Schließlich öffne ich die Augen und begegne seinem Blick, der wie immer so verdammt fürsorglich ist. »Hör mal, sei mir nicht böse, aber mir ist heute Abend wirklich nicht danach, dich zu begleiten.«

Filippo setzt sich auf die Sofakante und schaut mich entmutigt an. »Wenn du willst, bleib ich bei dir zu Hause.«

»Aber nein, um Gottes willen.« Ich ziehe mich ein Stück hoch. »Du musst da hin.« Ich weiß, wie viel ihm an dem Abend liegt, und ich würde es nicht ertragen, wenn er meinetwegen darauf verzichten würde.

»Was? Ich soll dich hier allein lassen? Nein, auf gar keinen Fall. Das ist mir nicht recht.«

»Hör auf. Mach dir keinen Kopf, ich hab ja nichts Schlimmes«, beharre ich.

»Es war mir so wichtig, dass du mitkommst.«

»Ich weiß, Fil. Mir auch.« Ich seufze. »Aber ich schaffe es wirklich nicht, ich bin zu platt.« Ich halte mir den Kopf, versuche mich an einer Art Zombiemiene. »Schau mich doch nur an, ich seh schrecklich aus, ich bin totenbleich.«

»Finde ich gar nicht.« Er küsst mich zärtlich auf die Stirn. »Na gut, dann versuch dich auszuruhen. Ich mach mich dann mal fertig.«

»Okay«, sage ich und schiebe wieder die Gelmaske über meine Augen.

Mit dem Gefühl, die richtige Entscheidung getroffen zu haben, bereite mich darauf vor, den Abend allein vor der Glotze zu verbringen. Ich habe mich schon für die Nacht angezogen – Shorts, ein Feinripphemdchen und an den Füßen Flipflops –, habe mir eine Packung Eis aus dem Gefrierfach geholt, und jetzt sitze ich mit gekreuzten Beinen auf dem Sofa, schaue mir ein paar Folgen von *Desperate Housewives* an und löffle dazu Stracciatella. Nach einem ganzen Spielfilm steht mir heute Abend nicht der Sinn.

Ich bin mit den Gedanken nämlich ganz woanders, und so plätschert das Programm eher sinnentleert dahin. Eva Longoria führt in ihrem Wohnzimmer einen überaus sexy Tanz an der Polestange auf, wobei sie sich zu allerlei unmöglichen Verrenkungen hinreißen lässt; als sie dann urplötzlich wie ein Mehlsack zu Boden fällt, breche ich spontan in ein etwas dümmliches Gelächter aus. Zwar kapiere ich nicht im Geringsten, worum es in der Folge geht, doch die Situationskomik – mit der ich mich als alter Tollpatsch sofort identifizieren kann – bekomme ich immerhin mit. Also habe ich mein Gehirn doch noch nicht weggesperrt und den Schlüssel fortgeworfen …

Es ist schon nach zehn, ich habe fast den ganzen Pott Eis

gegessen und beginne gerade mit der zweiten Folge von *Desperate Housewives,* als es an der Tür läutet. Ich schalte den Fernseher aus, um sicherzugehen, dass ich mich nicht verhört habe. Wieder geht die Klingel. Es ist nicht die von der Haustür, sondern die Wohnungstürklingel, die aus einer etwas altmodischen Tonfolge, wie von einem Xylophon, besteht. Ich erwarte keinen Besuch, deshalb habe ich auch keine Ahnung, wer das sein könnte. Ich lasse den Löffel im Eisbehälter liegen, ziehe mich vom Sofa hoch und schlurfe zur Tür, während mich langsam eine düstere Vorahnung erfasst. Als ich das Auge vor den Spion halte, mache ich vor Schreck einen Satz zurück. Das ist doch nicht möglich! *Er* ist es. Mein erster Instinkt sagt mir, mich zu ducken und so zu tun, als wäre ich nicht zu Hause, aber im selben Moment schäme ich mich dafür. *Na los, Elena, verhalte dich wie eine erwachsene Frau. Tritt ihm gegenüber!*

Ich drücke die Klinke herunter und öffne die Tür einen Spalt breit. Und da ist Leonardo, steht in seiner ganzen charismatischen und beunruhigenden Pracht vor mir. Er ist elegant gekleidet, trägt ein weißes Hemd mit silbernen Manschettenknöpfen, das über der gebräunten Brust leicht aufgeknöpft ist; dazu eine schwarze Hose, glänzend gewienerte schwarze Schuhe und um den Hals einen Schal aus grauer Seide. Er hat sich die Haare, vielleicht mit einem Klecks Gel, aus der Stirn gestrichen (so ordentlich frisiert habe ich ihn noch nie gesehen), trägt den Bart ein wenig kürzer als sonst, doch seine Augen blicken so diabolisch wie immer, so schwarz, dass sie fast wie geschminkt aussehen.

Ich bekomme weiche Knie, nehme aber trotzdem entschlossen Haltung ein: die Arme verschränkt, den Rücken durchgedrückt. Das hier ist meine Privatsphäre, und ich werde nicht zulassen, dass er in sie eindringt.

»Was zum Teufel willst du hier?«

Er schaut mir in die Augen. Seine Pupillen sind geweitet. Dieser Blick, der mich immer entwaffnet. »Lass mich rein, und ich erklär es dir.«

»Nein. Ich lass dich nicht rein.« Allein der Gedanke, dass Leonardo diese Wohnung mit seiner Anwesenheit entweihen könnte, erfüllt mich mit Schrecken. »Wenn du mir was Dringendes zu sagen hast, dann tu es jetzt. Und hier.« Ich schlucke. »Sonst kannst du direkt wieder gehen.«

Auf einmal wird mir die Kehle ganz trocken. Ich fühle mich stark, doch nicht stark genug, das hier durchzustehen und dabei Herrin über all die Gefühle zu bleiben, die mich in diesem Moment erfüllen. Zu allem Überfluss steigt mir jetzt auch noch sein intensiver Duft in die Nase, klar und deutlich. Leonardo ist eine Verlockung, der ich noch nie widerstehen konnte. Wieso sollte ich es dann jetzt auf einmal können?

»Komm, Elena, jetzt mach schon die Tür auf und lass mich rein.«

»Nein. Wir können genauso gut auch hier reden.«

Leonardo streckt einen Arm nach dem Türstock aus und lehnt die Stirn daran, wodurch er meinem Gesicht gefährlich nahe kommt. Auf mich wirkt er erschöpft, wie ein Krieger nach der Schlacht. Ein wunderschöner Krieger, der keine Lust mehr auf das Kämpfen hat.

»Das hast du gut gemacht«, sagt er in einem resignierten Flüstern.

»*Was* hab ich gut gemacht?«

»Nicht zu kommen.«

Die Worte erreichen mich, und auf einmal weiß ich weder, welchen Ton ich anschlagen noch welche Haltung ich einnehmen soll – ob ich die Arme verschränkt halten oder sie einfach baumeln lassen soll, ob ich das Gewicht auf den rechten oder den linken Fuß legen, ob ich den Blick senken, heben oder auf etwas anderes richten soll.

»Nein, ich bin nicht gekommen«, entgegne ich (reichlich dümmlich, wie ich finde. Weil Leonardo das ja gerade thematisiert hat).

»Es war ein schönes Fest, aber … schade … Ich hab mich sogar amüsiert, wenigstens bis zu einem gewissen Punkt. Dann hab ich mich aber umgeschaut und gemerkt, dass mir all diese Leute nichts bedeuten.« Es hat beinahe den Anschein, als würden die Worte einfach so aus Leonardo herausfließen, als ließen sie ihm gar keine andere Wahl. Ja, es hat den Anschein, als wäre er nicht mehr Herr über seine Worte und Gefühle. »Du warst der einzige Mensch, den ich heute Abend sehen wollte«, sagt er leise.

Schöne Worte, aber sie kommen leider zu spät. Jetzt kränken sie mich stärker als eine offene Beleidigung.

»Und du bist hierhergekommen, um mir das zu sagen?« Ich versuche mich an einem etwas kläglichen Lächeln. Es kostet mich gewaltige Kraft, nicht die Ruhe zu verlieren.

»Ja, *auch*«, antwortet Leonardo.

»Und was noch?« Ich presse die Zähne aufeinander und schlucke das bisschen Speichel herunter, das mir geblieben ist. »Also?«

Erst jetzt wird mir bewusst, dass ich keine Lust habe, ihn anzuhören, ganz gleich, was Leonardo mir zu sagen hat. Ich will ihm gerade die Tür vor der Nase zumachen, als er mir zuvorkommt und einen Fuß auf die Schwelle setzt. Mit einer Hand gelingt es ihm, die Tür aufzustemmen und sich zu mir hereinzudrängen. Die Tür fällt mit einem dumpfen Geräusch hinter ihm ins Schloss.

Der Boden schwankt unter meinen Füßen. Ich bringe keinen Ton heraus, kann ihn nicht einmal anschauen, weil mir die Ohren und die Augen schmerzen. In seiner Gegenwart bin ich nur noch Körper und Verstand, wie immer.

Ich weiche zurück, bis ich mit dem Rücken an der Wand

stehe, und Leonardo nutzt die Situation sofort aus, indem er die Hände rechts und links von mir gegen die Wand stützt und mit seinem Körper einen Käfig bildet, aus dem es für mich kein Entrinnen gibt.

»Ich bin gekommen, um dir zu sagen, dass ich dich will, Elena, dass ich nicht ohne dich sein kann.« Seine Stimme ist wie ein gefährliches Gift, das jede Faser meines Körpers durchdringt. Der Bannstrahl seiner Augen ist so stark, dass er mich beinahe verbrennt.

»Hau ab«, knurre ich ihn an. Ich nehme meine ganze Kraft und meinen Überlebensinstinkt zusammen, um diesem Teufel in Menschengestalt nicht zu erliegen.

»Vielleicht habe ich einen Fehler gemacht, vielleicht bin ich ein Idiot gewesen, aber …«

»Was ist jetzt, Leonardo? Hast du mich nicht verstanden? *Hau ab*, habe ich gesagt …«, wiederhole ich. Ich klinge wie mein eigenes Mantra.

»Was du sagst, ist die eine Sache, aber was du wirklich willst, die andere. Und das weißt du auch nur allzu gut, Elena«, sagt Leonardo heiser.

Ich spüre, wie meine Kraft auf einmal wieder zunimmt: All meine Wut, meine Wehmut, meine Ungewissheit, all die Gefühle, die so lange in mir getobt haben und dann eingeschlafen waren, sind wieder erwacht und machen ein lautes Getöse.

Ich balle die Fäuste und schlage damit an die Wand hinter mir. »Nein! Ich will, dass du jetzt gehst!«, schreie ich. Ich hole Luft und atme dreimal tief durch. »Du tust mir weh, Leonardo«, füge ich hinzu, leise und erstaunlich gefasst. »Und ich habe keine Lust mehr, mir wehtun zu lassen!«

Auf einmal sehe ich das Bild der Schlange auf dem Caravaggio-Gemälde vor mir. Ich versuche, Leonardo wegzustoßen, doch er ist zu stark für mich. Frustriert beginne ich ihn mit Fäusten und Ohrfeigen zu traktieren, doch umsonst: Alles prallt an ihm ab.

»Vielleicht hatte unsere Geschichte ja letztendlich doch einen Sinn.«

»Unsere *Geschichte*?« Ich mache große Augen. »Seit wann haben wir eine gemeinsame *Geschichte*? Das mit uns sollte doch bloß ein Abenteuer sein, dachte ich. Hast du doch zumindest immer gesagt.«

Zum allerersten Mal sehe ich, dass Leonardo den Blick vor mir senkt. »Sag mir, dass du nichts für mich empfindest, und ich gehe«, flüstert er.

»Und selbst wenn ich etwas für dich empfände, was würde das ändern?«, schreie ich ihm ins Gesicht. »Ich will ein normales Leben haben, eine normale Liebe, Leonardo. Ich will geliebt werden und mit dem Menschen leben, den ich liebe.«

»Bist du glücklich mit ihm?«, fragt Leonardo mich unvermittelt und sieht mir in die Augen. Er will mich provozieren, wie immer.

»Bitte …« Diesmal bin ich es, die den Blick senkt. Mit Filippo gibt es vielleicht keine Stürme der Leidenschaft, na gut, aber ich bin glücklich! *Ja, ich bin glücklich* – das sagt mir mein Kopf jeden Tag.

»Warum antwortest du nicht?«, fordert Leonardo mich heraus.

»Filippo versteht mich. Und er ist ein guter Mensch«, sage ich voller Überzeugung.

»Weißt du eigentlich, was du da sagst?« Leonardo reißt die Augen auf und schüttelt mich an den Schultern. »Du hast gerade zugegeben, dass du nur deshalb bei ihm bleibst, weil er *ein guter Mensch* ist?«

»Jetzt hör schon auf, Leonardo. Und du gehst jetzt, sofort. Ich will bei deinem perversen Spielchen nicht mehr mitmachen!«, befehle ich ihm.

»Aber verstehst du denn nicht, dass das für mich kein Spiel mehr ist, verdammt noch mal?« Seine raue Stimme übertönt mich. »Ich kann nicht mehr ohne dich sein, Elena.«

Ein Faustschlag, mitten ins Herz.

Unsere Gesichter sind jetzt ganz nah beieinander, und unsere Augen versinken zu einem einzigen Blick. Ein paar Sekunden lang bleibt der Raum zwischen uns gleich groß, dann wird er mit beeindruckender Geschwindigkeit immer kleiner und kleiner. Dass er seinen Mund auf meine Lippen legt, ist mir zunächst gar nicht bewusst, so verwirrt bin ich.

Ich presse die Lippen und die Zähne aufeinander. Ich will ihm diese Genugtuung nicht gewähren, will auf keinen Fall nachgeben. Doch Leonardo lässt sich nicht aufhalten, packt meine Hände, hält sie wie in einem Schraubstock über meinem Kopf fest und presst mich mit den Hüften gegen die Wand. Ich spüre durch den Stoff unserer Kleidung, wie groß seine Lust auf mich ist. Seine andere Hand wühlt sich in mein Haar, zieht daran, sodass ich das Gesicht heben muss. Schon ist sein Mund an meinem Hals, wandert mit den Zähnen über meine Haut. Sein Ansturm hat etwas Wildes, Animalisches.

»Hör auf …«, flehe ich ihn an.

»Ich kann nicht«, flüstert er mir ins Ohr, schließt die Hand um meinen Hals und drückt ganz langsam zu.

Dann hör du auf, Elena, befehle ich mir. *Du kennst doch jetzt den Unterschied zwischen dem, was dir guttut, und dem, was dir wehtut. Und er wird dir nur wieder wehtun.*

Sein Mund hat sich erneut auf meinen gelegt; Leonardos Atem mischt sich mit meinem, sein Herz klopft an meinem. Und ich höre auf zu denken.

Ganz langsam wandert seine Hand zu meinem Brustbein, zu meiner linken Brust, und drückt dann fest zu – so fest, dass es mir wehtut. Es fühlt sich ein wenig so an, als wollte er mir das Herz aus der Brust reißen.

Ich stöhne vor Schmerz auf, und Leonardo schließt die Arme um mich, hebt mich hoch. Ich versuche, mich ihm zu entwinden, doch sein Verlangen ist zu stark und mein Widerstand zu schwach.

Leonard schleudert mich auf das Sofa, reißt mir das Unterhemd vom Leib, dann die Shorts, und er tut es mit einer Heftigkeit, die den Beigeschmack von Grausamkeit hat. Dann legte er sich auf mich, hält mich mit seinem ganzen Körpergewicht fest. Noch will ich ihm entfliehen, doch da ist er schon zwischen meinen Beinen, bedrängt mich mit seinem Schwanz.

Fast im selben Augenblick ist er in mir drin, und auf einmal steht alles still. So verharren wir – er in mir, in einem Moment, der nach Ewigkeit schmeckt, und unsere Körper sind eins.

Schließlich gebe ich auf und kapituliere, zuerst vor mir selbst und dann vor ihm, denn auf einmal weiß ich: Es ist nicht Leonardo, der mir wehtut, sondern seine Abwesenheit.

Jetzt weiß ich, dass unser Kampf in gewisser Weise auch etwas mit Liebemachen zu tun hat.

Er bewegt sich ganz langsam, kaum wahrnehmbar, und ich öffne mich unter seinem Drängen. Wir schauen uns in die Augen, erstaunt über uns selbst, wie betrunken vor Begierde, wie benommen vor Lust. Die Vereinigung unserer Körper und unserer Seelen war noch nie so perfekt. Langsam bahnt sich in uns ein Orgasmus seinen Weg, der heftig ist, und notwendig, und unvermeidlich.

»Ich fühle dich«, schreie ich in seinen Mund hinein, und Leonardo stöhnt genüsslich auf. Wie zwei Ertrinkende halten wir uns aneinander fest, genießen es bis zum letzten Atemzug.

Danach liegen wir uns nackt in den Armen, aneinandergeklammert, als wären unsere Gliedmaßen, unsere Hände miteinander verschmolzen, als wären wir mit Haut und Haar eins geworden. Und da sprechen seine Lippen sie aus, die drei Worte. »Ich liebe dich.«

Es war kaum mehr als ein Flüstern, doch die Worte hallen in mir wider wie ein ohrenbetäubendes Getöse. Es sind Worte, die alles verändern, die die Welt auf den Kopf stellen. Sie aus seinem Munde zu hören habe ich mir mehr gewünscht als alles andere, doch ich habe nie gewagt, das zuzugeben, nicht einmal mir selbst gegenüber.

»Ich liebe dich auch.«

Vor Aufregung verhaspele ich mich beinahe. Und fühle mich so unendlich befreit von einer Last, die ich nicht mehr ertragen konnte.

Ich bin glücklich und voller Angst zugleich. Eine Träne läuft mir langsam über die Wange. Ich tue nichts, um sie aufzuhalten.

»Es tut mir leid«, murmelt Leonardo und wischt sie mit einem Finger ab. »Ich habe versucht, dir zu widerstehen. Und ich habe versucht zu verhindern, dass das hier passiert, aber ich bin nicht stark genug gewesen. Ich liebe dich, und ich kann nichts dagegen tun.«

Ich schaue mir den Raum zwischen uns an und habe auf einmal eine traurige Vorahnung: Leonardo wird sich wieder von mir entfernen, und die Distanz zwischen uns wird immer größer und größer werden, bis sie schließlich unüberwindbar wird.

Doch in genau diesem Moment zieht er mich an sich, drückt mich an sich, als wolle er genau das verhindern und alle Distanz überwinden, die jemals zwischen uns bestand. Er drückt mich an seine Brust, küsst mich auf mein Haar.

Jetzt sind wir zwei ganz allein in dem Zimmer – zwei Körper, zwei wiedergeborene Herzen, die die Ewigkeit dieses Moments genießen. Was gewesen ist und was sein wird, macht mir keine Angst mehr.

Eine unendliche Zeit lang bleiben wir so liegen, während es rund um unsere verschlungenen Körper dunkel wird. Ich spüre weder das Gewicht des Schweigens noch das Bedürfnis nachzudenken. Auch meine innere Stimme, die sonst so ruhelos und drängend ist, ist verstummt.

Mit geschlossenen Augen streichele ich Leonardos Rücken, sehe die feinen Linien seines Tattoos vor mir: Es spricht jetzt von ihm, von diesem unauslöschlichen Zeichen auf seiner Haut, aber ich verstehe nicht, was es sagt, und jetzt ist nicht der Moment herauszufinden, was es sein könnte. Leonardo fährt mit der Nasenspitze über meinen Hals und küsst den Rand meines Schlüsselbeins.

»Ich möchte so gerne bleiben, aber ich muss wieder zurück dorthin«, flüstert er und schaut mir tief in die Augen. »Die werden sich alle fragen, wo ich geblieben bin.«

»Ich weiß.« Ich schiebe ihm zärtlich eine Haarlocke aus dem Gesicht. Ich wünschte mir so sehr, dass er noch ein wenig bliebe, doch ich muss ihn gehen lassen. Außerdem könnte Filippo jederzeit zurückkommen. In meinen Gedanken hat sein Gesicht jegliche Kontur, jegliche Form, jeglichen Geruch verloren. Ich suche es, doch ich finde es nicht. Es kommt mir vor, als wäre es zusammen mit der Erinnerung an unsere gemeinsam verbrachten Monate in einem schwarzen Loch verschwunden.

Ich sehe Leonardo dabei zu, wie er sich wieder anzieht, während ich nackt auf dem Sofa liegen bleibe, weil ich keine Kraft habe, mich zu rühren.

»Ich liebe dich, Elena«, sagt Leonardo mit einem tiefen Blick in meine Augen und gibt mir einen letzten Kuss.

»Ich liebe dich, Leonardo.« Noch einmal schmiege ich

das Gesicht an seine Brust, genieße die Wärme seines Herzens an meiner Haut.

Er ist gegangen, und kaum hat er mich verlassen, spüre ich, dass dieses Haus nicht mehr meines ist. Diese Mauern, die ich entweiht habe, atmen plötzlich seinen Duft. Sie haben seine Hände auf mir gesehen, haben dem Treiben unserer nackten Körper beigewohnt.

Nichts ist mehr, wie es war.

Über die Zukunft haben wir nicht geredet; wir haben uns nichts versprochen, doch wir wissen beide, dass wir uns lieben. Und nach allem, was war, habe ich nur eine einzige Gewissheit: Hier drinnen kann ich nicht mehr bleiben. Ich muss von hier weg, bevor die Nacht zu Ende geht und der Morgen mir Einhalt gebietet.

• 11 •

»Wie viele Nächte bleiben Sie?«, fragt der Portier.

»Zunächst eine. Dann sehen wir weiter.«

»Bitte.« Er reicht mir den Zimmerschlüssel und zeigt in Richtung Flur. »Hier entlang, es ist das zweite rechts. Wenn Sie etwas brauchen, finden Sie mich an der Rezeption.«

Es ist fast halb zwei, und ich bin allein, im Zimmer Nummer 4 im Hotel Mari, einem schlichten kleinen Hotel in der Nähe des Bahnhofs. Es war die erste günstige Adresse, die ich online gefunden habe.

Während ich auf das Taxi wartete, habe ich in der Wohnung alle Fenster aufgerissen, um meinen und Leonardos Geruch herauszulassen, und, während der warme Wind von draußen hereinblies, rasch einen kleinen Koffer mit dem Nötigsten gepackt. *Vielleicht ist das ja das erste wirklich wichtige Gepäckstück in meinem Leben,* denke ich. Dann habe ich die Fenster wieder geschlossen. Ich bin ins Wohnzimmer gegangen, habe aus dem Drucker ein Blatt Papier genommen und zum Stift gegriffen.

Lieber Fil.

So habe ich begonnen, ganz spontan, doch dann war es mit dem Schreiben auch schon wieder zu Ende. In meinem Geist lief unsere gemeinsame Geschichte wie ein Film ab, vom ersten Kuss bis zum heutigen Tag; jeder einzelne Moment, den wir miteinander verbracht haben, bis zum letzten Akt einer Liebe, die nun zu Ende ist. Meine Hand zitterte, während ich mich darauf vorbereitete, den entscheidenden Schlag zu führen. Ich stellte mir vor, wie es wäre, noch dort, in dieser Wohnung zu sein, wenn Filippo nach Hause käme. Was hätte ich ihm sagen können, das ihm weniger wehgetan hätte als meine Abwesenheit? Und auch wenn ich die Worte gefunden hätte, wie hätte ich es ertragen können, nach diesem Geständnis mit ihm unter einem Dach zu leben? Mir blieb keine andere Wahl, als zu gehen, doch das konnte ich nicht, ohne ihm wenigstens ansatzweise eine Erklärung zu geben.

Und so habe ich rasch ein paar Worte zu Papier gebracht. Habe ihm gesagt, dass es einen anderen Mann in meinem Leben gebe und ich nicht mehr bei ihm bleiben könne. Ganz schlicht und schnörkellos, ohne Entschuldigungen oder Rechtfertigungen, denn die gibt es nicht. Wenn er mich hassen wird, dann zutiefst, das weiß ich.

Ich habe den Zettel zusammengefaltet und ihn gut sichtbar unter der Herdlampe hingestellt, dem einzigen Licht, das ich angelassen habe.

Bevor ich endgültig ging – die Tasche hatte ich bereits über die Schulter geworfen –, habe ich mich ein letztes Mal umgeschaut. In der Wohnung, die ich in den vergangenen fünf Monaten mit Filippo geteilt habe. Auch wenn das, was ich tue, feige aussehen mag – manchmal braucht man mehr Mut zum Gehen als zum Bleiben.

Ich habe keine Angst, Filippo gegenüberzutreten, ich weiß, früher oder später muss ich das auch, aber ich brauche Zeit. Vor allem muss ich eine räumliche Distanz zwischen uns schaffen. Meine Anwesenheit in dieser Wohnung kann ich ihm nicht mehr zumuten. Der Schnitt, den ich mache, ist schmerzhaft, doch es ist besser, ihn jetzt vollzogen zu haben. Und diesmal gibt es auch kein Zurück.

Und so habe ich mich wie eine Diebin aus dem Haus geschlichen und bin in das Taxi gestiegen, das bereits auf mich wartete. Trotz der späten Stunde waren noch viele

Autos unterwegs. Diese Stadt schläft nie, vor allem nicht in Sommernächten wie dieser. Das alles habe ich mit eisiger Distanz betrachtet und nicht, wie sonst, voll wohliger, gespannter Aufregung.

Und so bin ich jetzt hier, in diesem Hotelzimmer, das sich redlich, aber vergebens darum bemüht, gemütlich zu sein, liege mit hinter dem Kopf verschränkten Armen auf dem Bett und schaue an die Decke. Um diese Zeit wird Filippo bereits nach Hause gekommen sein und meinen Zettel gefunden haben. Allein bei dem Gedanken fühle ich mich schlecht. Doch es wäre reine Heuchelei, mich zu beklagen, denn ihm wird es noch viel schlechter gehen als mir. Ich bin all der Liebe, die er mir gegeben hat, unwürdig.

Hasse mich ruhig, wenn du dich dann besser fühlst. Ja, ich bitte dich sogar darum, Fil, wenn auch nur in Gedanken. Ich möchte wirklich nicht, dass du auch nur eine einzige Träne um mich vergießt. Ich verdiene deine Tränen nicht, so schuldig fühle ich mich in diesem Moment. Aber ich bin auch froh darüber, dass ich mehr auf mein Herz gehört habe als auf meinen Verstand, dass ich es nicht länger geschafft habe zu widerstehen, dass ich endlich beschlossen habe, ehrlich zu sein.

In diesem Zimmer ist nicht genug Licht. Es ist wie eine Festung, mit diesem winzigen Fenster und den niedrigen Wänden, die irgendwie bedrückend sind. Vielleicht bekomme ich gleich eine Panikattacke, dabei habe ich ausgerechnet in meinem Notgepäck keine Beruhigungstropfen dabei. Ich bin allein, muss auf meine eigenen Kräfte vertrauen, und damit genug. Ich würde gerne jemanden anrufen, Gaia, meine Mutter. Doch ich habe mein Handy ausgeschaltet, gleich nachdem ich aus dem Haus gegangen bin, weil ich nicht das Risiko eingehen wollte, Filippos Namen auf dem Display zu sehen. Sicher hat er schon zigmal versucht, bei mir anzurufen.

Mir ist kalt, obwohl die Nacht draußen noch mild ist. Mir läuft ein Schauder nach dem anderen über den Rücken, doch zum Glück habe ich im letzten Moment daran gedacht, auch mein altes, zerschlissenes Adidas-Sweatshirt einzupacken, das ich sonst anziehe, wenn ich morgens zum Kiosk um die Ecke gehe, um mir eine Zeitung zu kaufen, oder wenn ich abends auf dem Balkon sitze. *Dinge, die ich nicht mehr tun werde*, denke ich mit einem Hauch Schwermut, *zumindest nicht in dieser Wohnung*.

Ich mache die Minibar auf und hole eine Miniflasche Grand Marnier heraus. Ich schraube sie auf und trinke ein paar Schluck. Ein angenehmes Brennen kitzelt mich im Hals. Ich weiß, es ist armselig, allein zu trinken, aber ein bisschen Alkohol ist genau das, was ich brauche, um nicht an Einsamkeit und Beklemmung zu sterben.

Mit dem Fläschchen in der Hand gehe ich zum offenen Fenster und lausche den Verkehrsgeräuschen in der schwülen Luft. Da draußen ist so viel Leben, und allein dieses Wissen tröstet mich. Am liebsten würde ich auf dieser Fensterbank schlafen, geschützt vor den Alpträumen, die den Schläfer in Hotelbetten heimsuchen, und die Ankunft des Morgens abwarten. Morgen, wenn ich das Handy wieder einschalte, werde ich all meine Kraft aufbringen müssen, um zu erklären, zu erzählen, zu begreifen … um die Wahrheit zu sagen, mich zu verabschieden und mich dann auf den neuen Weg zu machen, den Weg des Herzens.

Doch ich habe keine Angst. Ich schaue den Himmel an, an dem es jetzt vollkommen dunkel geworden ist und nur noch der gelblich angestrahlte Smog zu erkennen ist. Von hier unten sieht er wie eine undurchdringliche Rauchwolke aus.

Meine Gedanken wandern zu dem Moment vor zwei Stunden zurück, als Leonardo in mir war und ich mich voller Sehnsucht und Lust an ihn klammerte.

Ich bin eine Überlebende, aber eine Überlebende, die für das Glück bereit ist.

Filippo wartet im Antico Caffè dell' Isola auf mich: Ich habe ihn um ein Treffen dort gebeten. Als ich heute Morgen aufwachte, oder besser gesagt: als ich aufstand (ich hatte nämlich kein Auge zugetan), habe ich mein Handy wieder eingeschaltet und gesehen, dass er mich mehrfach angerufen hatte. Ich habe ihm eine SMS geschickt und mich mit ihm verabredet. In diesem Café auf der Tiber-Insel; psychisch wäre ich nicht dazu in der Lage gewesen, in unsere Wohnung zurückzukehren, die seit Leonardos Besuch nicht mehr die unsere ist. Das Gefühl, sich auf einer Insel treiben zu lassen – auch wenn sie im Tiber liegt und nicht im Meer –, wird das Ganze vielleicht ein wenig einfacher und weniger schmerzhaft machen, habe ich mir eingeredet.

Es ist Sonntag, nur wenige Tage vor Ferragosto. In dieser Zeit verlassen die Römer die Stadt, es sind also viel weniger Leute unterwegs, und wenn, dann hauptsächlich Touristen. Heute fühle ich mich ein wenig wie sie: Ich habe ein Ziel vor Augen, weiß aber noch nicht genau, wie ich hinkomme, weil ich mich in diesen neuen Gefilden nicht auskenne.

Es macht mich schon jetzt traurig, wenn ich daran denke, was ich Filippo gleich sagen und was er sich anhören muss. Wieder kommt mir der Film *Amore mio aiutami* mit Alberto Sordi und Monica Vitti in den Sinn; ich sehe die Szene am Strand von Sabaudia als Kulisse für mein Vorhaben vor mir; sehe vor mir, als liefe der Film direkt vor meinen Augen ab, wie sie ihm gesteht, dass sie einen anderen liebe und nichts gegen dieses Gefühl ausrichten könne. Ich hoffe sehr, dass ich bei dem Gespräch mit Filippo etwas besser wegkomme als die Vitti, auch wenn Filippo allen Grund dazu hätte, mich wie Sordi zu verprügeln.

Und da ist er schon, ich sehe ihn bereits von weitem. Er hockt an einem Tischchen und wartet auf mich. Er sitzt ein bisschen steif da, hat eine Sonnenbrille auf und wackelt nervös mit dem Bein. Als er mich kommen sieht, lehnt er sich auf seinem Stuhl zurück und holt tief Luft. *So,* scheint er sich zu sagen, *sei's drum, ich bin bereit. Dann her mit der Klinge, und schneide mit ihr tief in mein Herz.*

Wir reden bereits eine halbe Stunde und sind immer noch am Leben. Ohne Schrammen. Nicht einmal Tränen sind geflossen. Ich habe einen Kaffee bestellt, er ein Glas Wasser. Man sieht uns beiden an, dass wir letzte Nacht keine Sekunde geschlafen haben und wie betäubt vom Grübeln und vom Kummer sind.

Filippo hasst mich nicht, so wie ich es heimlich gehofft hatte, oder jedenfalls lässt er es sich nicht anmerken. Sein Kummer hat sich noch nicht in Wut verwandelt, aber ich denke, das wird noch passieren – sobald sich alles gesetzt hat. Er ist hierhergekommen, ohne sich allzu große Hoffnungen darauf zu machen, mich zurückzugewinnen oder umstimmen zu können: Er kennt mich gut genug und weiß, dass ich kein Typ für Kurzschlusshandlungen bin. Wenn ich eine solche Entscheidung getroffen habe, dann, weil ich mir sicher bin und es für mich kein Zurück mehr gibt.

Ich würde mir gerne einreden, dass ein Mann, der sich momentan hauptsächlich damit beschäftigt, eine Serviette zusammen- und wieder auseinanderzufalten, eigentlich nicht besonders wütend sein kann. Ich weiß noch nicht, ob das ein Trost ist oder der grausame Beweis dafür, dass wir einfach nicht füreinander gemacht sind. Mittlerweile bin ich mir vieler Dinge, die unsere Beziehung betreffen, bewusst geworden, und Leonardo hat es geschafft, auch auf meine Liebe zu Filippo einen Schatten zu werfen. Vielleicht hat es zwischen uns nie mitreißende Leidenschaft gegeben, sondern nur eine Vereinigung unter Seelenverwandten. Möglicherweise war das, was uns verband, nur ein angenehmes Miteinander, geprägt von Fürsorge, das jetzt, am Ende, einen bitteren Nachgeschmack hinterlassen hat.

»Kann ich wenigstens erfahren, wer es ist?«, fragt er mich an einem bestimmten Punkt.

Ich würde ihm diese Demütigung gerne ersparen, doch dann denke ich, es ist noch viel demütigender, nur die halbe Wahrheit zu kennen. Und Filippo hat die ganze Wahrheit verdient, so weh sie ihm auch tun wird.

»Es ist Leonardo.«

Filippos Gesichtsausdruck hinter den dunklen Brillengläsern kann ich nicht recht erkennen, doch ich sehe, wie er sich auf die Lippen beißt und mit den Händen die Serviette fester packt, die er schon seit einer Viertelstunde faltet und wieder entfaltet.

»Sozusagen unter meinen Augen«, kommentiert er mit rauer Stimme und wirft mit einer wütenden Geste die Serviette zu Boden.

»Sag das nicht, Fil«, flehe ich.

»Wieso nicht, wenn es doch stimmt!« Er hebt die Stimme, zeigt ein gequältes Lächeln, wird nachdenklich. »Jetzt wird mir so manches klar.«

Ich möchte ihn davon abhalten, die falschen Schlüsse zu ziehen und sich damit noch mehr wehzutun.

»Als er mit dem Umbauprojekt auf dich zukam, hatte ich bereits beschlossen, ihn nie wiederzusehen«, sage ich zu Filippo und hoffe inständig, dass meine Worte bis zu ihm durchdringen. »Ich habe mit allen Mitteln versucht, ihm aus dem Weg zu gehen, aber ich habe es nicht geschafft.«

»Und deshalb warst du gestern nicht auf der Party?«

»Ja«, gebe ich zu, wobei ich weiß, dass mich das in Filippos Augen nicht weniger schuldig machen wird.

Er nickt, und wir bleiben einen Moment lang schweigend sitzen. Ich lausche dem Rauschen der Platanen am Lungotevere.

»Werdet ihr miteinander leben?«, fragt er mich nach einer Weile.

Mir gefriert das Blut in den Adern. Diesen Gedanken habe ich nie in Betracht gezogen, und so formuliert klingt er für mich noch absurder. Wie kann ich Filippo bloß erklären, dass ich ihn für einen Mann verlasse, der womöglich nie mir gehören wird?

»Ich weiß es nicht«, antworte ich ihm ehrlich. »In diesem Moment gibt es für mich keine Gewissheit. Was mit Leonardo und mir wird, steht in den Sternen. Ich weiß nur, dass wir, du und ich, so nicht weitermachen konnten.«

»*DU* konntest so nicht weitermachen. Ich wäre mit dir für den Rest meines Lebens zusammengeblieben.« Mit diesen wenigen Worten hat Filippo mich mit der ganzen grausamen Wahrheit konfrontiert. Er weiß, dass die Liebe, die er noch für mich empfindet, die schärfste Waffe ist, mit der er mich treffen kann. Na gut, das ist nur gerecht so. Aus dieser Schlacht wird keiner von uns unversehrt hervorgehen, das gehört zu den Regeln des Spiels.

Er neigt den Kopf zum Tisch und holt noch einmal tief Luft. »Was machen wir jetzt? Kommst du noch mal nach Hause? Deine Sachen holen und so?«

Mir zieht sich das Herz zusammen. So schnell ist es gegangen. Dann sind wir also bereits bei den praktischen Fragen, den mühseligsten. Ob wir beide noch unsere Wunden lecken oder nicht, irgendwann werden wir anfangen müssen, Bücher und DVDs auseinanderzudividieren.

»Erst mal nicht. Ich habe die Nacht im Hotel verbracht ...«

Die drei Auslassungspunkte in meinem Satz bedienen offenbar eine geheime Taste in Filippo. »Und willst du dort bleiben?«

»Ich komm schon zurecht, Fil«, schneide ich ihm das Wort ab. Ich will nicht, dass er sich um mich sorgt.

Wir stehen vom Tisch auf und setzen uns in Bewegung. Es ist alles gesagt, und als wir am Ende der Brücke ankommen, verabschieden wir uns mit einer Verlegenheit, von der ich nie geglaubt hatte, ich könnte sie ihm gegenüber empfinden. Immerhin, wir werden uns wiedersehen, und das macht das Ganze weniger melodramatisch. Ich gehe den Bürgersteig entlang und frage mich, ob mir Filippo noch hinterherschaut oder ob er bereits seiner Wege gegangen ist. Mich umzudrehen und nachzuschauen, dazu fehlt mir der Mut, deshalb gehe ich schneller. Eine Gruppe Jungs im Fußballdress kommt an mir vorbeigejoggt. Es weht ein leichter, warmer Wind, der ganz zart die Haut streichelt, während sich aus dem Tiber eine unverwechselbare Geruchsmischung aus Meer und Land erhebt. Wenn man traurig ist, kann der Sommer die denkbar schlechteste Jahreszeit sein.

• 12 •

Weiter, Elena. Geh. Du kennst den Weg.

Das ist die Stimme des verlassenen und heißen Roms, eine aufmunternde Weise, die versucht, mir Mut zu machen, nicht schon an der ersten Kreuzung stehen zu bleiben. Ich kenne die Straße, das stimmt, und jetzt brauche ich auch keinen Stadtplan mehr, um mich zu orientieren. Ich gehe ganz langsam, die Sonnenbrille auf der Nase, um meine Augenringe zu verbergen, mit einem flauen Gefühl im Magen wegen der Vergangenheit, die ich hinter mir lasse, doch auch leichten Herzens wegen der Zukunft, der ich entgegengehe. Es ist schrecklich gewesen, Filippo zu verlassen, den Mann, den ich unbedingt lieben wollte. Und ich habe es versucht, mit allen Sinnen. Doch jetzt führt mein Herz mich zu Leonardo, dem Mann, von dem ich mir sicher bin, dass ich ihn begehre, und – auch wenn allein der Gedanke mich ängstigt – den ich liebe.

Seit jenem Abend haben wir uns nicht mehr gesehen. Es ist erst drei Tage her, kommt mir aber schon wie eine Ewigkeit vor. Ich weiß nicht, warum er sich nicht mehr gemeldet hat, und das beunruhigt mich ein wenig, aber nur bis zu einem gewissen Punkt: Ein solches Schweigen passt sehr gut zu dem Auf und Ab, das sein Leben prägt und das ich mittlerweile nur allzu gut kenne. Ich hatte mir vorgenommen, erst dann den Kontakt zu Leonardo zu suchen, wenn die Sache mit Filippo geklärt ist, und das ist sie jetzt. Ich habe sogar noch einen weiteren Tag verstreichen lassen, ehe ich zu ihm laufe. Das, was mir da gerade passiert, hat mich so sehr aus dem Gleichgewicht gebracht, dass ich erst einmal das Bedürfnis hatte, für mich zu sein, um mich zu sammeln, um durchzuatmen und um meine Gedanken zu ordnen. Offenbar ist mir das jedoch nicht ganz gelungen, denn auch jetzt bin ich mir nicht sicher, ob ich das Richtige tue. Doch ich habe beschlossen, meinen Zweifeln und Ängsten ein Ende zu bereiten. Die Zeit der Ungewissheiten ist vorüber, alles, was geschehen konnte, ist bereits eingetreten, jetzt geht es nur noch darum zu sehen, was danach kommt. Und ich bin ebenso neugierig darauf, es zu entdecken, wie es mir Angst macht. Ich gehe zu Leonardo, um mit ihm zu reden, um herauszufinden, ob er an jenem Abend die Wahrheit gesagt hat oder ob ich das alles nur geträumt habe. Und um ihm das Einzige zu sagen, dessen ich mir sicher bin: dass ich ihn liebe.

Ich bin noch immer am Ufer des Tibers unterwegs, der sich wie eine harmlose, schläfrige goldene Schlange durch die Stadt windet. Man sieht fast niemanden auf der Straße. Es ist einfach zu heiß. Die Sonne brennt ohne Unterlass, vom Asphalt der Gehsteige steigen Hitze und feuchter Dampf auf, und selbst der Wind, der bis gestern geweht hat, hat sich gelegt und alles unbeweglich und träge gemacht. Doch ich halte durch. Bald bin ich da, und ein Taxi nehmen will ich nicht. Zu Fuß gehen hilft mir, meine Gedanken zu sammeln und zu ordnen. Ich muss mich vorbereiten: Diese Begegnung wird für unsere Zukunft entscheidend sein.

Ich denke an Gaia. Ihr habe ich noch nichts erzählt. Gestern Nacht hat sie versucht, mich zurückzurufen, nachdem ich mich am Morgen vergeblich bei ihr gemeldet hatte. *Zu spät, liebe Freundin. Eines Tages werde ich es dir in aller Ruhe erzählen, aber nicht heute.* Ich habe ihr eine SMS mit dem Allgemeinplatz »Alles okay« geschickt, gefolgt von der ebenso beliebigen Frage »Was hast du für Pläne an Ferragosto?«. Früher haben wir diesen fünfzehnten August immer gemeinsam verbracht, mit den Leuten vom *Muro* am Lido-Strand. Wir blieben lange draußen, schauten uns das Feuerwerk an und nahmen kurz vor dem Beginn der Biennale Abschied vom Sommer. Letztes Jahr haben wir chinesische Lampions in die Luft steigen lassen. Diese Erinnerung an meine Zeit vor Leonardo verzaubert mich beinahe ein wenig. Ich denke an uns beide zurück, wie wir vor einem Jahr noch waren. Gaia war zwar noch Single, hatte sich jedoch schon an Belottis Fersen geheftet. Ich hatte bereits vor geraumer Zeit meine Beziehung zu Valerio beendet, war aber noch nicht bereit für eine neue Liebe. Ich weiß nicht, ob Gaia sehr glücklich über meine letzte Wahl sein wird, aber ich bin mir sicher, sie wird versuchen, mich zu verstehen.

Ich lasse den Tiber hinter mir und gehe über die Straße, bis ich vor Leonardos Haus stehe. Gespannt schaue ich hoch. Die Terrassentür steht offen: Er ist daheim.

Da bin ich. Dritter Stock. Zweite Tür rechts. Ich nehme meine Sonnenbrille ab – ich bin ein bisschen verschwitzt, doch das wird ihn nicht stören – und fahre mir nervös durchs Haar. Dann atme ich tief durch und klingele, lege eine Hand an meine Umhängetasche, als bräuchte ich Halt.

Die Tür geht auf, doch es ist nicht er. Vor mir steht eine Frau, die ich noch nie gesehen habe, wie eine unheimliche Erscheinung. Einen Moment lang denke ich, ich habe mich in der Tür geirrt, doch auf dem Klingelschild steht FERRANTE, ich bin also richtig. *Und wer ist dann diese Frau?*

Es könnte die *Femme fatale* aus dem Film »Velvet Underground« sein: groß, kurvig, mit durchdringenden dunklen Augen, die leicht mandelförmig geschnitten und von tiefen Ringen umgeben sind, dichte Augenbrauen, hohle Wangen, volle Lippen. Sie hat langes schwarzes Haar, das sie – kunstvoll ungekämmt – mit einer Hornspange am Hinterkopf zusammengefasst hat. Ihre Schönheit ist brachial und wild, doch man spürt sofort, dass an ihr auch etwas Verzweifeltes ist, ein tragischer Zug. Sie sieht aus wie eine Frau, der es nicht gelungen ist, sich vor sich selbst zu retten.

Sie trägt einen langen Zigeunerinnenrock und ein weißes, schulterloses Top mit Nackenträger, das ihren dunklen Teint besonders vorteilhaft zur Geltung bringt. Zwischen Zeige- und Mittelfinger hält sie eine Zigarette, an der sie hektisch zieht und einen intensiven Tabakgeruch in die Luft abgibt. Am Ringfinger der linken Hand trägt sie einen Ehering aus Gelbgold. *Ganz gewiss ist das nicht die Putzfrau,* ist mein erster Gedanke. *Und erst recht nicht jemand, der nur zufällig hier ist.*

Aus der Stereoanlage kommt gregorianischer Gesang, eine Art *Dies Irae,* der ein Übriges zu meiner Neugier und meinen düsteren Vorahnungen tut.

Die Frau hebt die Augenbrauen und betrachtet mich fragend, ohne etwas zu sagen. Offenbar wartet sie darauf, dass ich als Erste etwas sage. Die Falte, die sich dabei auf ihrer Stirn bildet, macht sie noch furchterregender.

»Guten Tag.« Ich schlucke. »Ich wollte zu Leonardo.« Ich fühle mich so unwohl, als hätte ich splitterfasernackt eine Kirche betreten. Ich weiß sehr wohl, dass ich nichts Schlimmes tue, habe aber trotzdem den Eindruck, im falschen Moment am falschen Ort zu sein.

»Leonardo ist nicht da.« Ihre Stimme ist rau und hat einen deutlichen sizilianischen Akzent. Als im Inneren der Wohnung das Telefon klingelt, fährt sie zusammen. »Entschuldige mich einen Moment«, sagt sie und entfernt sich, um dranzugehen, wobei sie die Tür sperrangelweit offen stehen lässt.

In dem Moment, wo sie mir den Rücken zukehrt, sehe ich etwas, das mir den Atem nimmt. Sie hat auf dem Rücken genau das gleiche Tattoo, das Leonardo zwischen den Schulterblättern hat, dieses seltsame Symbol in Form eines Ankers, das jedoch vielleicht gar kein Anker ist … Mir wird spontan übel.

»Ja?«, sagt die Frau und hebt den Hörer ab. »Genau, Lucrezia am Apparat.« Pause. »Ach, hallo, Antonio …« Das ist Leonardos Kompagnon. Aus ihrem Ton lässt sich schließen, dass sie ihn gut kennt. »Ja, ich bin gestern angekommen.«

Lucrezia. Ich schaue mir noch einmal ihren Rücken an, in den klar und deutlich eine Wahrheit eingeritzt ist, die ich nur schwer akzeptieren kann. Eine Wahrheit, die ich nie in Betracht gezogen habe und die mir jetzt, aus irgendeinem seltsamen Grund, fast überfällig vorkommt. Lucrezia ist die Erklärung für alles; sie ist das fehlende Puzzleteil, nach dem ich gesucht habe, seit ich mich in Leonardo verliebte.

Ich lasse sie am Telefon zurück und verschwinde, ohne mich zu verabschieden. Wie in Trance laufe ich die Treppe hinunter, während sich in meinem Kopf alle Teile dieses grauenvollen Puzzles zusammensetzen. Das Tattoo … das war gar kein Anker! Oder wenigstens nicht nur das. Es war ein Monogramm, zwei gespiegelte L mit einer gemeinsamen Achse. Zwei Initialen: Leonardo und Lucrezia. Leonardo hat eine Frau – weiß Gott, wie er sie bis jetzt geheim halten konnte –, und ich habe das rein zufällig entdeckt, an dem Tag, an dem ich gekommen war, um mein Leben in seine Hände zu legen.

Ohne zu wissen, wohin ich mich wenden soll, verlasse ich das Haus. Ich bin voller Panik; in meinem Kopf dreht sich alles, und es ist, als würde mir der Boden unter den Füßen weggezogen. Könnte ich doch bloß in einem Erdloch versinken und für immer darin verschwinden! Einen

Moment lang muss ich mich an einer Laterne festhalten, um nicht mitten auf der Straße zusammenzubrechen.

Langsam nimmt das Bild vor meinem inneren Auge immer größere Klarheit an; ein Detail nach dem anderen tritt zu Tage, wie bei einer Restaurierung, und was dabei herauskommt, ist erschütternd.

Jetzt begreife ich, warum Leonardo tagelang auf Sizilien verschwand und nicht angerufen werden wollte. Vielleicht hat er Lucrezia dort unten versteckt. Und jetzt weiß ich auch, warum er ab und zu am Telefon diesen seltsam tragischen Gesichtsausdruck hatte und sich seine Augen verfinsterten, als zögen Wolken an ihnen vorüber. Mir wird auch klar, warum er sich bei der Erwähnung des Tattoos immer verschloss und zwischen uns eine Mauer des Schweigens errichtete. Ein beinahe feindseliges Schweigen – so wie jedes Mal, wenn ich etwas über sein Privatleben wissen wollte. Doch vor allem weiß ich jetzt, warum Leonardo mir vom allerersten Tag an verboten hat, mich in ihn zu verlieben: weil er bereits einer anderen gehört.

Aber wieso dann das? Wieso sagt er mir ausgerechnet jetzt, dass er mich liebt? Was hat das für einen Sinn?

Genau in diesem Moment, als all diese Fragen auf mich einstürmen, ertönt ein lautes Dröhnen. Erschrocken blicke ich auf, drehe mich um. Und sehe ihn. Leonardo parkt gerade seine Ducati vor seinem Wohnhaus und nimmt den Helm ab. Er hat mich bemerkt und sogleich alles begriffen. Ich versuche, vor ihm zu fliehen, indem ich schnellen Schritts auf dem Bürgersteig weitergehe. Ich weiß nicht, wohin. *Überallhin, nur weg von ihm.*

In der Eile rempele ich eine Mutter mit einem Kind auf dem Arm an, gehe jedoch mit gesenktem Blick weiter, ohne mich zu entschuldigen.

Leonardo ist vom Motorrad gestiegen und folgt mir; seine Schritte hallen auf dem Kopfsteinpflaster wider. *Ich darf mich nicht umdrehen. Nicht jetzt!*

»Elena!«, ruft er. Er wiederholt meinen Namen drei-, viermal und vielleicht noch öfter.

Ich halte mir die Ohren mit den Händen zu, um mich vor dieser beharrlichen Stimme zu schützen, und beschleunige meine Schritte. Ich will ihn nicht sehen. Ich will ihn nicht anhören, und damit genug. Das verzweifelte Bedürfnis zu weinen drängt meine Kehle herauf, aber ich werde es nicht tun. Die Genugtuung, mich weinen zu sehen, werde ich ihm nicht geben.

Leonardo läuft mir immer noch hinterher. Gleich hat er mich erreicht – seine Schritte sind jetzt ganz nah. »Bleib stehen, Elena!«, ruft er und packt mich von hinten am Arm.

»Lass mich!«, brülle ich und entwinde mich ihm. Die Leute auf dem Bürgersteig starren uns interessiert an, als wäre die Situation nicht schon demütigend genug.

Unbeirrt setze ich meinen verzweifelten Weg fort, den Blick stur geradeaus gerichtet, die Fäuste geballt, bereit für die Auseinandersetzung, mein Herz hinter Eisen verschanzt. Ich haste über die Straße und werde fast von einem Taxi angefahren. Leonardo läuft schneller und holt mich erneut ein. Diesmal packt er mich am Handgelenk und lässt mich nicht mehr los.

»Elena, bitte lass uns reden.« Er bringt seine Bitte in gebieterischem Ton vor, in dem jedoch auch ein Hauch von Flehen liegt.

»*Jetzt* willst du mit mir reden?«, zische ich ihn an und versuche, mich von Leonardo loszumachen. »Jetzt, wo ich alles entdeckt habe?« Ich hätte so gern zwei Dolche anstelle meiner Augen, damit ich ihn erstechen könnte. Oder wenigstens genügend Kraft, um ihn über die Mauer in den Tiber zu stoßen.

»Ich wollte nicht, dass du es so erfährst«, sagt Leonardo leise.

»Und wann hattest du vor, es mir zu sagen?« Es schnürt mir die Kehle zu, aber ich habe mir fest vorgenommen, nicht zu weinen – komme, was da wolle.

Leonardo hebt die Hände, um mich zu beschwichtigen. »Ich bitte dich nur, mich anzuhören.«

»Ich will gar nichts mehr hören von dir, kein einziges Wort mehr«, sage ich und will mich an ihm vorbeidrücken, doch Leonardo tritt mir in den Weg. Ohne es zu wollen, befinde ich mich auf einmal nur noch einen Zentimeter von seiner Brust entfernt, eingehüllt in seinen Duft.

»Bitte.« Leonardo sagt dieses Wort voller Verzweiflung, und er klingt ehrlich. »Es wird zwar nichts ändern, und wenn du alles gehört hast, wirst du mich trotzdem hassen, aber lass es dir wenigstens erklären.«

»Was gibt es da noch zu erklären?«, frage ich ihn abgehetzt und trete einen Schritt zurück. »Die Sache ist vollkommen klar! Da gibt es nichts zu deuteln.«

»Du täuschst dich, Elena«, beteuert Leonardo. »Weil es da Dinge gibt, die du nicht wissen kannst. Dinge, die ich immer für mich behalten und nie jemandem erzählt habe.« Leonardo fixiert einen Punkt in weiter Ferne, während sein Adamsapfel auf und ab hüpft. Ich schaue ihn wie hypnotisiert an.

Auf einmal macht sich eine ganz neue Erkenntnis in mir breit: Leonardo hat das Bedürfnis, mir sein Geheimnis anzuvertrauen. Er wünscht sich nichts mehr, als dass ich ihn anhöre, ebenso wie ich mich nach dem sehne, was er zu sagen hat. Auch wenn es mir wieder das Herz zerreißen wird.

»Dann schieß los«, seufze ich schließlich und verschränke die Arme über der Brust.

Leonardo hat sich an das Mäuerchen über dem Fluss gelehnt und den Blick gesenkt, als suchte er in dem wirren Gedankenknäuel in seinem Kopf nach dem Fädchen, mit dem er anfangen kann. Dann holt er tief Luft und beginnt zu reden.

»Lucrezia war meine große Liebe, vor langer Zeit. Mit ihr wollte ich den Rest meines Lebens verbringen. Doch die Dinge liefen nicht so, wie wir gehofft hatten.« Seine Schilderung beginnt weit weg. Ich stehe vor Leonardo, und mir bleibt nichts anderes übrig, als alle Gedanken in mir zum Schweigen zu bringen und hier, an genau diesem Fleck, zu bleiben, ihm zuzuhören. *Komm schon, Leonardo, erzähl es mir. Ich will alles wissen.*

»Wir haben uns schon auf der Schule in Messina kennengelernt und mit zwanzig geheiratet. Wir liebten uns und wollten einfach nicht warten, weil wir keinen Grund dafür sahen.«

Er berührt mit einer Hand sein Schulterblatt. »Dieses Tattoo haben wir uns kurz nach der Hochzeit machen lassen: zwei ineinander verschlungene L, *für immer*.«

Er schüttelt den Kopf und lächelt über seine eigene Unbedarftheit.

»Wir waren jung und voller Illusionen, ja, man könnte sogar sagen, wir waren arrogant in unserem Glück. Und das waren wir wirklich, jahrelang. Dann wurde Lucrezia schwanger und verlor im siebten Monat das Kind. Dieses Trauma hat in ihr etwas ausgelöst, etwas, das vielleicht schon immer da gewesen war, aber nur latent. Ihre Stimmungen begannen sehr stark zu schwanken, mal war sie himmelhoch jauchzend, dann zu Tode betrübt. Es gab Tage, an denen sie das Haus nicht verließ, nichts aß und praktisch nur vor sich hin vegetierte. Dann fing sie sich wieder, war fröhlich, ja sorglos. Wenigstens für eine gewisse Zeit. Ihr Charakter war immer instabil gewesen, weshalb ich mir in der ersten Zeit keine allzu großen Sorgen um sie machte. Ich dachte, wenn sie erst einmal den Schmerz über die Totgeburt überwunden hätte, würde sie wieder so sein wie früher. Doch es wurde immer schlimmer.

Sie wurde mit den Jahren zu einer anderen Frau. Zu einer, die nicht mehr das Geringste mit der Lucrezia zu tun hatte, in die ich mich verliebt und die ich geheiratet hatte. Wenn ich sie anschaute, hatte ich manchmal sogar das Gefühl, dass ihr Gesicht sich verändert hätte. Ihr Herz, zuvor ein Schmelztiegel der Leidenschaft, war wie erloschen, mit dem Kopf konnte sie nicht mehr denken. Ich versuchte, ihr zu helfen, doch sie wies mich zurück. Damals äußerte sie auch erstmals den Verdacht, dass ich sie betröge, dass ich sie nicht genug liebte. Sie war wie besessen von diesem Gedanken und begann mich zu hassen, ohne dass ich etwas dagegen tun konnte. Sie warf mir vor, an all ihrem Leid schuld zu sein. Eines Tages, während eines ihrer Wutanfälle, hat sie mich mit einem Messer verletzt. Ich wusste nicht, was ich tun sollte. Es ging mir nicht um mich, aber ich sah sie leiden und wollte sie von ihrem Schmerz befreien. Doch wie hätte ich das tun können? Ihrem Leiden gegenüber war ich machtlos.

Am Ende unserer Beziehung versuchte sie, sich selbst zu befreien. Eines Tages, als sie allein zu Hause war, hat sie sich die Pulsadern aufgeschnitten. Als ich sie in der Badewanne fand, war es schon beinahe zu spät – es war nur noch ein Hauch Leben in ihr.«

Seine Stimme bricht, und Leonardo muss einen Moment innehalten, um zu schlucken. Ich spüre, wie meine Feindseligkeit unter der Wucht seiner Worte zerbröselt und wie sein Schmerz meine Wut relativiert, ob ich es nun will oder nicht.

»In der Klinik wurde bei ihr eine bipolare Störung diagnostiziert, und man riet mir, dass ich sie in einer Nervenklinik unterbringen solle. Ich hätte Lucrezia lieber zu uns nach Hause geholt – immerhin war sie meine Frau, ich liebte sie mehr als mich selbst und wollte mich um sie kümmern. Doch man sagte mir, wenn sie bei mir bliebe, würde das die Sache noch weiter verschlimmern. Ja, mehr noch: Wenn wir uns nicht trennten, würde sie nie wieder seelisch gesund. Unsere Eltern boten uns an, sich um sie zu kümmern, und rieten mir wegzugehen, auch zu meinem eigenen Wohl. Ich war vollkommen abgemagert damals und am Rande des Zusammenbruchs. Selbst der Arzt, der Lucrezia behandelte, riet mir, endlich abzureisen und ein neues Leben zu beginnen. Ohne Lucrezia.

Was blieb mir anderes übrig, als mich damit abzufinden und Sizilien zu verlassen? Es ist mir unendlich schwergefallen, aber in dem Moment war es die einzige Lösung.

Ich war noch keine dreißig Jahre alt und bereits am Ende. Ohne den Kontakt zu Lucrezia jemals ganz aufzugeben, begann ich zu reisen und wie ein Besessener in den Küchen rund um die Welt zu arbeiten, bis ich schließlich hier in Rom landete. Na ja, und der Rest ist Geschichte. Hier habe ich mein erstes Restaurant eröffnet und bin wieder sesshaft geworden.

Ich hatte so sehr gelitten, dass ich mich schon fast tot glaubte, doch zu meiner großen Überraschung schaffte ich einen Neuanfang. Zu Beginn hatte ich Schuldgefühle, weil es mir langsam wieder gut ging, Doch meine vermeintliche Besserung war ein Trugschluss – denn ich hatte mich dem rein materiellen, physischen Genuss verschrieben. Der Hedonismus war das einzige Gegengift zu dem Schmerz, den ich für den Rest meines Lebens mit mir herumtragen würde. Ich suchte den Genuss überall – in Sex, in Alkohol und im Essen – also in allem, was mir in irgendeiner Weise Genuss verschaffte. Das Genießen-Wollen wurde zu meiner Medizin – allerdings zu einer, die mich niemals heilen würde, so viel war mir immer klar. Diese Therapie würde mir nur helfen, nicht zu sterben.

Ich habe nie aufgehört, über Lucrezia zu wachen, aber aus der Ferne. Alle rieten mir, noch einmal ganz von vorne anzufangen und sie um die Scheidung zu bitten, doch das kam für mich nie in Frage: Ich war ihr treu geblieben und wusste tief in meinem Herzen, dass ich mich nie mehr verlieben würde. Und ich hatte auch nicht den Wunsch, dass eine andere Frau sich in mich verlieben würde.

Nach einem Jahr begann es Lucrezia etwas besser zu gehen, und sie konnte die Klinik verlassen. Ich durfte sie besuchen, jedoch nur ab und zu. Sie war diejenige, die mich auf Distanz halten wollte. Sie sagte, sie liebe mich, doch sie sei nicht bereit, zu mir zurückzukehren. Sie war damals nach wie vor in Therapie, und niemand konnte vorhersagen, ob sie jemals gesund werden würde. Ab und zu hatte sie noch ihre Krisen, auch wenn sie weniger häufig waren. Immer wenn ich konnte, fuhr ich nach Messina, um sie zu besuchen. Mir war egal, was die Leute sagten, denn für mich stand fest: Wenn ich *sie* nicht haben konnte, dann wollte ich auch keine andere.«

Leonardo macht eine Pause, lässt den Blick über den Fluss schweifen und schaut mich unsicher an. In seinen Augen glüht ein schwarzes Licht. Er hat sich auf Erkundungsreise in sein Inneres begeben und offenbart mir dessen ganze Tiefe.

»Dann kamst du«, fährt Leonardo mit leiser, stockender Stimme fort. »Ich habe sofort begriffen, dass du anders bist als die anderen. Du warst so zerbrechlich, dass ich fast Angst hatte, dir mit meiner Zärtlichkeit wehzutun. Doch zugleich wirktest du so stark: Wie oft hab ich gesehen, dass du Angst hattest, doch du hast nie gekniffen. Am Anfang warst du nur eine Herausforderung für mich, ein Spielzeug, das unterhaltsamer war als andere. Das mit uns war aber nur ein Spiel – eines, das genauso würde enden müssen wie alle anderen Spiele, in die ich mich bis dahin gestürzt hatte. Und doch …

Erinnerst du dich an den Tag in Valdobbiadene?«

Ich nicke stumm. Wie könnte ich ihn vergessen? Jede Sekunde davon hat sich mir ins Gedächtnis eingeprägt: die winterliche Landschaft, der überraschende Wolkenbruch, wie wir uns unter das Vordach jenes Bauernhauses flüchten und von den Besitzern hineingebeten werden. Sebastiano und Adele.

»An jenem Tag habe ich begriffen, dass du mehr bist als ein Spielzeug, Elena. Dem alten Mann hat damals ein Blick genügt, um das zu sehen, was ich mich bis dahin geweigert hatte zu erkennen: dass ich dabei war, mich in dich zu verlieben. Er hat das mit solcher Selbstverständlichkeit gesagt, ohne sich auch nur vorstellen zu können, was er damit in mir auslöste. Ich spürte, dass ich in meiner Beziehung zu dir eine Grenze überschritten hatte. Das Spiel war mir entglitten, und deshalb habe ich beschlossen, dass es ein Ende haben musste. Du wirst nie verstehen, wie viel Überwindung es mich gekostet hat, mich von dir zu trennen, aber es war das einzig Richtige. In jenem Moment zumindest. In meiner Verwirrung. Und in meiner Panik.«

Während Leonardo spricht, tauchen all die Erinnerungen wieder aus der Vergessenheit auf und zeigen sich plötzlich in einem ganz anderen Licht. Jetzt weiß ich, dass er mich damals nicht verlassen hat, weil er meiner überdrüssig war, sondern weil er dabei war, sich mit Haut und Haaren zu verlieben, und dass auch er unter unserer Trennung gelitten hat.

»Aber warum bist du dann zurückgekommen? Warum, wenn doch alles entschieden war?«, frage ich ihn, und eine ohnmächtige Wut bemächtigt sich meiner. In diesem Augenblick gäbe ich alles darum, unsere denkwürdige zweite Begegnung verhindern zu können. Ja, ich würde mich glücklich wähnen, wäre er an jenem verfluchten Tag im Restaurant nicht in mein Leben zurückgekehrt.

»Weil es stärker war als ich. Als ich dich sah, war ich ein paar Augenblicke lang wie gelähmt, und dann habe ich eine Art Wette mit dem Schicksal abgeschlossen. Ich habe diese Granatapfelkerne auf deinen Teller gelegt. Wenn du ihre Bedeutung begreifst und zu mir kommst, sagte ich mir, dann ist das ein Zeichen, dann meint das Schicksal, dass wir zusammengehören. Hättest du meine heimliche Botschaft nicht verstanden, hätte ich dich für immer gehen lassen. Und dann ist das alles passiert … Es ist einfach über uns hereingebrochen. Mit einer solchen Wucht … Wieder habe ich versucht, mir einzureden, dass es für mich im Grunde nur ein Spiel war, höchstens eine kindische Schwärmerei. Aber das war nur eine Ausrede, die ich mir zurechtlegte, um mich dazu berechtigt zu fühlen, dich weiter sehen zu können … weiter und weiter … bis zu jener Nacht kürzlich, als ich begriffen habe, dass es sinnlos ist, meine Gefühle weiter zu leugnen. Mir gegenüber und dir gegenüber.«

Die Erinnerung an unser letztes Beisammensein liegt auf uns wie ein dunkler Schatten. Wir verharren in Schweigen, bestürzt und mit schlechtem Gewissen, wie zwei Überlebende einer Katastrophe.

»Was ich dir gesagt habe, stimmt«, erklärt Leonardo ernst. »Ich liebe dich. Und ich wollte, dass du das weißt. Ich wollte versuchen, diese Liebe zu leben und noch einmal von vorne zu beginnen …«

Fast versagt ihm die Stimme, und er fährt sich nervös mit

der Hand über die Wange und den Mund, als wollte er den Worten Einhalt gebieten, die er jetzt nicht mehr sagen kann.

»Gestern ist Lucrezia überraschend nach Rom gekommen. Sie sagt, ihre Therapie sei an einem Wendepunkt angelangt, und sie wolle versuchen, wieder mit mir zusammenzuleben. Du kannst dir nicht vorstellen, wie sehr ich mir früher gewünscht habe, endlich diese Worte von ihr zu hören. Doch jetzt kamen sie für mich wie eine kalte Dusche. Sag mir, Elena: Wie könnte ich sie enttäuschen, nach all dieser Zeit, die ich geduldig auf sie gewartet habe? Ich bin immer noch ihr Mann, und sie braucht mich. Ich bin ihre einzige Hoffnung, noch einmal von vorn anzufangen.«

Ich weiß. Ich verstehe. Oder ich will wenigstens versuchen, es zu verstehen. Doch ich kann nicht anders – ich fühle mich wie jemand, der zum Tode verurteilt ist.

»Dann ist das also das Ende«, murmele ich hinter zusammengepressten Lippen.

Ich spüre, wie mir eine Träne über die Wange läuft. Und ich weine, obwohl ich mir so sehr vorgenommen hatte, es nicht zu tun. Ich bin eben nicht besonders gut im Einhalten von Vorhaben. Und erst recht kann ich Leonardo nicht bitten, das seine zu brechen.

Er nimmt mich in die Arme und drückt mich so fest an sich, dass es mir wehtut. Ich schmiege mich an ihn, presse mein nasses Gesicht an sein Leinenhemd.

Ausgerechnet jetzt, wo ich weiß, dass ich ihn liebe und von ihm zurückgeliebt werde, muss ich begreifen, dass er nie mir gehören wird. *Niemals.* Vor drei Tagen, als er in mir war, als wir zu einer Einheit verschmolzen, schien noch alles möglich zu sein. Jetzt jedoch bleibt mir nichts mehr außer dieser absoluten, grausamen, alles zerstörenden Wahrheit, die alles zunichtemacht und uns zerstört, grausam und endgültig wie ein Richterspruch. Ich kann sie nicht ertragen, diese Wahrheit. Mich schmerzt jeder einzelne Knochen in meinem Leib, alle Muskeln verkrampfen sich. Jeder Zentimeter meiner Haut tut weh. Mein Herz ist in einen Abgrund gestürzt, und ich fürchte, es wird jeden Moment aufhören zu schlagen.

Ich löse mich von Leonardos Körper und mache mir bewusst: Dies ist das letzte Mal, dass wir uns berühren. Von heute an werden wir keinen Kontakt mehr haben, und ich werde nie mehr das herrliche Gefühl genießen, mich an seine Brust zu drücken und seinen ganz besonderen Duft einzuatmen. Von heute an muss ich mich an ein Leben ohne ihn gewöhnen.

Ich schaue ihn an und sehe ihn zum ersten Mal zerbrechlich. Auch mit durchgedrücktem Rücken, mit tränenlosen Augen und vorgestreckter Kinnlade weiß ich, dass er leidet. Leonardo ist ein zerrissener Mensch – aber ein Mensch, der sich entschieden hat. Und sosehr ich auch nach Rechtfertigungen suche, ist mir eines klar: Er hat sich nicht für mich entschieden.

»Es tut mir leid, Elena.«

»Nein, sag das nicht.« Ich schaue zu Boden. »Sag einfach gar nichts mehr.«

Das alles ist so schnell geschehen, dass sich die Gefühle in mir überstürzen, sich vermischen, heilloses Chaos anrichten. Kaum drei Tage ist es her, da war ich diejenige, die jemanden verließ, und jetzt bin ich selber an der Reihe. Als würde jemand wie in Dantes *Inferno* erbarmungslos Gleiches mit Gleichem vergelten. Und das, was ich jetzt erlebe, ist tatsächlich nichts anderes als eine Hölle ohne Hoffnung.

Plötzlich überrollt mich eine Müdigkeit, die von ganz weit weg kommt und die so gewaltig ist, dass mir die Augen zufallen. Ich schwanke, denke, dass es vielleicht die Hitze ist, die mich gleich ohnmächtig werden lässt – vielleicht sind es aber auch der Schmerz, Sauerstoffmangel, Übermüdung. Doch wenn ich eines nicht will, dann ist es zu fallen. Mit Mühe halte ich mich auf den Beinen und kehre Leonardo den Rücken zu, auch wenn es mir in diesem Moment so scheint, als hätte ich sogar das Gehen verlernt. Ich mache einen Schritt, dann noch einen.

Ich weiß, er wird nichts tun, um mich aufzuhalten.

Leb wohl, Leonardo, für immer.

Du hast meine Welt durcheinandergewirbelt und sie für einen kurzen, herrlichen Moment mit Licht erfüllt. Doch dann ist dieses Licht plötzlich erloschen, und es ist wieder dunkel. Dunkler als vorher.

• 13 •

Nur der Kaffee aus dem *Sant' Eustachio* hat die Macht, mich aus dem Koma zu erwecken, in das ich vor Tagen gefallen bin und von dem auch meine morgendliche Arbeit in der Kirche nicht verschont geblieben ist.

Es war gerade elf, und ich habe mir zusammen mit Paola eine Pause gegönnt. Jetzt, wo die Restaurierung fast beendet ist, ist es mir endlich gelungen, sie einmal aus der Kirche zu locken. Heute Morgen habe ich sie mindestens viermal gähnen sehen, was selbst in den gesamten fünf Monaten, die wir zusammengearbeitet haben, nie vorgekommen war. Seit sie von der Borraccini getrennt ist, habe ich an ihr kleine Veränderungen bemerkt: Ein paarmal ist Paola zu spät zur Arbeit gekommen, bei ihren Haaren, die sonst makellos getönt sind, sieht man den Ansatz, und sie hat die müde und zerstreute Ausstrahlung eines Menschen, der wenig und schlecht schläft. Jetzt habe ich die Gewissheit: Auch Paola ist ein menschliches Wesen und zu Gefühlen fähig. Zu großen Gefühlen, spüre ich. Und keiner kann ihren inneren Schmerz besser nachvollziehen als ich.

In dem kleinen Hotel in der Nähe des Bahnhofs verbringe ich quälende Nächte, die scheinbar nie zu Ende gehen. Erst kurz vor dem Weckerklingeln schlafe ich, vollkommen entkräftet, ein. Und bin ein Wrack, wenn ich aufstehen soll. Ich brauche Streichhölzer für meine Augen und kann mich kaum auf den Beinen halten. Nach alldem, was geschehen ist, fühle ich mich dort, in diesem anonymen Hotelzimmer, entsetzlich allein, auch wenn der Mann an der Rezeption sein Bestes tut, nett zu sein und mir das Gefühl zu geben, hier zu Hause zu sein. Vielleicht ist das Hotel ja nicht die beste Unterbringung für jemanden, der gerade am Ende von nicht nur einer, sondern von gleich zwei Beziehungen steht. Ich muss so bald wie möglich einen Ausweg aus dieser Misere finden.

Und so kommt es, dass ich, während Paola gesetzt an ihrem Moccaccino nippt und ich bereits einen Espresso heruntergestürzt habe, eine Ausgabe des Kleinanzeigenblattes *Porta Portese* aus der Tasche ziehe und wohl zum hundertsten Mal die Mietangebote studiere. Die Seiten sind schon ziemlich zerknittert, manches ist eingekreist oder gelb markiert. Schon seit drei Tagen durchforste ich die Zeitung mit dem Marker in der Hand, als wäre es ein Schulbuch, das ich auswendig lernen muss. Doch es scheint ein schier unmögliches Unterfangen zu sein, eine passende Wohnung für mich zu finden, denn bislang hat mich keine einzige überzeugt: die eine ist zu groß, die andere zu klein, eine dritte kostet ein Vermögen oder hat nur ein fensterloses Bad. Manche Wohnungen sind in skandalösem Zustand, andere liegen viel zu weit draußen.

Von einer Sache bin ich jedoch trotz allem überzeugt: Ich werde in Rom bleiben, auch wenn ich mit meiner Restaurierung fertig bin. Nach Venedig zurückzukehren käme einem Selbstmord gleich. Nachdem meine Pläne, mit Filippo zusammenzuleben, geplatzt sind, zieht mich nichts mehr zurück in meine Heimatstadt. Er wird sich dort ganz allein wieder einrichten, wird sein Architekturbüro eröffnen und ein neues Leben beginnen. Ich werde bleiben, wo ich bin, werde meine Wunden lecken und die Puzzleteile meines Lebens neu zusammensetzen. Alles ist noch viel trauriger, als ich es mir vorgestellt hatte, doch irgendwie auch echter.

Und jeder Tag, wie schmerzlich auch immer, bringt mich mehr zu der Überzeugung, dass es richtig so ist.

Als ich umblättere, fällt mein Blick auf eine fettgedruckte Anzeige: »Kleine Wohnung in der Via delle Mura Francesi zu vermieten: offenes Wohnzimmer, Wohnküche, großer Schlafbereich, Bad mit Dusche. Komplett renoviert, schöne Ausstattung, auch als Zweitwohnsitz bestens geeignet, flexibler Vertrag. Sofort verfügbar.« Ich streiche die Anzeige gleich an. Klingt nicht schlecht.

Paola beugt sich zu mir herüber. »Was machst du denn, suchst du ein Zimmer?«

»Ja«, antworte ich, die Augen auf die Zeitung gerichtet.

»Wie das?«

Ich hebe den Blick und hole tief Luft. »Krach mit meinem Freund. Wir haben uns getrennt, und ich hab beschlossen umzuziehen.« Mehr möchte ich ihr momentan nicht sagen.

»Tut mir leid. Das wusste ich nicht.« Aus dem Blick, den sie mir zuwirft, schließe ich, dass sie ahnt, wie viel Kummer sich hinter dem Begriff »Krach« verbirgt, aber Paola ist ein diskreter Mensch. So, wie sie nicht viel von sich erzählt, liegt es ihr auch fern, anderen aufdringliche Fragen zu stellen. Auch wenn ich ihre Reserviertheit manchmal mit Gleichgültigkeit verwechselt habe – jetzt weiß ich sie umso mehr zu schätzen.

»Die hier klingt interessant«, fahre ich fort und versuche, meine traurige Stimmung zu verscheuchen und zu praktischen Themen zurückzukehren. »Auch wenn ich keine Ahnung habe, wo sich die Via delle Mura Francesi befindet.« Ich schaue Paola hilfesuchend an, weil ich weiß, dass sie Rom kennt wie ihre Westentasche.

Stattdessen legt Paola den Kopf schräg, als würde sie mich einer Prüfung unterziehen. Dann fragt sie ohne Umschweife: »Warum ziehst du eigentlich nicht zu mir?«

Ich mache vor Erstaunen große Augen. »Zu dir?«

Sie hebt lässig die Schultern und sagt dann, als wäre ihr der Gedanke schon viel früher gekommen: »Platz habe ich jedenfalls genug.«

Ich bin sprachlos. Ich soll bei Paola wohnen?

»Bist du sicher? Ich will dich nicht stören …«, stottere ich.

»Elena, du störst mich nicht«, antwortet Paola im Brustton der Überzeugung. »Sonst hätte ich dich nicht gefragt.«

»Na gut, dann sag ich Ja.« Ich bin immer noch vollkommen baff, aber entschlossen, die Hand, die mir das Universum reicht, zu ergreifen. Ich hoffe, das ist ein Zeichen.

»Du kannst gleich heute Abend kommen und dir die Wohnung ansehen«, sagt Paola. »Oder morgen, wenn dir das lieber ist.«

»Sagen wir morgen. Dann kann ich nämlich in der Mittagspause zu Filippos Wohnung fahren und all meine Sachen mitnehmen, ohne das Risiko einzugehen, ihn zu treffen. Mittwochs arbeitet er normalerweise in dem Büro an der Via Giulia, doch heute fürchte ich, dass er auf der Baustelle ist, die nur einen Katzensprung von der Wohnung entfernt ist. In seiner Anwesenheit zu packen wäre mir eher unangenehm.« Ich erkläre Paola den Sachverhalt. »Dann verbringe ich lieber noch eine Nacht im Hotel«, sage ich. Und füge strahlend hinzu: »Aber es wird die letzte sein!«

»Einverstanden«, sagt Paola. »Dann richte ich derweil das Zimmer für dich her.«

»Nein, das ist nicht nötig, danke. Das mach ich alles morgen.« Und ich beeile mich hinzuzufügen: »Natürlich zahle ich dir Miete. Dass das klar ist.«

»Darüber reden wir noch, okay? Denk einfach nicht weiter drüber nach. Wir teilen uns einfach die Kosten. Die Wohnung gehört sowieso mir. Das heißt, es war die meiner

Eltern, bevor ich die Mühe auf mich genommen habe, sie zu renovieren.« Paola schaut mir in die Augen, so, wie eine ältere Schwester es tun würde. »Wir werden uns gut verstehen, Elena. Du wirst sehen … Und ein bisschen Gesellschaft wird mir auch guttun.«

»Zwei gebrochene Herzen tun sich zusammen. Dann können wir uns gegenseitig trösten …« Ich versuche mich an einem Lächeln.

»Und wenn es ganz schlimm kommt, sei beruhigt: Ich mache eine traumhafte Sachertorte – das kalorienhaltigste und wirksamste Antidepressivum der Welt!« Sie zwinkert mir zu und schaut dann auf die Uhr an der Bar. »Mann, ist das schon spät!«, ruft sie. »Komm, gehen wir zurück in die Kirche, die Pflicht ruft!«

Auch wenn sie in letzter Zeit ein paar Schläge einstecken musste, ist sie im Grunde immer noch die alte Paola. Ich stehe auf und folge ihr. Die *Porta Portese* lasse ich aufgeschlagen auf dem Tisch liegen, denn die brauche ich nun ja nicht mehr.

Schon am nächsten Tag habe ich mich in meinem neuen Zuhause eingerichtet. Paolas Wohnung ist wunderschön. Riesengroß ist sie nicht, doch die Lage ist ideal. Sie hat zwei Schlafzimmer, ein Bad mit Doppelwaschbecken sowie ein geräumiges Wohnzimmer, das auf den Campo dei Fiori hinausgeht. Wenn man sich umschaut, spürt man sofort, dass dies hier das Domizil eines Menschen ist, der tagaus, tagein mit Kunst zu tun hat: farbig angestrichene Wände, Bildbände über Malerei, überall verstreut Pinsel und Spachtel. Außerdem gibt es Katzen in allen Formen, Größen und Materialien: Kissen, Briefbeschwerer, Aschenbecher, Tassen, Teller. Paola besitzt sogar eine kleine Espressomaschine in Katzenform.

Als ich sie frage, woher diese Sammelleidenschaft komme, vertraut mir Paola an, ihre Mutter, die mittlerweile sehr betagt sei, habe sich früher um herrenlose Katzen gekümmert.

»In Rom gibt es Tausende davon, vielleicht mehr als in jeder anderen Stadt«, erklärt sie. »Wenn du auf den Largo Argentina gehst, siehst du, wie sie sich bei ihren Revierkämpfen rund um die antiken Ruinen gegenseitig die Augen auskratzen und mit ihrem Gemaunze einen Mordsrabatz veranstalten. Katzen sind äußerst intelligente Tiere, und es stimmt überhaupt nicht, wenn man sagt, sie seien scheu und eher gefühllos. Man muss sie nur zu nehmen wissen.«

»Na ja, dann ist es mit Katzen ein bisschen wie mit Menschen.« Ich zwinkere Paola zu.

»Genau.« Ein Lächeln tritt auf ihre Züge. »So, jetzt ist es eigentlich schon fast Zeit fürs Abendessen. Was ist, hast du Hunger?«

Ich nicke. »Ziemlich. Auch wenn da noch ein paar Koffer und Kartons auszupacken wären.« Allein von dem Gedanken fange ich an zu schwitzen.

»Daran können wir nachher noch denken. Ich helf dir auch.« Paola zieht aus dem Küchenschrank eine Packung Edelnudeln und wedelt damit vor meiner Nase herum. »Hast du Lust auf Spaghetti Carbonara?«

»Und wie!«, rufe ich aus und füge verschwörerisch hinzu: »Ich schäme mich ja beinahe, es zuzugeben, aber die hab ich in all den Monaten in Rom noch nicht probiert!«

»Dem müssen wir sofort Abhilfe schaffen. Das ist nämlich auch eine meiner Spezialitäten.«

Paola öffnet den Kühlschrank und schaut, ob sie alles hat. »Die Eier reichen nicht«, sagt sie.

»Am wichtigsten ist aber die Sahne, stimmt's?«, versuche ich meine Kochkenntnisse unter Beweis zu stellen.

»Wie bitte?« Auf Paolas Gesicht steht pures Entsetzen. »Da kommt doch keine Sahne rein, um Himmels willen!«

Leonardo hätte das natürlich gewusst, denke ich. Und verfluche mich im selben Moment, denn auf einmal sehe ich ihn vor mir, als würde er mitten im Zimmer stehen. Ich verscheuche das Phantom mit einem Kopfschütteln, wie einen hässlichen Traum.

Paola tritt ans Wohnzimmerfenster und schaut hinunter. »Gott sei Dank, es ist noch offen! Ich geh schnell runter in den Lebensmittelladen und hole noch ein paar Eier.«

»Ich komme mit.«

Ich folge ihr dicht auf den Fersen. Ich muss unbedingt raus aus dieser Wohnung, die mir auf einmal wie kontaminiert vorkommt, und hoffe inständig, dass Leonardos Geist sich verflüchtigt hat, wenn wir wieder zurückkommen.

Paolas Spaghetti Carbonara sind eine Wucht. Zwar bin ich – auch ohne Zugabe von Sahne – pappsatt, aber dieses Nudelgericht schmeckt nach Freundschaft, und alles andere zählt nicht. Ich kann ihr gar nicht genug dafür danken. Wir haben eine Flasche guten Rotwein geöffnet, es uns gemütlich gemacht und sitzen in Pantoffeln, Unterhemd und Shorts auf dem Sofa. Es ist fast ein bisschen wie Ferien am Meer: Die Luft ist warm, und es riecht köstlich nach gebratenem Speck, im Hintergrund läuft eine CD von Aretha Franklin, und alles fühlt sich leicht und frei an. Wenn man sie mit einem Glas guten Weines herunterspült, hat die Traurigkeit einen süßeren Nachgeschmack.

In diesem Moment verspüren wir wohl beide das Bedürfnis, uns einander anzuvertrauen: Jetzt hat es keinen Sinn mehr, alles für sich zu behalten, es in sich hineinzufressen. Wir hören uns abwechselnd zu, während die andere erzählt, wie zwei alte Freundinnen. Paola alles zu erzählen kommt mir ganz natürlich vor, wenn ich entdecke, dass da auf der anderen Seite jemand sitzt, der mir zuhört, ohne mich zu verurteilen. Mit Paola ist das so, und so beichte ich ihr alles über mich, einschließlich der Monate des reinen Chaos, die hinter mir liegen. Ich könnte nicht behaupten, dass das Reden mir Erleichterung verschafft – noch nicht –, aber es ist eine Möglichkeit, ihr näherzukommen und Paola einen Schlüssel in die Hand zu geben, um meinen Seelenzustand besser zu begreifen.

Nach der Generalbeichte packe ich in meinem neuen Zimmer die Koffer und die Kartons mit meinen Habseligkeiten aus. Es handelt sich um einen großen Raum mit einem Doppelbett und einem Einbauschrank. Das Fenster geht auf einen kleinen Balkon hinaus, der mit Pflanzen jeglicher Art vollgestellt ist. Gärtnern ist offenkundig auch eine Leidenschaft von Paola. Ich schaue mich um und wünsche mir, dass diese vier Wände mich willkommen heißen und beschützen. Denn die Tage, die kommen, werden hart werden. *Aber ich kann es schaffen*, sage ich mir. Denn mittlerweile habe ich ein breites Kreuz. Und ich bin bereit, mich ihnen zu stellen, den Problemen und Traurigkeiten des Alltags.

Es ist mir noch nicht gelungen, all meine Habseligkeiten aus der Wohnung zu holen, auch weil ich keine Lust hatte, alles zu durchwühlen. Paola war mitgekommen, um mir zur Hand zu gehen und vor allem psychologischen Beistand zu leisten. Ich habe versucht, so schnell wie möglich zu sein, und mich fast schlafwandlerisch durch die Wohnung gearbeitet. So haben wir mehrere Koffer sowie drei Kartons gefüllt, sie in Paolas alten Panda gepackt und sind mit quietschenden Reifen abgehauen, als hätten wir gerade eine Bank ausgeraubt. Ohne sie hätte ich das nie geschafft.

»Was meinst du, soll ich einen Karton für dich auspacken?«, fragt Paola, als sie mich über das Bett gebeugt sieht, auf dem sich Klamotten, Schuhe, Bücher und CDs türmen.

»Du würdest mir einen großen Gefallen tun.« Ich zeige auf eine alte Keksschachtel. »Da sind nur Bücher drin. Wenn du die rausholen willst … Hauptsache, sie bleiben nicht drin, sie tun mir sonst so leid.«

»Okay. Ich stelle sie da auf die Konsole.«

»Danke«, erwidere ich und wende mich wieder dem Einbauschrank zu, auf beiden Armen Klamottenstapel.

»Sag mal, ist dieses Sahneschnittchen der Mann, dem du den Laufpass gegeben hast?«, fragt Paola plötzlich und taucht mit dem Kopf aus dem Karton auf.

Ich drehe mich um und sehe, dass sie das Foto in der Hand hat, auf dem Filippo und ich abgebildet sind, Arm in Arm vor einer toskanischen Hügellandschaft. Unser letztes romantisches Wochenende. Um ehrlich zu sein, habe ich es nur wegen des Rahmens mitgenommen, der ein Geschenk von meinem Vater war: Er hat ihn selbst gebastelt, und ich wollte ihn nicht bei Filippo lassen.

»Ja, das ist er.« Ich nicke, trete neben sie.

»Dann musst du wirklich verrückt sein.« Paola lächelt und schaut sich das Foto mit süffisantem Lächeln an.

»Schon … aber das ist nicht meine Schuld, sondern die von jemand anderem, der mir den Kopf verdreht hat. Wie du ja jetzt weißt.«

Ich schaue mir noch einmal das Foto an und nehme mir vor, es herauszuholen und vielleicht durch ein anderes zu ersetzen. Doch ich weiß noch nicht, durch welches.

Auch Paola hängt ihren Gedanken nach. »Weißt du was, Elena? Es wäre der größte Blödsinn, wenn man im Leben immer nur vernünftig und ausgeglichen wäre. Bevor ich Gabriella kennengelernt habe, war ich nie wirklich verliebt gewesen, hatte nie vor Leidenschaft den Kopf verloren. Jetzt geht es mir schlecht, aber ich weiß, ohne sie wären diese letzten Jahre nicht so schön gewesen. In gewisser Weise bin ich ihr sogar dankbar.«

Ich lasse mir Paolas Worte einen Moment lang durch den Kopf gehen.

»Das ist eine sehr geläuterte Sicht der Dinge, meine Liebe, aber ich glaube, dafür bin ich noch nicht bereit.« Ich beiße mir auf die Lippe. »Gerade eben tut es einfach nur scheißweh.«

»Dann müssen wir die schwere Artillerie auffahren!« Paola schaut mich finster an, als würde sie gleich beschließen, eine Atombombe abzuwerfen. »Sachertorte!«

»So sei es!«, rufe ich feierlich.

Wir lassen die Kartons Kartons sein und marschieren im Stechschritt in Richtung Küche, entschlossen, uns unseren Anteil an einem hochkalorischen und höchst irdischen Glück zu sichern.

Während wir darauf warten, dass der Kuchen durch ist, färbe ich Paola die Haare, die sich endlich entschieden hat, etwas gegen ihren nachgewachsenen Ansatz zu unternehmen. Und während die Koloration einwirkt, verspeisen wir unsere Schokoladenbombe. Effizienz und die richtige Zeitplanung: Wir sind wahre Kriegerinnen, und die Tarnschminke in unserem Gesicht ist aus Kakao.

Mir wird bewusst, dass ich zum ersten Mal seit fünf Tagen wieder lächele, und es ist witzig, dass es eine so einfache Sache ist, die mich in gute Laune versetzt. Vielleicht sind es ja wirklich die kleinen Dinge des Lebens, die Heiterkeit und Zufriedenheit schenken. Und daran werde ich jetzt arbeiten.

Der Morgen graut, und ich wache zum zweiten Mal hier in Paolas Wohnung auf. Ich schlafe gut in diesem Bett – die

Lage meines Zimmers ist ruhig, zumindest bis zum frühen Morgen. Ich habe wirr geträumt, doch es war kein beängstigender Traum, und als ich aufstand, glaubte ich mich einen Moment lang wieder in meinem alten Mädchenzimmer im Haus meiner Eltern, dem mit den rosa Wänden.

Ein Sonnenstrahl stiehlt sich durch die Blenden und fällt auf das Nachttischchen. Ich habe keine Lust aufzustehen – es ist so gemütlich hier –, doch auch heute Morgen ruft die Arbeit. Und offenbar nicht nur die: Mein iPhone gibt einen Laut von sich, doch es ist nicht die Weckfunktion. Ich strecke den Arm aus und hole es zu mir heran. Es ist Gaia. In den vergangenen Tagen habe ich ihr alles am Telefon erzählt: von Filippo, von Leonardo, von Lucrezia und auch von meinem Umzug zu Paola. Habe fünfhundert Minuten meiner Telefonflatrate verbraucht und einige Tränen vergossen. Und so kommt es, dass meine beste Freundin beschlossen hat, mich mindestens einmal am Tag anzurufen und sich zu vergewissern, dass es mir einigermaßen gut geht.

»Hallo?«

»Guten Morgen.« Ihre Stimme klingt so quietschfidel, dass ich den Hörer ein Stück vom Ohr weghalten muss.

»Gaia, weißt du eigentlich, wie früh es ist?«, brumme ich, immer noch halb im Koma.

»Aber ich wusste doch, dass du bald aufstehen musst.«

»Genau, *bald*, aber noch nicht jetzt«, unterstreiche ich. Ich ziehe mich zum Sitzen hoch, streiche die Laken um mich herum glatt. »Was machst du eigentlich schon so früh auf den Beinen?«

»In Neapel macht man um diese Uhrzeit überhaupt nichts.« Sie lacht. »Aber Samuel stellt jeden Morgen den Wecker auf sechs, um zum Training zu gehen, und veranstaltet einen Mordslärm beim Aufstehen. Jetzt kann ich auch nicht mehr schlafen.«

»Was man doch für Opfer bringen muss …«

»Ich werde noch heiliggesprochen.«

»Ich habe *ihn* gemeint, du blöde Kuh«, sage ich grinsend.

Gaia lacht noch lauter.

»Also, kommst du mich jetzt zu Ferragosto besuchen?«, frage ich sie voller Hoffnung. »Du musst unbedingt, ich will dich sehen!«, füge ich atemlos hinzu.

»Klar besuche ich dich. Kommt nicht in die Tüte, dass ich dich an so einem Tag allein lasse!«

»Ich hab schon mit Paola gesprochen. Du kannst mit mir im Ehebett schlafen.«

»Aber wer denkt an Ferragosto denn ans Schlafen?«, erwidert sie.

Gaia an meiner Seite zu haben ist die beste Garantie gegen Traurigkeit.

»Aber lässt du denn Belotti allein?« Einen Moment lang hatte ich ihren Radler ganz vergessen.

»Der hat am Tag danach sowieso ein Rennen«, sagt sie ohne einen Hauch von schlechtem Gewissen in der Stimme. »Und wenn er fährt, dann heißt es: Abendessen um sieben und um acht ins Bett wie ein altes Ehepaar.«

»Na ja, hier wirst du dich jedenfalls nicht langweilen. Ich kann es kaum erwarten, meine Kummerkastentante hierzuhaben«, erkläre ich mit einer Fröhlichkeit, die eigentlich vollkommen unangebracht ist.

»Wunderbar! Ich hab aber auch Neuigkeiten.«

»Muss ich mir Sorgen machen? O Gott, du bist doch nicht etwa schwanger, oder?«

»Jetzt hör aber auf … Wir treiben es so selten, dass ein Kind nur vom Heiligen Geist persönlich sein könnte!«

»Also, was dann?« Ich sterbe vor Neugier.

»Pssst! Ich sag's dir morgen. Aber wisse, dass es was *Schönes* ist!«

»Gut. Oder vielmehr: nicht gut – ich sterbe nämlich gleich vor Neugierde. Dann ciao, du blöde Kuh.«

»Ciao.«

Gaia weiß ganz genau, dass ich momentan nur gute Nachrichten brauchen kann, und ich bin mir sicher, sie wird mich nicht enttäuschen.

Am Tag darauf verbringen Paola und ich den Morgen damit, die Wohnung auf Vordermann zu bringen. Sie fährt anschließend zu ihrer Mutter, die auf dem Land lebt, während ich in Erwartung meiner Freundin ein wenig durch Rom streune. Die Momente, in denen ich allein bin, sind die schwierigsten, weil dann meine Gedanken nur einen Moment brauchen, um in Gefilde abzuschweifen, die sie besser meiden sollten. Es ist so wenig Zeit seit jener verrückten Nacht vergangen – aber ich muss mich trotzdem dazu zwingen, zu vergessen und mir vorzustellen, es sei bereits ein ganzes Jahr her und alles würde gut.

Die römische Sonne hilft mir dabei. Abgesehen von den Erinnerungen tut mir diese Stadt gut, und jeden Tag entdecke ich etwas Neues: eine antike Säule, die wie ein Pilz aus dem Asphalt ragt, oder eine Statue, die ich zuvor noch nie bemerkt hatte und die urplötzlich mitten auf einer Piazza steht. Ich bin glücklich, hier zu sein.

Gaia lässt nicht auf sich warten. Gegen sechs fährt sie mit dem Taxi vor. Paola ist noch nicht zurück, aber ich bitte meine Freundin in die Wohnung. Wie immer sieht sie blendend aus. Und seit sie mit Belotti zusammen ist, umso mehr, das muss ich ihm lassen. Sogar die hohen Absätze hat Gaia abgelegt!

Ich zeige ihr die Wohnung. Als sie die vielen Katzen sieht, quiekt Gaia gleich vor Begeisterung: Auch sie liebt Stubentiger. Gleich nimmt sie einen Türstopper aus Stein in die Arme, ein Katzentier mit phosphoreszierenden Augen, und fängt an, ihn zu wiegen, als wäre er lebendig. *Na ja, jetzt übertreibt sie es ein bisschen …* Wir setzen uns auf mein Bett. Aus diesem Blickwinkel hat mein Zimmer durchaus etwas von einer einsamen Klause.

»Also, was ist denn nun die Neuigkeit, die du mir erzählen wolltest?«, frage ich und pikse sie mit dem Finger in die Hüfte.

»Neugierig bist du ja gar nicht.«

»Vor allem bin ich beunruhigt.«

»Soll ich es dir wirklich sagen?«

»Ich weiß nicht, du kannst mich ja auch noch ein bisschen auf die Folter spannen …« Ich hasse es, wenn sie es so spannend macht. »Jedenfalls denke ich mir, dass es was mit Belotti zu tun hat.«

Gaia nickt, und ein zufriedenes Lächeln spielt um ihre Lippen. »Belotti, wie du ihn nennst, hat um meine Hand angehalten.«

»O Gott, Gaia! Herzlichen Glückwunsch!« Ich umarme sie stürmisch. Ich freue mich so sehr für sie. Und dann kommt der Zweifel: Bei ihr rechne ich mit allem. »Du hast hoffentlich Ja gesagt.«

»Das fragst du noch? Logo! Ich hab nicht zweimal drüber nachgedacht.«

»Und der Ring?«, frage ich sie und schiele auf ihre linke Hand.

»Kein Ring. Samuel sagt, ein Ring vor der Ehe bringt Unglück.« Gaia hebt die Schultern. »Und ich finde, er hat recht. Denk doch nur, was aus dem von Brandolini geworden ist.«

»Was ist denn aus ihm geworden?« Ich denke an das Schlimmste, dass er vielleicht im Canal Grande gelandet ist.

»Ich hatte nie den Mut, ihn ihm zurückzugeben. Ich hab ihn einer Cousine von mir geschenkt.«

Na gut, ganz so schlimm, wie ich gedacht hatte, ist die Enthüllung gar nicht. »Ich kann es einfach nicht glauben, dass du einen Mann heiratest, den ich noch nie live gesehen habe!«, nehme ich den Faden wieder auf.

»Wir haben alle Zeit der Welt, Ele. Ich stell ihn dir schon noch vor, keine Sorge.«

»Ich hoffe, noch vor der Hochzeit. Habt ihr eigentlich schon einen Termin?«

»Wir finden, nächstes Jahr im Frühjahr wäre ein guter Zeitpunkt. Auf einen bestimmten Tag haben wir uns allerdings noch nicht festgelegt. Das wäre ja auch noch ein bisschen früh, oder? Aber du bist natürlich meine Brautjungfer, dass das klar ist.«

»Klar!«, versichere ich Gaia und rechne voller Entsetzen nach, wie viele Monate mir noch bleiben, um mir ein passendes Kleid auszusuchen. »Welche Farbe soll ich denn tragen?«, frage ich in leichter Panik.

»He, mal langsam mit den jungen Pferden. Zuerst müssen wir ein Kleid für mich suchen. Zur Abwechslung brauche jetzt mal ich eine Shoppingberaterin!«

Ich breite die Arme aus. »Komm her, du.«

Gaia fällt mir um den Hals wie ein kleines Mädchen. Ich mag sie so gern, sie ist für mich wie eine Schwester. Und ihr Glück ist ein bisschen auch meines.

Um neun kommt Paola mit drei dampfenden Pizzakartons herein. Nachdem ich die beiden Mädels einander vorgestellt habe, hocken wir uns im Schneidersitz auf den Wohnzimmerteppich, inmitten mehrerer Kissen in Katzenform und zwei Salzlampen, die das tiefe Blau des Abendhimmels draußen reflektieren. Wir essen mit den Händen, ohne Teller und ohne Servietten, während aus der Stereoanlage die raue Stimme von Paolas Idol Gianna Nannini tönt.

Als wir der Pizza den Garaus gemacht haben, zieht Paola zur Überraschung aus ihrem Weinregal eine Flasche Principe Pallavicini 2006. »Feste muss man feiern, wie sie fallen«, sagt sie. »Aber die trinken wir nicht hier. Kommt mit.«

Wir gehen auf den Hausflur hinaus und steigen bis in den obersten Stock hoch. Oder wenigstens das, was man für den obersten Stock halten könnte, denn hier macht Paola eine kleine Tür auf und führt uns über eine etwas wackelige Wendeltreppe noch weiter nach oben. Am Ende der Treppe kommt wieder ein Türchen, und jetzt stehen wir wie durch Zauberhand auf dem Dach des Palazzos.

Von hier oben liegt einem Rom zu Füßen. Direkt unter uns der Campo dei Fiori, und dort hinten, auf Höhe unserer Köpfe, lugen die Kuppeln der Kirchen und mehrere angestrahlte Häuser hervor. Man kommt sich vor wie in einem Heißluftballon, am liebsten möchte man die Arme ausbreiten und losfliegen. Für mich ist es ein ganz besonderes Gefühl, mit den beiden hier zu stehen: Es stimmt tatsächlich, dass die schönen Dinge des Lebens noch schöner sind, wenn man sie mit Menschen teilt, die man mag.

Paola entkorkt den Wein und gießt uns allen ein.

»Auf das Leben!«, sagt sie.

»Auf die Liebe!«, antwortet Gaia.

»Auf die Freundinnen!«, erwidere ich.

Von der Piazza steigen Akkordeonklänge zu uns hoch, während am Himmel die ersten Feuerwerke aufsteigen und das Firmament mit einem bunten Funkenregen überziehen.

»Wartet.« Paola stellt ihr Weinglas auf dem Boden ab. »Ich hole schnell noch was«, sagt sie und schlüpft ins Haus.

Gaia und ich schauen uns fragend an.

Kurz darauf taucht Paola mit einer Polaroid wieder auf. »Diesen Moment müssen wir für die Ewigkeit festhalten.«

Wir lehnen uns alle drei an die Brüstung. Paola, Gaia

und ich. Auch wenn mein Leben aus den Fugen geraten ist, auch wenn es keinen Leonardo, keinen Filippo und keine Liebe mehr gibt: Heute Abend geht es mir gut mit meinen Freundinnen – der neuen und der alten. Ich habe endlich wieder Lust zu hoffen.

Die Musik wird immer lauter, und ich bin nicht mehr traurig.

Paola richtet die Kamera auf uns. »Seid ihr bereit?«

Der Blitz leuchtet auf. Wir lächeln alle drei, Arm in Arm, und es ist ein echtes Lächeln, keine Pose.

Ein Feuerwerkskörper explodiert am Himmel. Die Polaroid spuckt das Foto aus: Das sind wir, und noch steht es in den Sternen, welches Glück uns die Zukunft bringen wird.

Aber jetzt weiß ich endlich, welches Bild ich in den leeren Rahmen tun soll.

DANKE

- an Celestina, meine Mutter
- an Carlo, meinen Vater
- an Manuel, meinen Bruder
- an Caterina, Michele und Stefano, meine Leuchtfeuer bei Tag und bei Nacht
- an Silvia, meine wertvolle Ratgeberin, sowie an alle wundervollen Menschen, denen ich am 10. Februar 2013 das Glück hatte, begegnen zu dürfen
- an alle bei Rizzoli, meinem Verlag, vom obersten bis zum untersten Stockwerk
- an Laura, Elena und Al, wichtige Begleiter in meinem Leben
- an alle Freunde, ohne Wenn und Aber
- an Vittoria und Sante (ihr seid immer in meinem Herzen!)
- an Filippo P. und das Schweigen, das erfüllt
- an Rom
- an mein Schicksal

Irene Cao

wurde 1979 in Pordenone geboren und lebt heute in einem kleinen Ort im Friaul. Sie hat an der Universität von Venedig Altphilologie studiert und in alter Geschichte promoviert. Bevor sie mit ihrer erotischen Trilogie sehr erfolgreich als Schriftstellerin debütierte, hat Irene Cao im Öffentlichkeitsbereich gearbeitet und Kolumnen für Frauenmagazine geschrieben.

Register